타란텔라
Tarantella

타란텔라
Tarantella

활기차고 경쾌하게 춤추던 음표들이
운명의 레퀴엠을 자아내며
서쪽의 끝으로 이끈다.

절망을 관통하는 치명적 멜로디!

고동현 장편소설

바른북스

PROLOGUE

프 롤 로 그

　감귤나무에서 열매 하나를 떼어 냈다. 별이 어둠을 꿰는 밤이었다. 수확 시기를 놓친 황적색 귤은 검은 반점투성이였다. 그는 손에 힘을 주었다. 감귤이 갈라지며 즙을 튀겼다. 시큼한 향이 풍겼지만, 곧 휘발유 냄새에 묻혔다. 쓰린 눈을 비비며 감귤밭을 바라보았다. 휘발유를 뒤집어쓴 나무들이 썩어 가는 열매처럼 흉측한 모습으로 움츠렸다. 나뭇잎은 바람에 흔들리며 서로 비볐다. 그럴 때마다 휘발유에 달빛이 섞여 번뜩였다. 쇠사슬을 끄는 것 같은 소리가 났다. 그는 발 앞에 놓인 빈 휘발유 통을 툭툭 찼다. 목덜미가 서늘했다. 땀은 이미 식었다.

빛이 있으라.

조물주의 한마디가 만물의 시작이다. 그러나 끝이기도 하다. 이 한마디에 모든 이야기가 시작되었고 그것은 수많은 가지를 낳겠지만, 그것 역시 닫힌 세계의 것이다. 이미 이야기의 끝도 담긴 것이다. 저 밭이 소각되면 그것은 시작일까 끝일까. 아니면 불생불멸의 영원 속에 피어오른 나약한 울림에 불과하려나.

궁극의 시어란 무엇일까. 집중해 봐도 떠오르지 않았다. 밤하늘을 올려다보았다. 별 하나가 스스로 선명해지며 시야에 들어찼다. 그는 마음속으로 그 위에 두 글자를 썼다. '종막'이라는 낱말이 흐릿한 미색을 띠며 별에 겹치는 듯했다.

주머니에서 낡은 사진을 꺼냈다. 그와 선아가 함께 있는 유일한 사진이었다. 배경은 해 저물 무렵의 들판이었다. 석양에 노랗게 물들었어도 파릇한 기운을 가진 풀잎이 봄이라는 시기를 말하고 있었다. 사진 속에서 그의 모습은 그녀 옆에 늘어진 그림자 같았다. 그의 손가락에 힘이 들어갔다. 작은 종잇조각 하나에 얼마나 깊은 기억이 담겨 있을까. 라이터에 불을 붙였다. 입속에 신물이 고였다. 그것을 뱉었다. 사진을 오그라트리던 불이 선아를 삼키는 순간, 나무를 향해 던졌다.

 나무 밑동을 휘감은 불은 굶주린 짐승의 아가리가 되어 가지를 통째로 삼켰다. 불길은 바람을 태우며 다른 나무에 차례로 번졌다. 나무마다 몸부림치는 불이 서로 힘을 겨뤘다. 마치 서로를 물어뜯어 덩치를 부풀리려는 모습처럼 난폭했다. 바람이 훑고 지나갈 때마다 불의 흐름은 더 맹렬했다. 곧이어 주황색 불이 밭을 뒤덮었다. 그 위로 붉은빛을 띤 불의 파도가 일렁거렸다. 그것이 밤하늘을 밝혔다. 별이 내뿜던 빛은 부옇게 흐려졌다. 그는 가슴에 파고든 불씨의 기운을 더듬었다. 하나라도 남아 있다면, 그것이 내면 깊은 곳에 영원히 잠기기를 바랐다.
 불이 잦아들자, 감귤나무가 하나씩 그을음을 뒤집어쓴 채 드러났다. 구십여 그루가 모두 망자처럼 굳어 있었다. 그는 밭을 향해 손을 내밀었다. 아직 꺼지지 않은 불을 움켜쥐기라도 할 태세였다.
 아직 할 일이 남아 있다.
 문득 떠오른 생각에 그는 서둘렀다. 그가 쓴 모든 시도 태워야 했다. 배낭에서 노트를 꺼내 표지에 적힌 자신의 이름 '홍유진'을 확인했다. 시를 적은 노트였다. 마지막으로 펼쳐 보려다가 다시 접었다. 그것을 불길 속에 던졌다. 불살라지는 모습을 보자, 무거운 허물을 벗은 기분이 들었다.

그는 시커멓게 타 버린 밭을 보았다. 작은 불덩어리 하나가 망울진 눈물을 뚫고 그의 시선에 잡혔다. 그것은 파르르 떨더니 나비 모습으로 변해 불붙은 날개를 하늘거렸다. 그러고는 솟구치다가 사라졌다. 분명, 환영이었으리라.

아직 봄도 오지 않았다. 하지만 2014년은 그에게 무척 긴 시간이었다. 아니 한없이 늘어져 확장된 시간이었다. 마치 여백만 가득한 노트 같았다. 한 장에 낱말 하나라도 써 놓았을까.

그는 걸었다. 포구에 이를 때까지 동이 트지 않았다. 바위에 걸터앉아 바다를 내려다보았다. 꾸역꾸역 밀려오는 파도가 검은 액체를 토해 내고 있었다. 수평선에 여명이 깃들었다. 바다는 어둠에서 깨어나려는 듯 분주히 출렁였다. 시뻘건 태양이 솟기 시작했다. 바다의 검은 물결에 빛 조각이 하나둘 섞여 들었다.

선장은 약속한 시각보다 삼십 분 늦게 왔다. 그는 유진을 배에 태우며 다시 물었다.

"가장 서쪽에 있는 섬 말이오?"

유진은 고개를 끄덕였다. 선장은 시동을 걸고 키를 잡았다. 탄력을 받은 배는 끝없는 직선을 그리며 물살을 갈랐다.

섬에 거의 다다랐을 때 선장은 풍덩, 하는 소리를 들었다. 그는 키를 놓고 배를 멈췄다. 갑판에 나와 보니 남자의 모습이 보이지 않았다. 십여 미터 떨어진 수면에서 동심원이 퍼져 나왔다. 그 위로 포말이 맴돌았다.

이반의 편지 1

친애하는
제인(Jane) 박사께,

그간 여러 차례 주신 문의를 신중히 검토했습니다. 당신의 관심이 열정적이며 사고가 개방적임에 고무되었습니다. 앞으로 우리의 논의가 긍정적으로 진행되리라 기대합니다.

이미 말씀드렸듯이, 우리가 가진 원칙은 단 하나입니다. '불가능함에 관한 현재 세계의 주장은 미래 세계에서 대부분 틀린 것으로 판명될 것이다.'

불가능을 완벽히 증명하는 일이 가능할까요? 과학적으로 증명할 수 있었던 이론들이 종교, 문화적 관점에 의해 어두운 골짜기에 묻히기도 합니다. 인류의 역사에 이런 일은 허다합니다. 하지만 기나긴 어둠 속에 잠들어 깨어나지 못했던 진리가 수백 년이 지난 뒤에 상식이 되기도 합니다. 진리, 또는 상식은 완성된 형태로 존재하지 않습니다. 천 년 전의 인류가 현재의 모습을 그릴 수 없었듯이 우리 또한 천 년 후의 미래를 그릴 수는 없습니다.

그러함에도 불구하고 우리는 현재의 과학으로 설명할 수 있는 범위를 고수해야 합니다. 물론 미신이나 신비주의의 영역으로 취급되는 것들이 미래 사회에서 어떤 의미로 변할지 확신할 수는 없습니다. 다만 이성의 눈으로 바라볼 수 없는 주장은 우리가 다루지 않는 분야입니다.

우리의 연구는 진행 중이고 그 목적이 구현된 사례는 아직 없습니다. 그런데도 그 어떤 논리와 이론도 우리의 연구를 반박하지 못합니다. 미래는 결국 우리가 옳았음을 증명하고 불확실한 모든 논쟁은 상식이라는 이름으로 정리될 것입니다.

당신이 제기한 문제에 대해 답변드립니다. 사실 우리가 가장 관심을 가지고 바라보는 문제입니다. 종교적 관점으로 바라본다면 가장 먼저 꺼내야 할 주제이기도 합니다.

우리는 영혼을 부정하지 않습니다. 다만, 과학적으로 증명할 수 없는 사실에 대해 아무런 발언권이 없을 뿐입니다. 영혼을 인식하는 방법과 절차가 우리가 가진 사고와 다르기 때문입니다. 어쩌면 우리의 실험만이 이 주제에 대한 명쾌한 답을 내놓을 것입니다.

 죽음 이후에 영혼이 이른바 다른 차원으로 옮겨 간다면, 우리의 실험과 연구는 모두 실패를 전제로 한 것입니다. 죽음을 지연시킨 자의 영혼은 어디에 머무는 것일까요. 어쩌면 육체가 냉동되는 동안 영혼이 잠드는 것은 아닐지요. 답변을 드리지 못하는 점이 유감입니다. 이것 역시 우리가 풀어내야 할 과제지만 현재로서는 유물론적 가정하에 진행할 수밖에 없다는 점을 양해 바랍니다.

 사오백 년 전, 유럽의 외과 의사들은 현재와 다른 방식의 의학을 가지고 있었습니다. 그들에겐 병에 걸린 사람한테 나쁜 피를 뽑아내는 것이 주된 치료법이었습니다. 더 거슬러 올라가 보면 주술이 의학을 대체하던 시절도 있었습니다. 오늘날 그런 방식은 다수에 의해 배제됩니다.

 두통이 있을 때 아스피린 한 알을 먹을지 말지의 판단은 개인의 자유입니다. 항생제를 투여받아야 하는 환자도 그런 판단을 할 수 있습니다. 하지만 우리는 아스피린이 통증을 멈추고 항생제가 많은 사람의 생명을 연장한다는 사실을 부정할 순 없습니다.

당신의 벗,

이반 알렉세이

2001년 4월 7일

제인의 다이어리

2002년 3월 26일

창문 밖 화단에 목련 한 그루가 서 있단다. 가지에 달린 꽃은 서너 개. 나무 아래 바닥에 입을 벌린 꽃들이 널브러져 있지. 언제나 그렇듯 이 식물은 성급하구나.

또다시 봄이 오고 있어. 꽁꽁 얼어붙었던 땅은 누그러졌어. 계절은 기다림 앞에 싹싹하지. 무섭게 타오르기도 얼어붙기도 하지만, 다음 계절이 다가오면 공손한 고양이가 되니까. 이 기다림 뒤에는 어떤 계절이 우리를 맞을까.

엄마는 언제가 될지 몰라도 기다리겠지. 그것 말고는 할 수 있는 게 없잖아? 그런데 오늘 이런 생각이 들었어. 이것이 수술이라면 일주일, 아니 한 달이라도 쉬지 않고 칼을 쥘 수 있어. 성공을 장담하지 못하더라도 말이야. 몇 가지 방법도 생각해 봤지. 하지만 이내 고개를 흔들고 말았어. 너는 내 아들이니까. 과격한 생각들은 맴만 돌다 희미한 허공 속으로 사라져 가지.

  우리는 제한된 시간 속에 살고 있단다. 하루가 지날 때마다 과거는 커지고 미래는 작아져. 하지만 현재는 나약해지기만 하지. 시간의 힘을 당할 수 있을까? 한없이 닳아 사라져 가는 그것을 잠시라도 붙들 수가 없구나. 그 힘에 무력해지면 차라리 시간이 빨리 흘러가길 바라게 돼. 하지만 아니야. 내게 남은 시간이 아무리 무겁고 길더라도, 네 세계의 시간만큼 가혹할 수는 없어.

  곧 나비가 깨어나겠지. 고운 날개를 펄럭이겠지. 네게 멈춰진 태양을 향해 한없이 날아오르겠지. 어두운 과정은 한 문장의 꿈으로 정리될 거야. 그리고 넌 외칠 거야. '봄은 온전히 나의 것.'이라고.

차례

프롤로그

Ⅰ. 타란텔라 *18*

Ⅱ. 회색 심장 *96*

Ⅲ. 침묵의 봄 *142*

Ⅳ. 납나비 *250*

Ⅴ. 서쪽에서의 춤 *312*

에필로그

추천의 글
타란텔라, 치유될 수 없는 중독의 붉은 선율이여!(이인길)

작가의 말

I.
타란텔라

───── 타란텔라는 타란툴라라는 독거미에서 유래된 말이야. 그것에 물리면 춤을 추어야 하는데 독이 빠져나갈 만큼 격렬해야 해. 미친 듯이 추는 수밖에 없지. 그렇게 추다가 숨이 멎어 버리기도 한다지. 하지만 춤을 추지 않으면 독이 퍼져 죽게 돼.

모두가 일렁이는 불을 바라보았다. 둥글게 둘러앉은 그들 앞에서 화염병이 불을 뱉어 내고 있었다. 불빛은 사람들의 얼굴을 붉게 달궜다. 불이 숙어 가면 얼굴들에 그늘이 찼다. 그들은 눈빛만 반짝였다.

여섯이 남았다. 셋은 유진이 아는 얼굴이었고 나머지 둘은 초면이었다. 병원 6층. 이제 물러설 곳은 없었다. 그 위는 옥상이었다. 엘리베이터 앞은 가스통 네 개로 막아 놓았다. 비상구에는 바리케이드를 쳤다. 경찰은 아직 진입 시도를 하지 않았다.

병원에 몰려든 학생과 시민들 수가 쉰은 넘었었다. 그러나 조금 전 벌였던 싸움에서 대부분 연행되었다. 그 과정에서 외태는 깨진 화염병 위를 손으로 짚으며 넘어졌다. 유리 조각에 남아 있던 불이 그의 손을 삼켰다. 손을 치켜들자, 불꽃 아래로 피가 흘러내렸다. 마치 녹아 버린 쇳물을 보는 것 같았다. 검은 헬멧을 쓴 자들은 그에게 경찰봉을 퍼부었다. 그는 저항하지 못했다. 불이 붙어 있는 손을 들더니 유진을 향해 손바닥을 펼쳐 보였다. 유진은 쇠 파이프를 그러쥐고 외태를 향해 달려가려 했다. 그때, 누군가의 억센 팔이 그의 가슴을 휘감았다. 피해. 기우의 음성이었다. 등 뒤에서 커다란 병이 날아들어 복도에 떨어졌다. 동시에 폭발음이 났고 커다란 불이 솟았다. 6층으로 올라온 사람들은 계단 통로에 의자와 탁자를 집어 던졌다. 남은 자들은 최후의 싸움을 앞두고 있었다.

"이젠 뭐가 남았소?"

기우는 새 화염병을 가져와 헝겊에 불을 붙이며 물었다. 자신이 총련(總聯) 소속이라고 밝힌 남자가 대답 대신 기우의 눈을 노려봤다. 총련은 전국 대학 총학생회 연합 조직이었다. 그는 때로 얼룩진 셔츠 소매를 걷어 올렸다. 둘의 눈빛이 날카롭게 빛났다.

"총련에서 사수대를 보낼 겁니다."

마침내 남자가 입을 열었다.

"부산에 집결해 있지 않나?"

"네. 하지만 일부가 서울에 남아 있습니다. 오늘 밤만 버티면…."

기우는 뒤돌아 창가에 다가갔다. 승산이 없는 싸움이었다. 총련은 소규모 사수대를 보낼 것이었다. 사수대의 중심이었던 오월대는 이미 해체되었다는 소문이 돌았다. 그들은 병원으로 진입해 합류를 시도하겠지만, 명분을 위한 소모적 싸움에 불과할 뿐이었다.

"이것들 보시오. 이제 할 만큼 했소. 여기까지요."

장발의 남자가 말했다. 기독교 단체에서 활동하는 전도사였다. 그는 병원이 봉쇄되자 환자들을 도와 빠져나오게 했다. 그러고는 자기가 중재해 보겠다며 남은 사람들에게 자수를 권했다. 무의미한 충돌은 고인도 원치 않을 거라고 했다.

기우는 눈을 감았다. 올해 1991년은 검고 또 검은 해였다. 봄이 끝나기도 전에 많은 사람이 죽었다. 시위 도중 폭력에 희생된 학생도 있었고 스스로 분신하거나 투신한 노동자도 있었다. 그때마다 분노란 분노는 다 끌어올렸고 더는 남아 있지 않을 것 같았다. 그러나 같은 대학에 다니는 여학생이 사망하자 다시 가슴이 불타올랐다. 동시에 무력감도 스며들고 있었다. 더 많은 사람이 희생되었는데도 1987년과 같은 전민항쟁은 일어나지 않았다.

한 달 전, 수감 중이던 노조 간부가 숱한 의문을 남기고 죽었다. 경찰은 시신을 탈취해 유족들의 동의 없이 부검했다. 부검 결과는 발표하지 않았다. 지금, 이 병원에서 차가운 몸으로 눈을 감은 여학생도 같은 처지에 놓여 있었다. 그녀만큼은 지켜야 했다. 언론은 쓰러진 시위대 속에서 압사한 것으로 몰아갔다. 시신을 빼앗긴다면 그 주장은 사실이 되어 버릴 것이다. 그는 뒤돌아 한 명 한 명 눈을 번갈아 본 뒤 말했다.

"남을 사람은 조금 눈을 붙이기로 하죠."

경찰은 새벽 네 시에 진입할 것이다. 그들은 그 시간을 노린다. 인간의 긴장과 집중력 그리고 체력이 가장 떨어지는 시간이다.

스톤과 코튼이 빈 병을 담은 플라스틱 상자를 가져왔다. 그들은 쌍둥이인데 별명으로만 불렸다. 얼굴은 시커멓고 둘 다 마른 체질에 키는 작달막했다. 하지만 그들은 시위 현장이라면 어디든 달려왔고 항상 선두에서 화염병을 던졌다. 머리에 쓴 플라스틱 헬멧은 금이 가고 무언가에 탄 듯한 흔적이 가득했다. 둘은 능숙하게 병을 쥐어 시너를 붓고 헝겊으로 감싼 솜을 젓가락으로 병목에 찔러 넣었다. 기계적인 작업이었다. 그런데도 그들은 상대가 만든 화염병을 보고 핀잔을 늘어놓았다. 그 모습을 바라보던 유진은 그곳에서 나와 옆에 있는 빈방으로 들어갔다. 침대 옆에 놓인 간이 탁자를 보고는 그곳으로 걸어가 의자에 앉아 두 손에 얼굴을 파묻었다.

시신의 얼굴을 다시 한번 봐야 할까. 아니다. 수십 번 넘게 확인했다. 혼란으로 뒤섞인 시간은 지났다. 그러자 아예 시간이 멈춰 버렸다. 그의 생각도 멎어 버린 것 같았다. 눈앞에 놓인 것은 절벽이었다.

모든 이야기는 끝났다. 남은 것이 있다면 끝을 알 수 없는 침묵이었다. 어지러웠다. 어지럼 속에서 통증이 칼날처럼 솟았다. 머리를 정으로 깎아 내는 것 같더니 날카로운 차가움이 가슴을 향했다. 통증은 차츰 묵직하게 변했다. 그 무게에 비하면 이제 곧 내디뎌야 할 벼랑은 일말의 두려움도 머금지 못했다. 탁자에는 노트와 연필이 놓여 있었다. 지금 해야 할 마지막 일을 암시하는 듯했다. 연필심이 뭉툭했다. 그는 칼을 찾아 다른 병실을 둘러보았다. 칼이 있을 리 없었다. 복도에 나와 두리번거렸다. 간호사들이 사용하는 간이 카운터가 눈에 띄었다. 그곳을 살펴봤다. 연필꽂이에 커터 나이프가 꽂혀 있었다. 그는 그것을 뽑아 쥐었다.

병실로 돌아와 연필을 깎기 시작했다. 나뭇조각을 벨 때마다 그의 살점도 잘려 나가는 기분이었다. 노트를 펼쳤다. 입원해 있던 환자가 쓴 일기였다. 다섯 장을 넘기자, 백지가 시작되었다.

영원한 추락을 기다리고 있는 심연 앞에 서자, 묻어 두려 했던 기억들이 떠올랐다. 고개를 몇 차례 흔든다고 가라앉을 이야기는 아니었다. 그렇다. 이야기는 아직 끝나지 않았다. 그는 연필을 쥔 손에 힘을 주고 종이 위에 적기 시작했다.

머릿속을 비운다. 하나도 남김없이.

어떤 감정도 떠올리지 않아야 한다. 필요한 것은 완벽한 백지다. 마음속을 층층이 감싸고 있는 기운을 한 겹씩 걷어 내야 한다. 그것은 벗겨 낼수록 더 어두운 색깔을 띤다. 모든 걸 제거하면 무엇이 기다리고 있는지 나는 안다.

흑단보다 검은 무(無)의 구(球).

그것에 이르면 하얀 광선을 쏜다. 빛은 서서히 스며들고 구체는 회색이 되었다가 차츰 하얗게 변한다. 그것을 농밀한 빛으로 적신다. 경험했던 가장 강력한 빛이어야 한다. 이제 생각을 허공에 맡긴다. 그러면 무엇이 남는가.

그것은 눈빛이다. 그녀의 눈. 십여 미터 거리였는데도 마치 클로즈업한 영상을 보는 듯했다. 나는 그녀의 눈에 고인 빛을 보며 얼어붙어 버렸다. 그 속에 담긴 것이 슬픔인지 원망인지 아니면 평온함이거나 무심함인지 아직도 단정할 수 없다. 그 눈빛은 내 내면의 막을 반으로 쩍, 하고 갈랐다. 내면에 응고되어 가던 감정들이 그 사이로 흘러나와 사라졌다. 모래밭 위에 뿌려진 것과 같아서 그것을 다시 주워 담을 순 없었다. 두 쪽으로 쪼개진 내면을 다시 꿰맬 실도 없었다.

1982년 초겨울, 열세 살 때였다. 처음으로 프로 야구가 시작된 해였다. 우리 가족은 부산으로 이사했다. 아버지는 군인 신분이었기에 내게 이사는 익숙했다. 또다시 전학이라는 절차가 다가왔지만 무덤덤했다. 아버지는 이사할 일이 더는 없을 거라고 했다. 얼마 지나지 않아 퇴역을 알리더니 한 항공 회사에서 일했다.

 여러 번 전학하면서 많은 이별을 겪었다. 사람과 친해지는 일도 어려웠는데 가까워진 사람과 헤어지는 건 더 힘들었다. 그래서일까. 세 번째 전학 이후부터는 친구를 가지기 싫었다. 부러 깊은 감정을 드러내려 하지 않았다. 말수가 적어지고 생각은 내면에서 맴돌았다.

 이사 온 집은 단독 주택이었다. 1층짜리였고 작은 마당과 화단이 딸린 곳이었다. 담쟁이덩굴이 붉은 벽돌을 타고 지붕까지 닿아 있었다. 새로 맞는 집인데 정감이 들었다. 그것은 오래가지 않았다. 주말이 되자 아버지는 덩굴을 모두 걷어 냈다.

 나는 화단을 좋아했다. 그런 집은 처음이었다. 거실에 앉아 미닫이문 유리에 담긴 화단 풍경을 넋 놓고 바라봤다. 그러면 시간이 흐르는지 알 수 없었다. 곱게 물든 단풍나무를 보면 가슴이 설렜다. 단풍잎은 화단을 붉은 숨으로 적시고 있었다. 그 아래 석류나무가 있었는데 터진 열매 사이로 알갱이를 드러낸 모습이 농염해 보였다. 수정처럼 맑았고 밀도 높은 햇살을 품고 있었다. 그것은 알 수 없는 풍족을 느끼게 했다. 꽃이 피어나면 무척 예쁜 모습을 할 것 같았다. 그러나 이 작은 왕국의 주인공은 한가운데를 차지한 나무였다. 키는 작았지만, 가지들이 수평으로 길쭉이 뻗어 있었다. 모든 게 자신의 품 안이라고 주장하는 듯했다. 나는 그것이 포도나무인 것을 해가 지나서야 알았다. 묘한 기대가 솟았다. 태양의 계절이 오면 엄청난 것을 보여 주리라.

마을은 구월산이라 부르는 작은 산을 끼고 있었다. 둥글둥글한 모습이었기에 구을산이라 부르던 것이 한자로 표기되며 구월산이 되었다고 했다. 우리 집은 두 동네 사이에 있었다. 언덕을 이룬 마을 한가운데를 2차선 도로가 통과했다. 도로 맞은편에는 작은 단층집이 따닥따닥 붙어 있었다. 골목도 좁았다. 농담이겠지만 세상에서 가장 인구 밀도가 높다는 말도 떠돌았다. 언덕 꼭대기에 버스 종점이 있었고, 거기서부터는 도로가 포장되지 않아 비가 오면 질척거렸다. 종점 맞은편에 서 있는 건물이 소망교회였다. 처음 본 순간, 내가 다니게 될 교회임을 직감했다. 붉은 벽돌로 지었고 수수한 마을과는 어울리지 않게 큰 건물이었다. 4층까지 솟아 주위에서는 가장 높은 곳이었기에 하나의 성처럼 보였다. 칙칙한 이미지 때문인지 오래되고 숨겨진 느낌이 건물을 휘감고 있었는데, 오히려 그것이 아련한 경건함과 때 묻지 않은 슬픔을 자아냈다.

그 교회는 내 내면에 움트는 결정이 자라나기에 알맞은 곳이었다.

부산에서 두 번째 주말을 맞은 날이었다. 밤에 초인종이 울렸다. 나는 마당에 나와 대문을 열었다. 문밖에는 한 여자가 서 있었다. 그녀는 아버지를 만나러 왔다고 했다. 아버지는 거실에서 그녀를 맞았다. 그때, 알 수 없는 표정을 지었는데, 조심스러우면서도 한편으로는 기대하는 모습이었다. 나더러 방에 들어가라 이르고는 그녀와 대화를 나누었다.

방 안에서 나는 아무것도 할 수 없었다. 가슴이 쿵쿵 뛰었다. 마침내 안정된 생활에 놓인 줄 알았는데 예상하지 못한 물결이 다가오고 있었다. 대화가 어렴풋이 들렸다. 하지만 머릿속을 채운 어둠이 모든 음성을 파편으로 깨뜨렸다. 그것이 차츰 까마득한 한 점으로 섞이는 순간 아버지의 음성이 들렸다. 나를 부르고 있었다.

아버지는 그녀에게 인사시키며 앞으로 함께 살 거라 했다. 나는 고개를 숙인 채 아버지가 덧붙이는 말을 들었다. 무슨 말인지 귀에 들어오지 않았다. 방으로 돌아와 침대에 누웠다. 그동안 의식하지 못했던 생각이 떠올라 가슴이 쓰렸다. 이 집에 당연히 있어야 할 어머니가 함께 살지 않았다. 이사할 때마다, 어머니는 항상 두세 달 늦게 왔다. 이번에도 그런 줄 알았다. 이사하기 전, 병원에서 떠나기 어렵다는 어머니의 말을 무심코 받아들였다. 그것은 잠시일 테고, 곧 만나리라 생각했다. 조금 전, 마음속에서 무언가 뚝, 하고 부러졌다. 불길했다. 그 감정은 점점 지독해질 것 같았다. 그러나 밤이 깊을수록 마음이 식었다. 어머니에 대한 서운함이 깊지 않았다. 함께 살 때도 그녀는 저녁 식사를 마치면 다시 병원에 나가기 일쑤였다. 매시간 쫓기듯 살았다. 나는 혼자 지내는 시간이 익숙했다.

다음 날 아침, 눈을 떠 보니 여자의 얼굴이 눈앞에 있었다. 그녀는 미간이 좁고 눈동자는 까맸다. 머리카락은 검다 못해 숫제 검은 잉크를 바른 느낌이었다. 숱도 촘촘했다. 그녀는 가는 눈썹을 꿈틀거리며 눈동자를 반짝였다.

처음에는 그 여자가 새어머니이겠거니 생각했다. 그러나 그녀는 아버지와 같은 방을 쓰지 않았다. 장을 보러 나갔다 오면 종일 집에 머물렀고 아버지와 대화하는 일은 거의 없었다. 그렇다면 거주하면서 집안일을 하는 가정부일까? 그렇게 볼 순 없었다. 밥상은 거르지 않고 차렸지만, 청소라든지 자질구레한 살림에는 신경 쓰지 않았다. 무엇보다 그녀는 흔하지 않은 옷차림을 하고 있었다. 집에서는 다리 굴곡이 그대로 보이는 검은 하의를 입었다. 양쪽 무릎 부분은 갈라져서 흰 살을 드러냈다. 몸에는 망토 같은 것을 걸쳤는데, 소매가 없는 셔츠를 안에 입었기에 가끔 어깨가 삐져나오곤 했다.

그녀를 어떻게 호칭해야 할지 몰랐다. 그저 저기요, 라고 부를 뿐이었다. 어느 날 그녀는 눈을 위로 치켜뜨더니 말했다.

Jessie, 제시라고 불러.

제시는 특이한 요리를 했다. 달궈진 프라이팬 속에 양파, 피망, 돼지고기, 새우를 볶았고 그 위에는 갈색 소스와 향신료를 뿌렸다. 음식 맛이 내겐 익숙하지 않았다. 향과 양념이 강하고 낯설었다. 차츰 적응될 무렵, 그녀는 마늘종이나 꽈리고추, 멸치 같은 재료를 볶기 시작했다. 생선을 조리기도 하고 고추로 장아찌를 만들기도 했다. 아욱이나 근대로 국을 끓이더니 마침내 배추를 절여 김치를 담갔다. 음식을 만들 때면 진지하고 부지런했다.

제시가 온 지 보름이 되던 날이었다. 학교에서 돌아와 보니 거실이 놀랍도록 변한 모습으로 나를 맞았다. 주방과 거실을 잇는 공간에 커다란 전축이 자리를 차지하고 있었다. 가슴이 뛰었다. 양옆 스피커가 내 가슴 높이보다 컸다. 가운데에는 세 단을 이룬 오디오 기기가 금빛을 뿜고 있었다. 그것에 달린 다이얼 버튼이 스무 개는 넘었다. 기기 위 턴테이블에서 LP 음반이 빙글빙글 돌아가고 있었다. 막대기 끝에 달린 바늘이 검은 판 위를 가르며 묵직하고 웅장한 음악을 자아냈다. 그 모습에 얼어붙어 있었는데 더 놀라운 물건을 보았다. 피아노였다. 마호가니 색상을 띤 피아노가 거실 창문과 직각을 이룬 자리에 놓여 있었다.

사실, 전에 살던 집에도 피아노는 항상 있었다. 이사 때마다 운반이 까다로워도 어머니는 피아노를 고집했다. 하지만 이 집에 올 때 그것은 빠져 있었다. 어머니 것이니 당연했지만 가장 아쉬운 점이었다.

제시, 이게 다 뭐야?

가진 돈 탈탈 털어서 샀어.

아버지 허락은?

노(아니). 설마 내쫓기야 하겠니?

쳐 봐도 돼?

오브 코오스(물론)!

그녀는 나를 이끌어 피아노 의자에 앉혔다. 덮개를 열고는 손짓으로 어서 해 보라고 했다. 나는 클라우의 소나

티네를 연주했다. 피아노 음은 정확한 편이었다. 음 하나하나가 명료하고 냉정한 느낌을 주었다.

와우, 멋진데?

연주를 마치자, 그녀는 눈을 동그랗게 뜨며 나를 바라보았다. 그러고는 내 손을 잡고 검지로 내 손가락을 쓸며 관찰했다. 흥미롭다는 듯 눈을 반짝였다. 그때 나는 그녀의 손이 매우 작다는 사실을 알았다. 내 손가락은 길쭉했고 손톱이 그녀의 것보다 컸다.

아버지가 집에 왔을 때, 나는 긴장했다. 아버지는 피아노 연주도 다른 음악도 좋아하지 않았다. 아버지는 제시를 잠시 노려보았다. 그러더니 방으로 데려가 짧은 대화를 나누었다. 방문을 열고 나온 제시는 손가락으로 V자를 그리며 어깨를 들썩이더니 미소를 보냈다.

학교생활은 무미했다. 한 달 후면 겨울 방학이었다. 그 뒤로는 중학교에 진학할 터였다. 나는 누구에게도 말을 걸지 않았다. 친해질 생각도 없었다. 반 아이들도 내게 별 신경을 쓰지 않았다. 교사의 말은 머릿속에 들어오지 않았고, 수면 위로 솟은 빙산 같은 의식 위로 피아노곡만 흘렀다.

방학을 보름 남겨 둔 무렵이었다. 점심시간에 누군가 내 책상 위에 도시락통을 놓았다. 반에서 가장 키가 작은 아이였다. 언뜻 보면 또래보다 두세 살은 어려 보였다. 그의 머리는 사발을 씌워 깎은 듯 길이가 가지런했다. 팔꿈치를 기운 외투에 해진 신발을 신고 있었다.

나도 얼마 전에 전학해서 왔다. 같이 먹자.

그는 내 허락도 없이 도시락 뚜껑을 열더니 밥을 폈다. 나는 못마땅하면서도 한편으로는 반가웠다. 그 뒤로 우리는 같이 점심을 먹었다. 외태. 그의 이름이 특이했다. 그는 반 아이들에게 따돌림을 받고 있었다. 뒷자리에 앉은 덩치 큰 아이들이 툭하면 방과 후에 그를 둘러싸고 놀렸다.

좆만 한 게 촌놈이래요. 촌에서도 거지였대요.

그들은 그런 노래를 부르며 외태의 뒤통수를 차례로 내리쳤다. 외태는 그들이 물러가면 붉게 달아오른 얼굴로 그들의 뒷모습을 노려봤다. 시야에서 완전히 사라질 때까지 그대로 서 있었다. 그때의 눈빛은 그 나이 소년의 것이라 하기엔 섬뜩했다.

먼지처럼 가벼운 햇살이 교정에 깔리던 날, 마지막 수업을 받았다. 교실에 아무도 남아 있지 않을 때까지 창가에 서 있었다. 운동장 구석에 있는 포플러를 바라보았다.

옅은 구름이 천해 보이는 빛을 자아냈고 교정은 혼탁한 기운을 쌓았다. 아이들의 떠들썩한 소리가 사라진 공간은 굳어 있었다. 입체감이 없는 사진과 같은 모습이었다. 교실을 둘러보았다. 텅 빈 그곳을 응시하고 있자니 시간도 멈춰 버린 것 같았다. 가슴에 긴장이 솟았다. 몸은 한층 자라난 기분이었다. 교실이 이렇게 작았던가. 햇살에 쓸쓸한 기운이 스며들 때였다. 적막을 가르며 아련한 노랫소리가 들려왔다. 창문을 열고 살펴보았다. 방향을 가늠하기가 어려웠다. 교실에서 나왔다. 복도를 지나 운동장으로 향했다. 한복판으로 걸어갈수록 소리는 점점 또렷해졌다. 가사에서 '하나님'이라는 낱말이 튀어나와 귀에 꽂혔다. 찬송가 같았는데 교회에서 한 번도 들어 본 적 없는 곡이었다. 환청이었을까? 알 수 없는 기분에 마음이 죄었다.

내가 어렸을 적부터, 아버지는 규칙과 규율을 강요했다. 나는 매일 아침 여섯 시에 일어나 일기를 썼다. 일요일엔 교회에 나갔다. 언제부터였는지는 모른다. 일요일은 내게 아무런 자유도 허락하지 않았다. 아침 예배를 보고 집에 돌아왔다가 오후 성경 모임에 참석했다. 그러고는 해가 질 무렵이 되어서야 돌아왔다. 전도사들은 나를 독실한 신자라 여겼다. 예배에도 모임에도 빠진 적이 없었거니와 성적이 뛰어난 모범생으로 알려져 있었다. 성경 암송 대회에서 우승한 적도 있었다. 성인도 함께 참가하는 대회였기에 교인들은 내게 칭찬을 쏟아 냈다.

나는 신에 대한 믿음이 굳지 않은 편이었다. 절대자의 권위를 의식하지 못했다. 목사의 설교가 흥미롭거나 기도하는 시간이 엄숙하지도 않았다. 다만 노래는 좋았다. 찬송가를 부르고 있으면 맑은 빛이 정수리 위로 쏟아지는 것 같았다. 세상은 화사한 빛을 띠었다. 그 순간만큼은 신비한 분위기로 마음이 촉촉했다.

가끔 화가 나기도 했다. 월요일마다 아이들은 떠들어 대기 바빴다. 일요일에 즐겼던 근사한 놀이나 여행, 텔레비전에서 방영한 프로그램을 이야깃거리 삼았다. 내게는 다른 세상의 이야기였다. 나는 일요일이면 교회에 나가는 게 의무였다. 휴일의 달콤한 놀이 같은 건 사치였다. 아버지는 기독교 신자가 아닌데도 내겐 철저했다.

아버지는 명료한 것을 선호했다. 그가 질문하면 나는 긴장했다. 가령 "이번 반 분위기는 어떠냐?"는 질문에 "글쎄요. 그냥…."이라고 대답하는 걸 싫어했다. 단지 '좋아요.' 또는 '수준이 나빠요.'와 같은 대답을 원했다. 내 생각이 불순하거나 거짓이 섞여도 지적하지 않았다. 명확한 표현과 일관성을 띠면 만족해했다. 나는 적절한 대답을 머릿속에서 두어 번 여과시켜 정리했다. 확신이 서면 그제야 입을 열었다. 그것은 내게 훈련과 같았다.

아버지는 일곱 살 때부터 유도를 배웠다고 했다. 상당한 실력을 갖춘 모양이었다. 유도뿐만 아니라 검도와 공수도(가라테) 유단자이기도 했다. 옷장에 도복과 무술 유단자 단증을 보관하고 있었다. 나는 열 살 무렵부터 도장에 나가 유도를 배워야 했다. 방과 뒤엔 바로 도장을 향했다. 그것 역시 아버지가 설정한 규율이었다. 나는 유도가 싫었다. 무쇠로 지은 듯한 아버지의 팔뚝과 달리 내 몸은 연약하고 가늘었다. 곧잘 어깨나 팔을 삐기도 하고 시퍼런 멍을 달고 다녔다.

나는 피아노가 좋았다. 도장에서 땀 흘릴 때도 어서 끝나 피아노 학원으로 달려갈 마음뿐이었다. 피아노를 연주하는 시간에는 아무것에도 얽매이지 않았다. 아버지가 정한 엄격함에서 벗어나 손가락을 마음껏 굴리고 있자면 모든 보상이 건반 위로 쌓이는 듯했다.

어머니는 가끔 집에 일찍 돌아와 피아노 앞에 있었다. 하지만 피아노를 연주하지 않았다. 어머니의 연주를 들을 수 있는 건 매주 토요일 오후였다. 단 한 곡, 베토벤의 월광 소나타였다. 매번 같은 곡을 연주했다. 그 모습을 지켜보고 있자면, 꼭꼭 감추어 둔 마음속 감정이 풀려나오기 시작했다. 창가에 쏟아지는 햇살이 달빛처럼 차분히 내려앉고 파리한 빛깔은 한없이 여려 보였다. 음악은 공간을 틀어쥐고 죄었다 늦췄다 하는 것 같았다.

그 시절, 학원에서 돌아오면 어머니가 오기까지 혼자였다. 하지만 가장 흥분되는 시간이었다. 의자에 앉아 호흡을 가다듬고 피아노 덮개를 들어 올린다. 나만의 시간이 열리는 것이다. 짙은 오후 햇살이 흑백의 건반 위에 뿌려진다. 손가락을 그 위에 올리고 유영하듯 굴린다. 건반은 스텝을 밟듯 유기체처럼 춤춘다. 피아노 음 하나하나가 귀에, 그리고 눈에 파고든다. 깍쟁이 같은 그것들이 가슴을 죈다. 어느새 어둠이 찾아온다. 나는 그 속에 파묻혀 여운에 잠긴다.

그 시간을 밤까지 연장할 순 없었다. 아버지가 오면 집 안에는 무거운 시간이 깔렸다. 그는 식사를 마치면 뉴스를 시청한 뒤, 텔레비전을 끄고 석간신문을 펼쳤다. 신문을 다 넘기면 책장에서 책을 뽑아 읽었다. 어머니는 밤마다 탁상 등이 켜진 책상 앞에 앉았다. 영문 도서를 읽기도

하고 노트에 무언가를 쓰기도 했다. 나는 될 수 있으면 방에서 나오지 않으려 했다. 아버지는 작은 소리에도 민감했다. 나는 식사할 때도 조심했다. 식기가 달그락거리지 않도록 숟갈질하고 의자는 소리가 나지 않게 살짝 밀어 넣었다.

거실에는 텔레비전 양옆으로 책장이 놓여 있었다. 다른 집에 이사해도 그 배치는 마찬가지였다. 왼쪽 책장은 주로 전집이 차지했다. 세계 문학, 한국사, 세계사 등 다양한 분야였다. SF 전집이나 위인전, 백과사전도 있었다. 아버지는 그중 《삼국지》는 반드시 세 번 이상 읽으라고 했다.

오른쪽 책장에는 제목이 일본어로 쓰인 책이 반을 차지했고 사진 앨범 등이 있었다. 그런데 가운데 단에는 단 하나의 물건만 놓여 있었다. 액자였다. 그 안은 파란색 우단(羽緞)이 깔려 있고 그 위로 펜던트 같은 것이 두 개 붙어 있었다. 쇠로 만든 장식물이었다. 하나는 솔잎 같은 날들이 붉은 원판 주위로 뻗어 나가는 형태였다. 다른 하나는 평범한 메달 모양으로, 기장(記章)이라는 글자가 새겨져 있었다. 액자에 손을 대면 아버지는 화를 냈다. 나는 성인이 되기까지 그것이 무엇에 대한 흔적인지 몰랐다.

밤이 되어도 나는 혼자인 것과 마찬가지였다. 거실 책

장에서 한 권씩 뽑아 방에서 읽었다. 독서는 즐거웠다. 그런데 문학 작품을 읽을 땐 불편했다. 소설 내용은 흥미롭지만 복잡하고 어려운 이야기들이었다. 소설 속 인물이 겪는 사건은 어린 내가 이해하거나 공감하기엔 어려운 것이었다. 겁이 나기도 했다. 내가 알지 못하는 커다란 현실이 나를 둘러싸고 있지는 않을까. 성장하는 동안, 그것이 하나씩 눈을 뜨고 다가올 때마다 무거운 감정을 마주해야 하는 걸까. 문득 어른이 된다는 것이 두려워졌다.

어느 토요일이었다. 외출 후 돌아온 제시는 양손에 노끈으로 묶은 뭉치를 들고 있었다. 백여 장은 넘어 보이는 LP 음반이었다. 정품은 아니었다. '빽판'이라고 불리는 복제품이었다.

음반이 온종일 돌았다. 한 음반이 재생을 마치면 그녀는 전축 앞으로 갔다. 다른 음반을 골라 양 끝을 잡고 한 바퀴 휙 돌린 뒤 턴테이블 위에 올렸다. 요리하거나 설거지할 때면 차분한 팝송이 울렸고 커피를 마실 때는 재즈 멜로디가 깔렸다. 해가 지면 그녀는 전축 앞에 앉아 양 볼을 뒤덮는 헤드폰을 썼다. 그 시간엔 주로 클래식 음악을 들었다.

그녀가 가져온 음반은 한 장르에 치우치지 않았다. 카펜터스(Carpenters) 같은 잔잔한 팝에서 폴 모리아(Paul Mauriat) 등의 경음악, 그리고 유명한 오케스트라의 음반까지 다양했다. 그런데 하루도 빠짐없이 돌리는 음반이 있었다. 아바(ABBA)였다. 겨울 방학 동안 나도 지겹도록 들어야 했다. 당시만 해도 그 앨범들, 아바(ABBA)라는 그룹의 노래가 내 삶에 어떤 변주를 일으키며 우여곡절의 배경이 될지 상상조차 할 수 없었다.

나는 피아노 학원에 갈 필요가 없었다. 제시에게 레슨을 받았다. 제시는 솜씨 좋은 연주 실력을 갖추고 있었다. 그녀는 내게 처음 보는 교본을 내밀었다. 표지가 붉은색이었고 존 탐슨(John Thompson)이라는 음악가의 이름이 적혀 있었다. 내가 배웠던 고전 클래식뿐 아니라 재즈, 보헤미안 춤곡, 흑인 영가 등 다양한 양식의 곡을 싣고 있었다. 또 다른 세계를 맞는 듯해 설렜다. 생소한 스케일부터 복잡한 코드 변주, 디아토닉의 진행과 리듬감 넘치는 싱코페이션까지 새로 익혀야 할 음악적 요소가 펼쳐졌다. 나는 흥미로웠다. 처음부터 다시 배운다는 자세로 그녀를 따랐다.

제시는 성인이 될 무렵부터 미국에서 살았다고 했다.

그렇게 된 까닭과 그곳에서 무슨 일을 했는지는 말하지 않았다. 그녀는 내게 반은 영어로 말했다. 영어를 배워 본 적이 없는 나로서는 몸짓이나 표정으로 알아들어야 했다.

파이널리(마침내)….

내가 연주 하나를 완성하면 그녀는 그렇게 말했다.

바이 더 웨이, 씽크 야 뷰티풀(그런데, 아름답다고 생각해)?

이어서 이 질문도 빠뜨리지 않았다. 방학 내내 나는 피아노와 한 몸이었다.

방학이 끝나 갈 무렵이었다. 누군가 초인종을 눌렀다. 나가 보니 문밖에 외태가 서 있었다.

들어가도 되나?

그가 물었고 나는 고개를 끄덕였다. 그는 마당에 들어서며 주위를 둘러보았다. 집 안으로 발을 들이고는 거실에서도 무언가를 찾는 듯 두리번거렸다. 얼굴색이 조금 창백했다. 내가 전축을 틀어 주자, 그의 눈이 커졌다. 제시가 감귤을 내왔다.

후즈 댓 보이(저 소년은 누구니)?

그녀가 물었고 나는 같은 반 친구라고 말했다. 외태는 그녀를 보며 놀란 표정을 지었다. 나는 연습 중이던 피아노곡을 들려주었다. 외태는 묵묵히 듣고 있다가 갑자기 벌떡 일어나 책장 앞으로 걸어갔다. 그의 시선은 단 하나에 꽂혀 있었다. 액자 속 장식물이었다.

왜 그래?

굳은 듯이 서 있는 그를 향해 내가 물었다.

아니다. 난 그만 가 보련다.

그는 그렇게 말하며 돌아갔다.

중학교 입학을 사흘 앞두고 수렁의 나날이 찾아왔다. 어지럼증이라는 병이 나를 삼켰다. 눈앞이 빙글빙글 돌았다. 제자리 돌기를 하다가 멈췄을 때와 같았다. 제대로 서 있기도 힘들었다. 눈알은 반복해서 떨렸다. 어떤 사물도 정지된 모습으로 바라볼 수 없었다. 종일 누워서 무력하게 지냈다.

어머니라도 곁에 있다면…. 한번 떠오른 생각이 걷잡을 수 없게 감정을 헝클어뜨렸다. 그러나 어머니의 얼굴이 잘 그려지지 않았다. 다른 이의 모습과 혼동될 때도 있었다. 모든 것이 탁해지고 멀어져 갔다.

가끔 눈언저리에서 무언가 꿈틀거렸다. 날파리 같은 작은 점이었다. 그것은 미세하게 떨며 서서히 솟아올랐다. 그러고는 천장에 달라붙어 점점 흐려졌다. 그 모습을 바라보다 어지러우면 눈을 감았다. 그러한 경험은 내 내면 깊숙한 울림이 토해 낸 환영일 수도 있다. 후에 알게 된 사실이지만 그건 나 자신을 통째로 삼킬 거대한 암흑 덩어리의 씨였다.

자주 떠올리는 이미지가 있었다. 아담한 호수였는데, 주위는 모두 열대 활엽수처럼 잎이 넓적넓적한 나무로 둘러싸여 있었다. 물은 투명했고 눈부신 햇살이 수면을 덮었다. 나는 나룻배에 앉아 넋 놓고 물속을 들여다보았다. 손바닥만 한 물고기들이 갈색 등을 보이며 내 앞에 모여들었다. 그것들은 수면에 작은 거품을 뿜어내고 깊은 곳을 향해 흩어졌다. 나를 이끄는 듯한 몸짓이었다. 그것을 좇아 바라보고 있으면, 수면이 눈앞까지 경사를 이루며 떠올랐다. 나는 그대로 물속에 빨려 들어갔다. 따뜻했다. 맑은 기운을 호흡하며 깊숙이 가라앉았다. 내가 있어야 할 보금자리를 찾은 기분이었다.

공상은 거기에서 멈췄다. 그 뒤로는 꿈이 이어졌다. 꿈속에는 예쁜 소녀들이 자주 나왔다. 하나같이 고운 레이스가 달린 옷을 입고 있었다. 그들은 장난기 가득한 웃음을 띠며 내 주위를 돌아다녔다. 그렇게 웃으면서도 말하는 이는 없었다. 내가 말을 걸어도 그저 눈을 크게 뜨며 입을 벌려 미소 지을 뿐이었다. 한 소녀만이 그들과 떨어져 등을 돌린 채 서 있었다. 미동도 없이 그저 서 있을 뿐이었다. 나는 그 소녀에게 다가갔다. 소녀는 서서히 몸을 돌려 나를 바라봤다. 그 얼굴을 보자마자 나는 순식간에 눈물이 솟아 눈에 고였다. 그리움, 슬픔, 연민, 반가움, 환희…. 그 모든 감정이 섞인 눈물이었다.

꿈에서 깨어나면 정신이 멍했다. 내 나이로는 감당하기 힘든 세계를 경험한 기분이었다. 꿈속에서 마주했던 감정이 현실에도 있는 것인지 의문이었다. 낯선 풍경과 소녀들 모습은 그 어느 기억보다 생생했다. 오히려 현재 세계가 덧없는 꿈속 같았다.

어지럼은 한 달간 이어졌다. 겨우 학교에 나가게 되었을 때는 전학생이 된 기분이었다. 서로 친근해진 반 학생들과 달리 내겐 이제 시작이었다. 담임교사의 도움으로 학업은 금세 따라잡았다. 그러나 교실 곳곳마다 이질감이 쌓여 있었다. 쉬는 시간이면 창가에 서서 화단을 내려다보았다. 푸릇한 초목 사이로 나비가 하늘거리며 꽃을 찾았다. 저 꽃밭에 초대받지 못한 나비가 있을까. 그렇다면 그것은 나처럼 허물도 벗지 못한 존재이리라.

어느 오후였다. 창문 밖으로 커다란 나비 한 마리가 날고 있는 모습이 시야에 들어왔다. 나비가 펄럭이는 샛노란 날개에서 햇살이 액체처럼 흘러내렸다. 날개가 얼마나 커 보였는지 날갯짓에 따라 화단에 커다란 그림자가 일렁이는 것 같았다. 갓 피어난 철쭉 사이로 몸을 숨길 때면 꽃잎은 불타듯 붉어졌다. 나비가 세상을 쥐락펴락하는 것 같았다. 나비는 봄을 젓고 있었다. 아니, 그것이 봄을 자아내고 있었다.

몸속에 뜨거운 기운이 쌓였다. 이 봄을 완전히 소유한 것은 저 나비가 아닐까. 그에 비해 나는 아직 굼뜬 애벌레에 불과했다. 이파리 위에서 꼼지락거릴 뿐이었다.

봄은 장마철에 잠시 고개를 내민 해처럼 짧게 머물렀다. 봄기운이 자취를 감춘 뒤에도 아지랑이는 남아 있었다. 교정 곳곳에서 여전히 아른거렸다. 어지럼에서 벗어나자, 세상은 흔들리는 시선으로 나를 지켜봤다.

반가운 사실이 하나 있었다. 외태가 같은 학교에 다니고 있었다. 그는 점심시간이면 어김없이 내 반에 찾아왔다. 시험 기간이 다가오면 빈 교실에 나란히 앉아 교과서와 필기 노트를 펼치기도 했다. 나는 여전히 과묵했다. 급우들과 거리를 좁히기도 어려웠다.

곤충의 더듬이라도 되었는지 주위의 모든 것에 민감했

다. 볕이 내려 넘치는 운동장은 사막처럼 황량했고, 교실 창가에 비죽이 흘러 들어온 햇살에는 음울한 기운이 녹아 있었다. 붉은 장미 잎에 꽂히는 굵은 빗방울은 내 마음도 콕콕 찔렀다. 세상은 밝을수록 컴컴한 것 같았고 어둠에 잠길수록 더 선명하게 다가왔다.

수업은 흥미롭지 않았다. 수학은 의미 없어 보였고 영어는 이미 제시에게 배운 것들이었다. 국어 교과서에 실린 문학 작품은 지루했다. 다만 시는 좋았다. 나는 종이 울리기까지 공상에 빠졌다. 그 세계에는 항상 멜로디가 흘렀다. 배운 시를 속으로 외워 보기도 했다. 한 학기가 건조하게 흘렀고 여름이 찾아왔다. 방학이 어서 시작되기를 바랐다. 제시는 방학 동안 작곡을 가르쳐 주기로 했다.

날이 더워질수록 제시의 옷차림도 가벼워졌다. 옷은 점점 짧아졌다. 낮에는 속옷을 겨우 가리는 핫팬츠를 입었다. 얇은 민소매 셔츠 사이로 어깨와 목이 훤히 드러났다. 하얗게 빛나는 그녀의 목은 매끄러웠다. 새까만 머리카락이 그 사이로 찰랑거렸다. 허벅지는 스스로 빛을 품은 듯 보였다. 제시의 가슴은 작지만 탄탄해 보였다. 허리는 오목하고 손과 발은 어린아이처럼 고왔다. 그녀의 몸 어느 곳을 봐도 예뻤다. 그런데 단순히 예쁘다는 생각만 들지 않았다.

언제부턴가 왠지 모를 불편한 감정이 스며들었다.

푹푹 찌는 어느 날 오후였다. 제시가 여느 때처럼 샤워를 마치고 가운을 걸친 채 나왔다. 내가 욕실을 쓰려고 그녀를 지나칠 때였다. 그녀는 손끝으로 이마를 치더니 잠깐만, 하고 말했다. 그러고는 욕실에 들어가 무언가를 가지고 나왔다. 나는 욕실에 들어가 손을 씻었다. 그런데 세면대 구석에 실 같은 물건이 반짝였다. 제시의 팔찌였다. 그것을 들고 그녀의 방 앞으로 갔다. 방문이 조금 열려 있었다. 무심코 문에 손을 대고 밀었다. 그리고 얼어붙었다. 한 뼘 사이의 틈으로 그녀의 모습이 보였다. 전신 거울 속에 비친 모습이었다. 거울 속 그녀는 아무것도 걸치지 않은 채였다. 시선은 자기 눈을 향해 고정하고 있었다.

잠들기까지 그녀의 알몸이 머릿속에 박혀 있었다. 마치 사진을 보고 있는 것처럼 뚜렷했다. 시원스레 뻗은 쇄골 아래로 볼록 솟은 가슴과 단단한 두 꼭지, 가지런한 갈비뼈, 살아 움직일 것 같은 골반 곡선, 검은 거웃, 매끄럽고 시원하게 뻗은 다리…. 몇 초의 순간에 불과했는데도 그 모두를 관찰했다는 게 믿기지 않았다.

겨우 잠이 들자, 꿈이 시작됐다. 나는 누워 있었고 소녀들이 주위에 모여 내 얼굴을 들여다보았다. 평소의 모습과 달랐다. 립스틱을 발랐는지 입술이 빨갰다. 눈썹은 그림을 그린 듯 진했다. 그들이 미소 짓기 시작했다. 귀염을 받으려는 듯 알랑거렸다. 옷매가 단정치 않았고 눈매에는 요망스러운 빛이 고여 있었다. 한 소녀가 그윽한 눈길로 다가왔다. 내 가슴에 얼굴을 묻고 깊은숨을 내쉬었다. 소녀는 손바닥을 펴 내 가슴에 대었다. 그러고는 꼭 쥐었다. 다시 가슴을 쓸어내리더니 배 아래로 밀어 넣었다. 나는 옴짝달싹하지 못했다. 깊은 늪에 빨려 들어갔다. 몸은 뜨겁게 끓은 피로 타들어 갔다. 더는 버티지 못할 것 같은 순간, 주먹만 한 빛 덩어리가 나타나 몸의 한가운데를 관통했다. 그것은 나를 태워 버릴 듯 강렬했다. 질척한 늪은 이내 나를 뱉어 냈다. 나는 숨을 몰아쉬었다.

그 뒤로 일 년이 훌쩍 지나갔다. 그 기간에 나를 가장 괴롭힌 것은 성욕이었다. 이 학년 여름 방학 때였다. 악보를 가지러 제시의 방에 들어갔다. 책꽂이에 손을 대고 찾는데, 귀퉁이에 꽂혀 있는 작은 책자가 눈에 띄었다. 제목은 《엠마뉴엘(Emmanuelle)》이었다. 그것을 뽑아 펼쳐 보았다. 영문 책이었다. 서문에 적힌 문장이 흥미로웠다.

We are not yet in the world 우리는 아직 세상에 없다

There is not yet a world 아직 세상은 없다

Things are not yet made 어떤 것도 아직 만들어지지 않았다

The reason for being is not found 존재하는 이유는 찾을 수 없다

  책을 가져와 침대에 누웠다. 읽다가 잠들 셈이었다. 그러나 서너 장을 넘긴 뒤로 잠기운이 쏙 달아났다. 밤을 꼬박 새우며 모두 읽었다. 몸이 돌덩이처럼 굳어 있었다. 두려움에 휩싸였다. 제시가 화장실에 간 틈을 타 제자리에 돌려놓았다.

  반 학생들이 돌려 보던 잡지를 떠올렸다. 포르노그래피였다. 내 손에도 거쳤다. 사진 속 여자 나신에 흥분되는 건 사실이었다. 다만, 제시의 알몸을 보았을 때처럼 압도적이지 않았다. 하지만 글은 달랐다. 감각을 극한으로 치닫게 하는 자극을 일으켰다. 나는 거의 피가 마르는 것 같았다. 성행위나 여자의 몸을 숨김없이 표현한 문장이 유명한 시구(時句)처럼 반복해서 맴돌았다. 이제 책은 눈앞에 없지만, 머릿속에 인쇄해 놓은 것과 다름없었다. 문장 하나가 스칠 때마다 실제보다 더 구체적인 장면이 그려졌

다. 관능은 불타올라 파충류의 혀처럼 날름거렸다. 그것은 나를 핥으며 몸도 정신도 액체로 녹여 뒤섞었다. 고통스러웠다. 사나흘 동안은 앓다시피 했다. 애써 눌렀나 싶으면, 문장들은 어느새가 스멀스멀 되살아났다.

고등학교에 진학하고서도 학업은 관심 없었다. 이제 공상과 꿈속의 소녀들은 애티를 벗었다. 그들 몸엔 올록볼록한 곡선이 도드라져 있었다. 곧잘 교태 섞인 웃음을 짓기도 했다. 나는 탐미하고 싶었다. 처음엔 여성의 몸과 외모가 대상이었고, 피아노 연주나 쓰고 있는 글로 퍼져 나갔다. 약간의 흠이라도 띠면 불안한 감정이 뒤따랐다. 완벽한 것만 만족을 주었다.

손에 잡히지 않는 관념이 나를 지배했다. 세계가 실재하는지 의문이었다. 실재하더라도 매우 초라한 것에 불과할 것 같았다. 완벽함을 현실에서 찾기란 불가능했다. 나는 위태로웠다. 덫에 걸렸다. 유리 상자에 갇혔다. 보이는 것은 모두 그 상자의 바깥에 놓여 있었다. 유리는 금방이라도 깨질 듯 얇았다. 작은 떨림으로도 갈라져 금이 갈 것 같았다. 하지만 그것이 조각나는 순간이면, 내면이 추구하는 탐미는 허공 속으로 증발할 것이었다.

그랬다. 그것을 증명하는 일은 어렵지 않았다. 방과 후,

나를 지나치던 반 친구에게 들었다. 영화 〈엠마뉴엘〉을 보았다는 이야기였다. 나는 그에게 상세히 물었다. 그는 너 같은 애도 그런 걸 보느냐며 징그럽게 웃고는 만화방 이름을 댔다. 에로티시즘 영화를 틀어 주는 곳이라고 했다. 나는 밤이 되길 기다려 그곳을 찾아갔다. 숨죽인 학생들이 텔레비전 화면에 시선을 꽂고 있었다. 제목이 떴다. '엠마뉴엘'이라는 스펠을 읽으며 나는 손을 떨었다. 실사는 어떤 모습일지 궁금했다. 기대가 부풀어 가슴이 뛰기도 했다. 국내에 개봉한 영화는 아니었다. 외국에서 들여온 불법 비디오테이프였다. 주제곡이 흘렀다. 들어 본 적 있는 멜로디였다. 곡은 아름다웠다. 감미롭고 감성이 넘쳤다.

여주인공의 모습이 처음으로 나왔을 때였다. 나는 당황했다. 머릿속으로 수없이 그려 봤던 이미지와 달랐다. 어딘가 빈약했다. 저 육체가 어떤 관능을 표현할지 우려스러웠다. 첫 정사 장면을 보며 실망했다. 《엠마뉴엘》의 그 어떤 것도 담아내지 못했다. 고정된 이미지는 아무런 자극을 끌어내지 않았다. 내 마음은 차갑게 식어 버렸다. 상황에 맞추어 소설 속 지문과 대사를 떠올려 보았다. 영상 속에서 그 문장들은 하나씩 색을 잃었다. 뜨겁게 역동하던 묘사는 회색을 띠며 굳어 갔다. 나는 자리에서 일어났다. 영화가 지겨웠다. 더 보기가 괴로웠다.

집으로 돌아오는 동안 영화 속 장면이 가물거리다 사라졌다. 그러자 음악만 남았다. 모든 문장도 상상 속 이미지도 멜로디에 함축되었다. 집에 도착해 음반을 뒤져 보았다. 폴 모리아의 앨범에 그 곡이 수록되어 있었다. 그 뒤로 소설 속 문장을 떠올리지 않았다. 마치 식어 버리고 상한 음식 같았다. 처음으로 언어가 가진 냉정함을 느꼈다. 지독한 허무 속에 지칠 때면 그 곡을 틀어 가슴에 채웠다.

제시와 나는 매월 시민 회관에 갔다. 그해 봄, 특별 연주회가 열렸다. 소련에서 망명한 러시아 출신 지휘자가 부산 시립 교향악단과 협연했다. 지휘하는 곡은 차이콥스키 교향곡 5번이었다. 제시는 가장 완벽한 교향곡이라고 했다. 나는 교향곡을 처음부터 끝까지 집중해서 들어 본 적이 없었다. 그날은 달랐다. 잔잔하게 밀려오는 클라리넷 음이 마음을 죄어 왔다. 주제 음이 시작되자 모든 악기가 짜임새를 갖추며 울려 퍼졌다. 1악장이 순식간에 흘렀다. 나는 긴장하고 있었다. 3악장이 진행되는 동안 고양된 흥분이 마음을 덮쳤다. 감정이 솟았는데 그것이 어떤 종류인지 알 수 없었다. 두렵고 슬프지만, 환희에 가깝기도 했다. 꿈에서 깨어났을 때 느끼던 것과 같았다. 4악장에 들어서자, 눈가가 촉촉했다. 나는 확신했다. 그것은 완벽함이 지닌 깊은 고독이었다. 음악만이 그 감정을 표현할 수 있었다.

수업 시간을 무의미하게 흘려보내도 저녁 시간엔 철저히 학업에 매달렸다. 성적은 상위권을 유지했다. 만일 그러지 못했다면 아버지가 피아노를 치워 버릴 것이었다. 저녁이 오기 전까지는 제시와 음악에 파고들었다. 오후 시간으로는 피아노 연습이 부족했다. 학교에서도 틈날 때마다 연습해야 했다. 음악실의 피아노를 이용했다. 주말에는 교회에서 연습했다. 나는 음대에 원서를 낼 작정이었다. 물론 아버지가 허락할 리 없었다. 상관없었다. 아버지와 관계를 끊을 생각도 해 놓았다. 아버지가 받을 배신감은 떠올리지 않았다. 그렇게 고등학교 첫 여름 방학을 맞았다. 생각지도 못했다. 그 여름은 전혀 다른 세계를 장막 뒤로 숨겨 놓고 있었다. 맛도 냄새도 빛깔도 낯선 세계를 말이다.

사람은 과거를 이야기 방식으로 재구성하고 이해하려 한다. 그 과정에서 많은 기억이 맥락에 의해 선택되고 왜곡된다. 이야기 흐름에 따라 으레 그래야 할 것 같은 추측

들이 실제 있었던 기억으로 여겨지는 것이다. 감각 기관으로 새겨진 이미지나 말, 냄새와 통증은 과거를 재구성하는 일에 큰 역할을 하지 못한다. 그것들은 뇌 속에 언어화되어 보존된다. 과거의 기억은 말로 이루어진 것이다. 그 속에서 구체적인 감각은 사라지고 추상화된 상징만 남는다.

이 말을 꺼낸 까닭은 내 기억의 모호함을 고백하기 위함이 아니다. 나는 상상이 빚어내거나 누군가가 들려준 이야기, 또는 꿈이었는지 현실이었는지 애매한 기억을 모두 분간할 수 있다. 내 기억들은 각각 다른 색깔을 품고 나란히 늘어서 있다. 시작과 끝이 있는 수직적 구조가 아니다. 모든 것을 내가 썼던 시(詩)에 녹여 놓았다. 그것은 세밀한 구체를 농축하고 있다. 불멸의 영역에 놓일 것이며 그 어떤 언어로도 보충할 수 없다. 그렇다면 이 글을 쓰는 이유는 무엇인가.

내 시는 얼음 속에서 타오르는 불꽃과 같았다. 어제, 얼음은 녹아 흘렀다. 그 안에 담긴 불이 활활 타오를 줄 알았다. 하지만 그러지 않았다. 싸늘한 재로 변했다. 매캐한 연기가 그 위에 쌓여 있었다. 그것은 새로운 감각에 눈을 달았다. 내게 시가 아닌 다른 양식을 요구했다. 물론 이 글은 언젠가 정제되어 다시 시가 될 것이다. 얼음이 녹아 물이 되어 흐르다가 겨울이 오면 다시 얼어붙듯이.

  소녀의 얼굴엔 빛 같은 기운이 감돌았다. 이상했다. 희지 않은데도 하얘 보였다. 어디에 있든 눈에 띄었다.
  교회에서 개최한 고등부 여름 수련회에 참가했다. 밀양에 있는 기도원이었다. 외태도 함께 왔다. 의외였다. 교회에 다닌 적도 없고 종교에 관심 없던 그였다. 어떻게 알았는지 그 행사를 묻더니 자신도 따라가겠다고 했다. 그는 새 신도를 소개하는 시간에 첫 번째로 단상에 서서 말을 더듬었다. 몇 마디 했는데 내 귀에 그의 목소리가 들어오지 않았다. 맨 오른쪽에 서 있는 소녀만 보였다. 소녀는 손을 가지런히 모은 채 고개를 약간 숙이고 있었다. 차례가 되자, 소녀는 가운데로 걸어 나와 인사했다. 갑자기 단상 위가 환해 보였다. 단상은 한없이 확장되며 내 시선을 빨아들였다. 다른 이들은 그림자처럼 검게 변했다. 나는 소녀 바로 앞에 서 있는 것 같았다. 소녀가 이름을 말하는 순간, 나는 그제야 시선을 거둘 수 있었다. 그러자 세 음절이 머리 위에 쌓였다. 양, 선, 아. 그것은 글자로 변해 머릿속을 끝없이 맴돌았다.

사흘이 어떻게 흘렀는지 모른다. 찬송가에도, 기도문과 성경 속 문장에도 소녀의 이름이 끼어들었다. 간혹 소녀의 모습이 보이지 않으면 마음을 졸였다. 그런 강박에 사로잡힌 적은 없었다. 수련회가 끝나고 집으로 돌아오자 큰 짐을 내려놓은 기분이었다. 하지만 그것은 잠시였다.

닷새 후에 그녀를 보게 된다.

문득 떠오른 생각에 다시 무거운 기운이 밀려왔다. 예배일마다 그녀를 볼 것이었다. 그때마다 밀양에서 그랬던 것처럼, 내 혼이 멈춰 버릴까? 하나님이란 낱말을 지우고 그 위에 양선아라는 세 글자를 새기게 될까?

시간이 느리게 흘렀다. 그것은 늪에 고인 물처럼 되직했다. 그 속에서 고통이 나를 갉아먹었다. 두려웠다. 고통스러운 것은 참을 수 있었다. 하지만 마음이 내 것 같지 않았다. 거대한 정령이 그것을 틀어쥔 듯했다. 언제 풀려날지 가마득했다. 그런 경험은 처음이었다. 피아노를 치고 있으면, 주인이 없을 듯한 손가락이 건반 위를 굴렀다.

일요일 아침, 머릿속은 백지장이 되다시피 했다. 그것을 품고 먹물의 강을 헤엄쳐야 하는 기분이었다. 교회로 향했다. 내 백지에 무엇이 뿌려질지 의문을 품지 않았다. 그럴 기운이 남아 있지 않았다.

그녀는 없었다. 예배가 끝날 때까지 보이지 않았다. 교인들은 한둘 빠져나갔다. 나는 그대로 앉아 십자가를 응시했다. 떠들썩한 소리는 멀어져 작은 점으로 뭉쳤다.

유진아.

등 뒤로 누군가 내 이름을 불렀다.

유진아, 무슨 일이고? 고민거리라도 있나?

내 어깨에 닿는 손에 화들짝 놀라 돌아봤다. 고등부 성경 공부 모임을 맡은 안 집사였다. 그녀의 얼굴에 걱정이 어려 있었다. 나는 대답하려 했으나 입이 떨어지지 않았다. 안 집사의 눈이 점점 커졌다.

아무, 아무것도 아니에요.

나는 겨우 대답했다. 그녀는 의심에 젖은 눈빛을 거두지 않았다.

그래. 혹시라도 어려운 일이 있으면 언제든 얘기하거래이.

그녀는 다정한 미소를 지어 보이고 돌아서려 했다. 그때, 나는 그녀의 소매를 쥐었다. 그녀는 뒤돌아 다시 놀란 눈으로 바라보았다. 나는 무언가 물어보려다 말을 얼버무렸다. 그녀는 내 등을 툭툭 두드리고는 한숨을 내뱉은 뒤 문으로 향해 걸었다.

다음 일요일에도 소녀는 나오지 않았다. 그다음 주도 마찬가지였다. 내게 새로운 고통이 다가왔다. 이전의 고통이 진흙탕이라면, 이번엔 한없이 쓰리도록 파고드는 찬 바람 같았다. 가슴이 너덜너덜해지더니 돌연 커다란 쇳덩이를 품은 듯 묵직하게 굳었다. 걸음 하나하나가 힘겨웠다. 말은 거의 하지 않았다. 의식하지 못했지만, 나는 제시에게 못되게 굴고 있었다. 차려 준 음식 앞에서 젓가락을 탁, 놓고 일어섰고 피아노를 치다가 난잡하게 건반을 두드렸다. 빨래를 걷어 갠 옷을 그녀가 내밀면 그것을 받아 아무렇게나 던져 놓았다. 그녀가 부르면 큰 소리가 나게 방문을 닫았다.

머리가 지끈거려 조퇴하고 일찍 집에 돌아온 날이었다. 방에 들어가려는데 문이 열려 있었다. 안에는 제시가 다리를 꼬고 의자에 앉아 있었다. 눈이 마주쳤다. 그녀는 대수롭지 않다는 표정이었다. 나는 책상 위로 시선을 돌렸다. 내 일기장이 펼쳐진 채 놓여 있었다. 얼굴이 순식간에 달아올랐다. 나는 숨을 거칠게 쉬며 고함을 질렀다. 정리되지 않은 말이 튀어나왔다. 제시는 내 엄마가 아니잖아. 엄마라면 이러지 않았을 거야. 제시는 잠시 내 눈을 뚫어지게 노려보았다. 이윽고 눈을 감더니 천천히 걸어 나갔다.

나는 책상 앞으로 다가가 일기장을 집어 들었다. 펼쳐진 페이지에는 하나의 이름이 반복해서 적혀 있었다. 양선아. 무수히 많은 '양선아'가 페이지를 가득 채우고 있었다. 일기장을 덮었다. 그러자 제시에게 무슨 말을 했는지 떠올랐다. 가슴이 무겁게 내려앉았다.

자정 무렵, 제시의 방문을 노크했다. 그녀가 문을 열자마자 나는 말했다. 제시, 가슴이 까맣게 탄 것 같아. 도려내고 싶어. 나 이렇게 죽는 걸까? 그녀는 다가와 나를 안았다. 나는 그녀 어깨에 얼굴을 묻고 울었다. 축축한 숨이 그곳에 박혔다.

다음 날, 제시는 평소 보지 못한 정장 차림으로 집을 나섰다. 두 시간 반쯤 흐른 뒤에 돌아왔는데 표정이 밝지 않았다. 묵묵히 요리하는 동안 칼질 소리만 무거운 공기를 갈랐다. 냄비가 삼십 분 넘게 끓었다. 식탁에 앉은 내게 그녀는 커다란 대접을 내어 주었다. 시커먼 국물 속에 손바닥만 한 고깃덩어리 두 개가 담겨 있었다. 나는 그것을 베어 물기 시작했다. 꼭꼭, 천천히 씹었다. 그릇을 비우자, 그녀가 입을 열었다.

기도를 해 봐. 넌 교회에 다니잖니?

그녀의 말을 듣자, 이상한 기분이 들었다. 나는 물었다.

어디에 다녀온 거야?

교회.

나는 고개 들어 그녀를 노려봤다. 그녀는 내 시선을 묵묵히 받아들이다가 고개를 끄덕였다.

내 얘길 한 거야?

아니, 그 아이만.

그래서?

제시는 잠시 바닥에 시선을 떨어뜨렸다가 다시 나를 바라보며 진지한 표정을 지었다.

그 아이는 사정이 있어. 그래서 교회에 나오지 못하는 거야.

무슨 사정?

말할 수 없어. 아무에게도 말하지 않겠다고 약속했거든.

그럼, 언제 볼 수 있는데?

섬데이. 더 모어 프레이, 더 수너(언젠가. 기도할수록 빨리).

그녀는 눈을 내리깔며 내 시선을 피한 채 마지막 대답을 중얼거렸다. 마치 독백하는 투였다. 나는 다시 의문에 빠졌다. 그러나 그녀는 단호했다. 이유를 말해 주지 않았다. 그 모습은 냉정했다.

그 뒤로 보름 넘게 기도했다. 그런 간절한 기도는 처음이었다. 기도문 말미에 신의 귀를 내게 열어 달라는 내용을 넣었다. 하지만 도시의 바람은 차갑기만 했다. 나는 지쳐 가고 있었다. 어느 순간부터 원망이 일기 시작했다. 처음에는 신이 대상이었다가 세상 모든 이로 향했다. 급기야 소녀를 원망하기도 했다. 그러는 새에 달이 넘어가고 시월이 되었다. 모든 게 차갑게 굳어 갔다. 지난 한 달은 깊게 팬 구덩이가 되어 등 뒤에 놓였다. 그해, 내겐 가을이 없었다. 페이지를 넘기자, 계절이 바뀌는 소설처럼, 여름을 달구던 태양이 단숨에 얼어붙었다. 겨울은 기미도 없이 다가와 여름을 삼켰다.

제시는 내게 반주법을 가르쳤다. 안 집사는 내 연주를 들더니 성가 한두 곡 정도는 반주를 맡기겠다고 했다. 나는 아직 대중 앞에서 연주해 본 적이 없었다. 이제는 곡을 완전히 장악해야 했다. 제시의 레슨은 혹독해졌다. 감정이 빠진 기계적 연주를 허락하지 않았다. 음표 하나라도 어긋나면 날카로운 눈빛을 쏘며 멈추게 했다. 그때 잠시 흐르는 침묵은 무시무시했다. 전에는 없던 일이었다.

싫지 않았다. 오히려 더 가혹해지길 바랐다. 그렇게라도 하고 있어야 안심되었다. 건반 덮개를 닫아 버리면 불같은 감정이 터져 나올 것 같았다. 불길이 솟으면 무엇을 태울지 떠올리기 싫었다.

수업을 마치면 교회로 향했다. 연주단은 다섯 명이 이루었다. 클라리넷과 바이올린이 각각 둘, 나머지 하나가 피아노였다. 나는 더 고되게 연습해야 했다. 합주는 험난한 비탈길이었다. 제시와 연탄(連彈)곡을 연주해 본 적은 있었다. 하지만 합주는 그것보다 더한 노력이 필요했다. 내가 가진 좋은 표현력은 의미 없었다. 밋밋하더라도 연주단이 가지고 있는 색깔에 맞추어야 했다. 또한, 누군가 음이나 박자를 놓치면 연주는 멈췄다.

토요일에는 성가대와 합주를 맞춰 연습했다. 내 처음 반주가 있기 하루 전이었다. 오전 수업을 마치고 교회로 향했다. 가로수가 쏟아 낸 낙엽을 밟으며 연주할 곡을 떠올렸다. 갑자기 낯선 기분이 들었다. 잠시 멈춰 하늘을 보았다. 커다란 적란운이 태양을 품은 채, 터져 나오려는 햇살을 움켜쥐고 있었다. 한껏 응축한 광선을 당장이라도 토해 내려는 기세였다. 주위를 둘러보았다. 사람이 보이지 않았다. 지나가는 자동차도 없었다. 모든 게 정지한 모습이었다. 소리마저 얼어붙고 머릿속 연주도 멈췄다. 그것은 아주 잠깐이었다. 재생하던 레코드를 일시 정지한 것과 같았다. 곧 사람들 모습이 시야에 들어왔고 모든 소리가 깨어났다.

교회 앞에서 잠시 멈춰 섰다. 주는 나를 기르시는 목자요, 나는 주님의 귀한 어린양…. 익숙한 가사가 귓가에 스며들었다. 예배실에서 흘러나오는 노래였다. 맑다 못해 차가운 느낌을 주는 목소리였다. 어른의 목소리는 아니었다. 노래가 멎기를 기다리다가 문을 열고 들어갔다. 순간, 내 심장에 굵은 빛줄기가 스쳤다. 나는 보았다. 소녀의 얼굴을. 예배실을 밝힌 은은한 조명이 소녀의 얼굴에 끊임없이 쏟아지는 것 같았다. 나를 본 성가대 단장이 손짓했다. 내 이름을 몇 번 부른 것 같은데, 동상처럼 굳은 다리가 떨어지지 않았다. 겨우 움직일 수 있게 되어서도 후들거렸다.

소녀를 향해 걸어가는 동안 가슴이 걷잡을 수 없이 뛰었다. 그 박동이 표현하는 감정이 밝은 쪽인지 어두운 쪽인지 알 수 없었다. 얼어붙은 빛을 덮으며 눈앞에 어둠이 차올랐다. 중력이 없는 공간을 걷는 기분이었다.

이쪽은 선아다. 양선아. 아, 혹시 밀양에서 봤나?

성가대 단장이 소개하며 물었다. 나는 고개를 끄덕였다. 가까이에서 소녀를 보자, 한 장면이 떠올랐다. 꿈에 자주 나왔던, 등을 돌린 채 움직임이 없던 소녀의 뒷모습이었다. 그 소녀가 지금 서서히 고개 돌려 나를 바라보고 있었다.

선아의 표정은 밝았다. 차분한 인상이었다. 얼굴색이 예전보다 하얘진 것 같았다. 나는 갑자기 화가 났다. 그녀가 남기고 간 먹물에 한없이 잠겼던 지난날이 떠올랐다. 그녀는 조금도 해지지 않은, 밀양에서 보았던 표정 그대로였다. 나는 건조한 말투로 인사했다.

연습하는 동안 마음이 밝고 가벼워졌다. 그런데 집에 돌아가면서 다시 어둡게 물들었다. 내일, 선아는 성가대에서 노래를 부르고 나는 피아노 연주를 할 것이었다. 둘 다 첫선을 보이는 자리였다. 처음에는 뜻깊은 인연이라는 생각에 흐뭇했다. 하지만 내가 혹 실수라도 하면 어쩌나 하는 부담도 들었다. 기대와 불안이 뒤섞인 묘한 감정 속에 밤새도록 뒤척였다.

예배 시작 전, 삼십 분 일찍 모여 최종 리허설을 가졌다. 나는 목사의 설교가 끝난 뒤 두 곡을 연주하기로 되어 있었다. 설교는 무슨 내용인지 귀에 들어오지 않았다. 차례가 왔고, 나는 연단 옆 피아노 앞에 앉아 성가대를 둘러보았다. 선아는 여전히 한눈에 띄었다. 담담한 모습이었다. 신도(信徒)석은 내 눈에 들어오지도 않았다. 그날 내 연주는 단 한 사람, 선아를 위한 것이 되어 버렸다.

연주 단장이 내게 눈빛을 던졌다. 나는 도입부를 연주하기 시작했다. 이어 클라리넷의 묵직하고 고운 음이 흘러들었고 바이올린이 경쾌한 선율을 끌어올렸다. 다시 피아노가 주성부(主聲部)를 이루는 파트가 다가왔다. 그때였다. 갑자기 악절(樂節)의 첫 마디가 떠오르지 않았다. 얼굴이 달아오르며 이마에 땀이 솟았다. 조명 빛은 어지러이 건반 위에서 아른거렸다. 나는 가지고 있는 모든 것을 끌어올려 집중했다. 박자를 놓치지 않고 연주를 이어 나갔다. 다행이었다. 눈앞은 부옜지만, 손가락은 기억하고 있었다. 마지막 악절까지 내 몸에 살아 있는 건 두 손뿐이었다. 그러나 죽은 연주였다. 만일 독주였다면 도중에 손을 멈추었을 것이다.

성탄절이 한 달 앞으로 다가왔다. 교회 분위기는 들떠 있었다. 성가대도 연주단도 성탄절 공연을 위해 더 긴 시간을 쏟았다. 여기저기 캐럴이 울렸고 교회 앞 크리스마스트리에 붉은색, 은색 장식 볼과 금빛으로 빛나는 별이 달렸다. 예배실 벽을 둘러친 장식 전구는 교대로 깜빡이며 교인들의 설렌 마음에 리듬을 더했다.

안 집사는 고등부 학생을 모았다. 나와 선아도 끼어 있었다. 며칠 후, 외태도 함께하고 싶다며 참석했다. 우리는 성탄절 특집 공연에 있을 연극을 맡았다. 안 집사는 의욕을 감추지 않았다.

공연에 일반 사람도 많이 찾아오는 거 알고 있제?

그녀는 우리가 할 연극 내용을 설명했다. 예수가 탄생하던 밤을 재연하는 극이었다. 임의의 대사를 알려 주고는 한 명씩 불러내 읊어 보게 했다. 그러고는 틈틈이 노트에 무언가를 적었다. 사흘 뒤 그녀는 대본을 나눠 주었다. 타자기로 친 서체였고 열 장가량 되었다. 첫 장에 제목과 안 집사의 이름이 적혀 있고 그 아래에 역을 맡을 사람의 이름이 나열되어 있었다. 나는 첫 번째 줄을 보며 놀랐다.

마리아: 양선아

이어 아랫줄을 보았다. '요셉'이란 글자 옆에는 빈 괄호가 차지하고 있었다. 안 집사는 배역을 선정한 이유를 설명했다. 요셉 역은 원래 나를 생각했는데, 아직 결정하지 못했다고 덧붙였다. 그녀는 나와 외태를 지목하며 대사를 외우도록 시간을 주었다. 잠시 뒤 우리는 차례로 대사를 읊었다. 성경 속 문장을 인용한 대사였다. 나는 쉽게 암기했다. 한 음절도 틀리지 않았다. 성경을 큰 소리로 읽는 목사처럼 강약을 주었다. 곧이어 외태가 나섰다. 그가 연기를 시작하자 주위가 숙연해졌다. 어색한 면이 있었으나 표정이나 대사가 실감 났다. 간혹 대사를 더듬더라도 능숙하게 모면하며 장면을 이어 나갔다. 안 집사는 주먹 쥔 손에서 검지를 내밀어 이마에 대었다. 잠시 휴식을 가진 뒤, 그녀는 정리한 배역을 발표했다.

그날 밤, 나는 대본에 있는 대사를 모두 외웠다. 가끔 거실을 거닐며 읊어 보기도 했다. 제시는 나를 볼 때마다 싱글거렸다. '네 마음속이 보인다.'라는 눈빛을 흘렸다. 그녀는 내게 좋은 연기란 어떤 것인지 설명해 주며 응원했다. 마리아 역을 맡아 대본 연습 상대가 되어 주기도 했다. 그럴 때의 그녀는 실제 배우처럼 진지한 표정과 몸짓을 섞었다.

선아는 많은 칭찬을 받았다. 그녀는 슬프거나 기쁜 모습, 온화한 모습 모두 자유롭게 표현했다. 연기하는 동안은 다른 사람으로 보였다. 안 집사는 타고났네, 하며 놀라워했다. 그녀는 각자의 신(Scene)을 개별적으로 연습시켰다. 충분하다 싶으면 모두 모여 대사를 맞춰 보고 리허설에 들어갔다.

극에는 나를 어색하게 하는 두 장면이 있었다. 하나는

마리아의 두 손을 잡는 장면이었다. 첫 번째 리허설에서 그 장면에 이르렀을 때, 나는 멀뚱거리며 서 있었다. 극본을 따르자면, 그녀의 두 손을 내 손 안에 포개며 기도하듯 눈앞까지 올려야 했다. 안 집사는 내 모습을 지켜보더니 말했다.

유진아. 뭐 하노?

나는 그녀를 보며 물었다.

진짜로 해요?

그녀는 피식 웃었다.

아이고, 부끄럼 타나. 이건 연기다.

나는 다시 선아를 보며 숨을 내쉬고 장면을 이어 가려 했다. 그러나 좀체 팔이 움직이지 않았다.

유진아. 니들은 극 중에서 부부 아이가.

그녀가 재촉하자 선아는 잠시 나를 쳐다보더니 고개를 약간 숙였다. 다시 나를 바라보며 손등이 보이도록 손을 가지런히 펴 내 가슴 앞에 내밀었다. 나는 팔이 떨렸다. 하지만 그녀의 과감한 행동 앞에서 용기 없는 모습을 보일 순 없었다. 손을 내밀어 그녀의 손을 감싸 쥐고 올렸다. 선아는 막힘없이 자기 대사를 읊었다. 나는 아득해진 머릿속에서 겨우 내 대사를 끄집어냈다.

다른 하나는 마리아를 한쪽 팔로 두르고 함께 아기를 안아 바라보는 장면이었다. 이번에는 멈추지 않고 바로 해냈다. 그러나 안 집사는 마음에 들지 않는 표정이었다. 차차 좋아질라나, 라고 말하며 다른 장면을 진행했다.

잠들기 전에 두 손을 펴 들여다보았다. 아직 온기가 남아 있는 듯했다. 이상한 일이었다. 분명 그녀의 손은 내 것보다 차가웠다. 그런데도 따뜻한 느낌이 들었다. 그 손끝에서 불꽃이 이는 듯했고 그것이 팔을 타고 찌르르 울렸다.

공연을 일주일 앞두고 안 집사는 열정을 끌어올렸다. 연극 감독이라도 된 양 직접 연기를 시연해 보이기도 했다. 목소리는 한층 높아졌다. 그날, 나는 혼자 남아 보충 지도를 받았다. 지도라기보단 몇 가지 당부였다. 안 집사와 헤어져 문을 열고 나섰을 때였다. 크리스마스트리 앞에 누군가 서 있었다. 선아였다. 뒷짐을 쥔 채 땅을 바라보며 신발 끝으로 무언가를 그리고 있었다. 내 발소리를 들었는지 고개를 들며 나를 응시했다. 나는 그녀의 시선을 뿌리치지 못했다.

나. 너 봤다.

나는 긴장했다. 그녀와 직접 말을 나눈 적은 없었다. 내가 답변을 떠올리는 동안 그녀는 미소 짓기 시작했다. 나는 시큰둥하게 물었다.

밀양에서 말이야?

아니, 그 전에.

그 전에?

그녀는 말끝 억양을 올리는 버릇이 있었다. 나는 고개를 옆으로 살짝 젓고 의아하다는 표정을 지었다. 그녀가 말했다.

방학 때, 수련회 참가 신청하러 교회에 갔었다. 그때 봤다. 예배실에 혼자 남아 피아노 치고 있던 모습. 처음 듣는 곡이었는데, 참 좋더라.

그녀는 콧소리로 멜로디를 띄웠다. 제시의 교재 저자 존 탐슨이 작곡한 곡이었다.

〈타란텔라〉라는 무도곡이야.

무도곡?

이탈리아 민속춤에 맞춘 곡이야.

와, 멋지다.

그녀는 재밌다는 듯한 표정을 지으며 시선을 앞산 쪽으로 돌렸다. 그러고는 무언가 생각났다는 듯 말했다.

나, 별장 있는데. 거기 가 볼래?

그녀는 내 대답도 듣지 않고 앞장서 걸었다. 나는 잠깐

주저하다가 그녀 뒤를 따랐다. 그녀는 구월산 방향으로 가고 있었다. 좁은 골목길로 들어가 한참을 걸었다. 그곳을 빠져나오자, 밭이 이어진 마을이 나왔다. 드문드문 초가집만 보이는 시골 같은 풍경이었다. 마을 끝자락에 이르자 산으로 들어가는 오솔길이 나왔다. 그녀는 길 앞에 멈춰 숨을 몰아쉬었다.

이제부터 천천히 가자.

그렇게 말하면서 느리게 걷기 시작했다. 너무 느려 오솔길이 영원한 시간에 갇힌 것 같았다. 이따금 그녀는 손을 가슴에 대며 숨을 크게 쉬기도 했다.

어디까지 가야 하는 거야?

다 왔다.

그녀는 고개도 돌리지 않고 대답했다. 그러고는 손가락으로 가리켰다. 나는 그 방향을 따라 시선을 돌렸다. 정말 별장 같은 건물이 보였다. 뾰족한 지붕이 창문 하나를 품고 솟아 있었다. 1층 창문은 숲에 가려 보일락 말락 했다. 그곳에 이르자 파랗게 칠한 철문과 돌담이 건물을 둘러싸고 있었다. 내 키를 살짝 넘는 높이였다. 철문은 녹이 많이 슬고 먼지가 쌓여 있었다. 사람 손을 오랫동안 타지 않은 모습이었다. 구석진 모서리에 뒤엉킨 거미줄도 보였다.

대문은 잠겨 있었다. 나는 미덥지 않다는 눈초리로 선아를 보았다. 그녀는 빙긋이 웃다가 몸을 돌렸다. 따라와, 하고는 왼쪽 담장을 따라 걸었다. 나는 그대로 서서 그녀를 지켜보았다. 그녀는 담장이 끝나는 지점에서 수풀 속으로 들어갔다. 나는 그녀가 사라진 지점으로 걸어갔다. 수풀이 가로막아 앞이 보이지 않았다. 그것을 헤치며 안으로 들어갔다. 수풀에서 벗어나자, 대나무 숲이 이어졌다. 사람이 지나다니지 못할 정도로 빽빽했다. 여기야, 하고 그녀는 한쪽 구석을 가리켰다. 대나무 열아홉 그루가 약간 거리를 두고 서로 기대듯이 기울어져 있었다. 그 아래로 동굴 입구처럼 벌어진 공간이 보였다. 어린아이가 겨우 지나갈 정도의 틈이었다. 그녀는 허리와 무릎을 굽혀 그곳에 발을 내밀었다. 나는 그녀와 같은 자세를 하고 따라갔다. 대나무 잎 사이로 새어 들어온 빛이 어지럽게 돌았다. 꿈속으로 향하는 통로를 지나는 기분이었다. 희미한 빛을 품은 입구로 빠져나가니 건물 앞마당이 나왔다.

눈을 깜빡이며 둘러보았다. 건물 앞은 돌담이, 뒤는 대나무 숲이 둥그렇게 감싼 구조였다. 담장을 따라 진녹색 잎이 달린 나무가 줄지어 서 있었다. 담장과 키 재기라도 하듯 높이가 비슷했다. 잎사귀 사이사이에 박힌 붉은 꽃이 봉우리를 한껏 웅크리고 있었다. 한겨울에 맺혀 있는 꽃을 보자 계절을 봄으로 돌려놓은 마법을 보는 듯했다.

동백이야. 예쁘지?

시선을 떼지 못하는 내게 선아가 다가와 말했다.

나, 어릴 적 살던 집에 동백나무가 있었다.

그녀는 사투리를 쓰지 않았다. 말끝 억양을 올리는 말투만 특이했다. 어디서 자랐을까. 그녀는 마당 한구석에 놓인 흔들의자로 걸어가 앉았다. 발끝으로 땅을 차며 의자를 뒤로 밀었다. 오후의 햇살은 석류알처럼 맑고 발그스름했다. 그녀는 고개를 숙였다. 앞뒤로 흔들리며 그녀의 볼이 햇빛에 물들기도, 그늘에 잠기기도 했다.

같이 타자.

그녀는 말을 꺼내며 나를 바라보았다. 희미해진 미소 속에 무심한 눈빛을 담고 있었다. 나는 의자 앞으로 다가갔다. 그녀는 한쪽으로 자리를 옮기며 내가 앉을 곳을 내주었다. 내가 앉자, 그녀는 다시 고개 숙여 흔들림에 몸을 맡겼다. 한동안 말이 없었다. 바람 한 점 없는 공기는 묵직했다. 삐걱거리는 소리가 규칙적으로 적막을 갈랐지만, 물 위에 선을 긋듯 이내 사라졌다. 이따금 울리는 새 울음이 가슴에 파고들었다.

일주일 후면, 연극 연습도 끝이네?

그녀가 입을 열었다. 나는 고개를 천천히 두 번 끄덕였다. 검은빛을 띤 작은 새가 머리 뒤에서 날아와 담장 위에 앉았다.

참 재밌다. 연극 연습 말이야. 그런데, 연극이 끝나면 어떤 기분이 들까?

그녀의 질문에 나도 궁금해졌다. 잠시 생각하다가 그녀의 옆모습을 보며 말했다.

아마, 꿈에서 깨어난 기분?

그렇구나. 눈을 뜨면, 내 앞엔 아무도 없겠지?

그녀의 얼굴이 굳어졌다. 그러고는 다시 침묵을 이었다. 나는 그녀의 말을 이해하지 못했다. 갑자기 그녀가 일어섰다. 허리를 조금 숙여 나를 내려다보며 말했다. 표정이 밝았다.

우리, 여기서 해 보자.

뭐를?

연습 말이야.

여기서?

그래.

그녀는 내 팔을 잡고 일으켰다. 나는 거절할 수 없었다.

함께 극 전체를 시연해 보기로 했다. 다른 인물이 나오는 장면은 서로 대역이 되어 연기했다. 인물의 대사를 모두 기억하지 못했기에 대역이 되면 아무렇게나 떠오르는 대로 말을 지어냈다. 그러다 보면 전혀 엉뚱한 대사가 나왔다. 그때마다 서로를 보며 깔깔 웃었다. 나는 그녀의 그런 명랑한 모습을 처음 보았다. 우리는 어둑해진 마당에서 남은 빛이 사그라질 때까지 연습에 빠졌다. 클라이맥스에 다다르자, 달이 은은한 빛을 품으며 실루엣을 그렸다. 그녀와 함께 아기를 들여다보는 장면만 남았다. 나는 대본대로 오른팔을 들어 그녀의 어깨로 가져가다가 멈추었다. 그녀의 얼굴에 웃음기가 남아 있지 않았다. 그녀는 또다시 고개 숙인 채 입을 닫았다. 그만 끝낼까? 내가 말했다. 그녀는 크게 숨을 들이쉬더니 고개를 들고 하늘을 향해 내쉬었다. 달에 빛이 차오르고 있었다. 만월이었다. 그것은 선명해질수록 차가워 보였다.

공연 당일에 비가 내렸다. 오후에 모든 공연팀이 전체 예행연습을 했다. 마치고 나니 다섯 시였다. 공연까지 두 시간을 남기고 있었다. 우리 팀은 분장하느라 분주했다. 안 집사는 초조한 모습이었다. 가끔 창밖을 바라보며 중얼거렸다. 많이 와 주셔야 할 낀데, 비가 오노.

내 분장은 간단했다. 눈썹이 짙어 보이도록 검은색 화장품으로 칠했다. 귀밑부터 턱까지는 수염을 그려 넣었다. 곱슬한 갈색 가발을 쓰고 통짜로 빠진 의상을 입었다. 옷 끝단이 발목까지 내려왔다. 분장을 마치고 지나가다가 외태와 마주쳤다. 하마터면 나는 웃음을 터뜨릴 뻔했다. 그는 아랍인들이 입는 복장을 하고 있었는데 코밑과 구레나룻, 턱을 모두 가리는 수염을 달고 있었다. 그가 맡은 역은 동방 박사 중 한 명이었다. 마지막으로 분장을 마친 선아가 나왔다. 소매가 없는 일자 소복 위에 하늘색 망토를 걸친 차림이었다. 긴 천이 허리를 감싸며 매듭지은 뒤, 아래로 무릎까지 길게 늘어져 있었다. 머리에 두른 흰 두건은 그녀의 얼굴을 살포시 감싸며 어깨까지 내려왔다. 아이고 마. 새색시가 따로 없네. 안 집사는 선아의 매무새를 고르며 웃음 지었다.

공연이 시작되었다. 천사 복장 차림의 아이들이 율동과 함께 캐럴을 불렀다. 이어 목사가 성사(聖事)에 대한 축사를 낭독하고 물러갔다. 무대 위로 성가대원이 오르고 있었다. 그들이 합창을 마치면 우리 차례였다. 우리는 옆 기도실에 모여 두근대는 가슴을 쥐며 기다렸다. 성가대가 마지막 곡을 부를 때였다. 내 옆에 서 있던 선아가 갑자기

내 소매를 쥐었다. 나는 영문을 몰라 그녀 얼굴을 살폈다. 그녀는 눈을 감은 채 숨을 골랐다.

우리 차례가 되었다. 조명이 꺼진 무대 한가운데로 선아가 걸어갔다. 조명이 밝아지자, 무릎을 꿇은 선아의 모습이 드러났다. 마리아가 하나님의 계시를 받는 장면으로 연극이 시작되었다. 공연은 무난했다. 조명과 소품 배치 등이 흡입력 있는 분위기를 자아냈다. 배우들도 깔끔하게 연기했다. 이제 마지막 장면만 남기고 있었다. 무대 위에는 선아와 나만 남았다. 선아는 아기 인형을 손으로 받쳐 품고 있었다. 나는 오른팔로 그녀를 감싸안고, 왼손을 그녀의 손에 포갰다. 그 순간, 나는 느꼈다. 선아의 손과 팔에 떨림이 일었다. 아기 인형을 함께 들어 올려야 하는데 그녀는 움직이려 하지 않았다. 나는 팔에 힘을 주고 손가락으로 그녀의 팔을 두드렸다. 다행히 그녀는 떨림을 멈추고 마지막 대사를 했다.

인류의 구주로 오신 그리스도여, 영광의 하늘 아래 평화를 내리소서.

조명 빛은 점점 사그라들고 어둠이 무대를 죄었다. 무대 위로 박수 소리가 울렸다. 우리는 무대에서 내려와 기도실로 돌아왔다. 안 집사는 칭찬을 쏟아 내며 차례로 안아 주었다.

전체 공연이 끝난 뒤 선교회실에 모였다. 안 집사가 마련한 다과가 준비되어 있었다. 우리는 밤새도록 레크리에이션을 즐길 것이었다. 그러다 새벽이 다가오면 동네 곳곳을 돌며 '메리 크리스마스'를 외치고 캐럴을 부르기로 했다.

선아는 처음 한두 시간 즐겁게 놀다가 점점 안색이 어두워졌다. 자정이 지나자, 몸이 안 좋다며 쉬었다 오겠다고 했다. 안 집사는 걱정스러운 표정을 지으며 집에 돌아가는 게 어떻겠냐고 물었다. 선아는 싫다며 고집부렸다.

새벽 한 시가 넘어갈 무렵, 나는 졸린 눈을 하고 밖으로 나갔다. 비는 그쳤으나 별 한 점 떠 있지 않았다. 기지개를 켜고 돌아서다가 등나무 아래 벤치에 있는 실루엣을 보았다. 다가가 보니 선아가 앉아 있었다.

괜찮은 거야?

내가 묻자, 그녀는 고개를 끄덕였다. 나는 옆에 앉아 말을 꺼냈다.

아까, 마지막 장면 말이야. 혹시 긴장했….

그런 거 아니다.

그녀는 내 말을 자르고 말했다. 차가운 목소리였다. 나는 외투 주머니에서 카세트테이프를 꺼냈다. 그녀에게 들려주고 싶었던 곡을 녹음해 놓았다. 처음에는 편지를 쓰려 했다. 하지만 아무리 세심히 써도 내 감정을 담지 못했다. 꽉 채우지 못하고 허술하기만 했다. 내 손에 든 것을 건네받은 그녀는 발그레해진 볼을 쓰다듬었다.

제목이 영어가 아닌데?

프랑스어야.

프랑스어도 알아? 번역해 놓았네?

아는 사람한테 물어봤어. 그런데 마지막 곡이 〈서쪽에서의 춤〉인지 확실하지 않아. 사전에 나오지 않는 단어가 있대.

그 뒤로 사흘 동안 그녀를 볼 수 없었다. 토요일, 성가대 연습 시간에 그녀의 자리는 비어 있었다. 다음 날 예배를 시작할 때도 보이지 않았다. 나는 성가대 빈자리를 신경 쓰느라 설교와 기도를 넋 놓고 흘려보냈다. 어느새 내가 반주할 차례가 왔다. 나는 피아노 앞에 앉았다. 무심결에 신도석을 둘러보다가 눈을 번쩍 떴다. 맨 뒤 구석진 자리에 선아가 앉아 있었다. 향한 시선은 내 쪽이었다. 마치 처음 보았을 때처럼 주위가 어둠에 잠기고 그녀의 얼굴만 빛을 띠었다. 내가 전주곡에 들어가지 않자, 성가대 단장이 내 이름을 나직하게 불렀다. 나는 연주를 시작했는데 손가락이 자꾸 템포보다 앞서가려 했다. 마지막 마디의 건반을 누르고 신도석으로 고개를 돌렸다. 그녀는 사라지고 없었다.

예배가 끝났다. 나는 예배당 문 앞에서 서성거렸다. 눈을 뜨면, 내 앞엔 아무도 없겠지? 그녀가 별장에서 했던 말이 떠올랐다. 마음을 굳히고 선교회실로 갔다. 안 집사는 신도 서너 명과 함께 이야기를 나누고 있었다. 그녀에게 잠시 이야기할 수 있냐고 물었다. 그녀는 신도들에게 양해를 구하고 복도로 나왔다.

나는 달렸다. 달리면서 일곱 개의 숫자를 되뇌었다. 안 집사에게 얻은 선아네 집 전화번호였다. 슈퍼마켓이 보였고 나는 그 앞에 있는 공중전화를 찾았다. 한 남자가 이미 수화기를 들고 있었다. 나는 남자의 등 뒤에서 기다렸다. 그는 곧 통화를 마칠 듯하다가 다시 동전을 넣었다. 그런 식으로 세 번이 넘게 통화를 이었다. 나는 화가 치밀었다. 마침내 그가 수화기를 내려놓았을 때, 나는 그를 밀쳐 내다시피 끼어들어 손을 내밀었다. 남자는 욕을 뱉으며 물러갔다.

발신음이 열 번 넘도록 울렸으나 전화를 받지 않았다.

스무 번째 음이 울렸을 때 손을 아래로 떨어뜨렸다. 여전히 발신음이 울리는 수화기를 바라보다가 돌아섰다.

집에 돌아와 다시 전화를 걸었다. 여전히 발신음만 수화기 속에 점을 찍었다. 삼십 분마다 수화기를 들었다. 그렇게 네 번을 반복했을 때였다. 찰칵, 소리가 났다.

- 여보세요?

여자 음성이었다. 느린 목소리로 보아 노인일 것 같았다. 나는 뜸을 들이다가 선아와 통화하고 싶다고 말했다.

- 누구십니꺼?

- 교회 친굽니다.

- 선아는 지금 나갔습니더.

- 어디로 갔나요?

- 꽃 보러 산에 간다 카데예. 지금 꽃이 어데 있따고….

나는 전화를 끊고 밖으로 나왔다. 산을 향해 달렸다. 선아는 동백꽃을 보러 갔을 것이었다. 밭이 있는 마을에서 오솔길을 찾느라 헤맸다. 간신히 찾아 별장까지 쉬지 않고 달렸다. 비밀 통로를 빠져나오는 동안 댓잎이 잇따라 얼굴을 그었다. 선아는 현관 앞 계단에 앉아 있었다. 거칠게 숨을 몰아쉬는 나를 보며 그녀는 놀란 표정을 지었다. 나는 그녀에게 다가가 옆에 앉았다.

우리는 산을 바라보았다. 태양은 빛을 거두며 발갛게 변해 갔다. 하늘이 주홍빛으로 물들었다. 그 빛깔이 산을 덮었다. 마음속에 〈타란텔라〉의 테마가 흘렀다. 그 멜로디에도 색깔이 있다면 주홍이었을 것이다. 나는 입을 열었다.

전에 여기서 했던 말, 눈을 뜨면 아무도 없을 거라는 말 말이야. 무슨 뜻이야?

선아는 대답하지 않았다. 고개를 점점 떨어뜨리더니 두 손에 얼굴을 묻었다. 그러고는 어깨를 들썩였다. 흐느끼고 있었다. 손바닥에서 흘러내린 눈물이 그녀의 턱에 맺혔다. 석양 탓이었을까. 불그스름한 기운이 맺힌 눈물이었다.

별장에서 선아는 내 말에 대답하지 않았다. 돌아오는 길에 교회 앞에 멈춰 한마디를 남겼을 뿐이다. 새해가 올 때까지 기도할 거야. 그녀는 힘없는 걸음으로 예배당 문을 열었다. 나는 복잡한 생각에 잠긴 채 집으로 돌아왔다. 건반 덮개를 열고 〈타란텔라〉를 연주했다. 연주가 끝나면 다시 반복했다. 잠시라도 멈추면 불길한 생각이 여러 가닥으로 솟아나 새끼줄처럼 꼬였다.

비튼(물렀군).

제시가 말을 툭 내뱉었다. 나는 연주를 멈추고 그녀를

바라봤다. 그녀는 고개를 저으며 말을 이었다.

타란텔라는 타란툴라라는 독거미에서 유래된 말이야. 그것에 물리면 춤을 추어야 하는데 독이 빠져나갈 만큼 격렬해야 해. 미친 듯이 추는 수밖에 없지. 그렇게 추다가 숨이 멎어 버리기도 한다지. 하지만 춤을 추지 않으면 독이 퍼져 죽게 돼.

제시는 혀를 차며 방으로 들어갔다. 나는 다시 건반 위에 손을 올렸다. 그 아이는 사정이 있어. 문득 제시가 했던 말이 떠올랐다. 나는 일어나 제시의 방으로 갔다.

제시, 선아가 이상한 말을 했어. 제시는 알고 있지? 그 이유 말이야.

제시는 나를 침대에 앉히고 책상에 걸터앉아 팔짱을 꼈다. 나를 딱하다는 듯 쳐다보며 무슨 일이 있었는지 말해 보라고 했다. 나는 선아가 했던 말들이며 수상쩍은 행동에 대해 늘어놓았다. 제시는 눈을 감고 생각에 잠겼다가 다시 뜨며 또박또박 말했다.

새해까지라면, 오늘 밤이 마지막인 셈이네? 그 애가 기도하는 시간 말이야. 힘들 거야. 희망을 놓지 않으려 기도하는 게 아니거든. 두려움을 이겨 내기 위함일 뿐이야. 나 같으면 그 애를 따뜻하게 안아 주겠어. 그리고 말하겠지.

돈 크라이 비포 유 아 허트(아프기 전엔 울지 마).

어둑해진 거리를 가르며 교회를 향했다. 제시는 구체적으로 덧붙여 말해 주었다. 선아의 해는 병실에서 다시 떠오를 것이다. 그것은 선아에게 마지막 태양일 것이다. 제시가 한 말이 사실이라면, 오늘 밤은 선아에게 가장 고독한 시간이 될 터였다. 선아가 서쪽 끝자락에서 썩은 일몰 속으로 걸어가고 있다니, 믿기지 않았다. 그녀가 증발했던 두어 달이 지옥 같았는데, 다가올 영원의 시간에 그녀가 없다면…. 고목(枯木), 그것과 다를 바 없겠지. 내게는 단 한 문장을 쓸 공간이 남아 있었다. 그 문장에 무엇을 담아야 할까. 교회에 이르기까지 여러 문장이 튀어나왔다가 사라졌다.

예배실은 비어 있었다. 복도를 가로질러 기도실 앞에 섰다. 문을 밀고 들어가 벽 앞 연단에서 타오르는 촛불을 보았다. 모두 다섯 개였다. 그 뒤로 걸린 십자가는 꺼져 가는 불씨처럼 희미한 빛을 띠고 있었다. 그것이 지녀야 할 경외에는 공경할 기운이 사라지고 두려움만이 남아 점점 깊은 어둠 속으로 인도하는 듯했다. 촛불은 불안정하게 떨렸다. 나는 촛불 앞에 서 있는 선아의 뒷모습을 보았다. 그 모습은 마치 흑백 사진 속에 있는 그림자 같았다. 나는 다가갔다.

선아야.

그녀는 고개를 세웠지만 뒤돌아보지 않았다.

마리아.

나는 그녀의 어깨에 한 손을 올렸다. 그녀는 서서히 돌아섰다. 얼굴이 창백했다. 나는 말했다.

눈을 떠도 달라질 건 없어. 내가 네 앞에 있을 거야. 네가 어디에 있든 그 앞에 서 있을게.

그녀의 얼굴에 빛이 감돌기 시작했다. 그것이 기쁨을 표현하는 것인지, 아니면 슬픔에서 벗어나려는 간절한 애원인지 나는 알 수 없었다. 한 걸음 다가가 그녀를 안았다. 그녀의 몸이 내게 감겼다. 부드럽고 말랑했다. 내 품에서 흘러내릴 것만 같았다. 나는 팔에 힘을 넣었다. 세상은 사라지고 허공이 우리를 감쌌다. 내 마음에 뜨거운 기운이 솟구쳤다.

나는 느낄 수 있었다. 그녀의 심장은 또렷하게 뛰었고 그 울림이 내 가슴을 파고들었다. 그러나 그 박동은 불규칙했다. 가쁜 숨을 몰아쉬던 그녀는 차츰 진정되는가 싶었다. 숨소리는 점점 작아졌다. 희미해질 정도로…. 그때, 그녀의 몸에 짧은 경련이 일었다. 나는 놀라 팔의 힘을 늦추었다.

그녀는 팔을 아래로 떨어뜨리며 바닥에 쓰러졌다.

　선아야.

　등 뒤에서 누군가의 음성이 들렸다. 나는 고개를 뒤로 돌렸다. 안 집사가 눈을 크게 뜨고 쓰러진 선아를 바라보고 있었다. 입을 벌린 채였다. 그녀는 달려와 선아를 안아 일으켰다. 손으로 뺨을 두드려 보기도 했다. 선아는 반응하지 않았다. 안 집사는 나를 흘겨보다가 다시 선아의 안색을 살폈다. 나는 촛불을 바라보았다.

　선아에 대한 기억은 거기에서 멈췄다. 십자가는 점점 멀어져 작아지고, 눈앞으로 다섯 개의 촛불이 다가와 아른거렸다. 나는 가운데 촛불에 집중했다. 그것은 격하게 흔들리며 몸부림쳤다. 심지를 떨쳐 내려는 걸까. 막 허물을 벗은 곤충이 날갯짓하는 모습 같았다. 나는 모아 두었던 숨을 내뱉었다. 그러자 촛불은 사라졌다. 심지가 한 줄기 그을음을 토해 냈다. 이제 움직임은 없었다. 불을 삼킨 촛농이 굳어 버린 것이다. 눈앞에 푸르스름한 잿빛이 감돌았다.

유진은 연필을 놓았다. 이마에 땀방울이 맺혀 있었다. 이마를 쓸어내리고 두 손에 얼굴을 묻었다.

그때 굳어 버렸어야 했다. 촛불과 함께 납처럼.

그는 움직일 수 없었다. 눈도 뜰 수 없었다. 한껏 쏟아 냈지만, 시작에 불과했다. 그러나 더 쓸 수 없었다. 나머지 삶의 기억은 형태가 다른 조각으로 뒤섞여 있었다. 그마저도 시어로 응축한 모습에 불과했다. 추상의 표현으로 봉인한 것이다. 그것을 열어 이야기 방식으로 끄집어내는 것은 불가능했다.

그렇게 생각하자 모든 것이 완결된 것 같았다. 그의 머릿속에는 아무것도 남아 있지 않았다. 시간이 흐르는 것인지 역행하는 것인지, 아니면 정지해 버렸는지 알 수 없었다. 이제 무언가를 생각하거나 떠올리고 싶지 않았다. 아니, 그럴 수 없었다. 그것은 썩은 고목에 싹을 틔우는 것과 같았다.

한 시간이 지나도록 그는 그 자세로 있었다. 텅 빈 마음에 여러 감정이 솟았다. 연상되는 이미지도 맥락 없이 스스로 나타났다가 사라졌다. 슬펐다가 애틋했다가 분하고 섭섭하기도 했다. 꿈을 꾸는지 깨어 있는지 알 수 없었다.

와장창. 복도에서 유리 깨지는 소리가 났다. 유진은 일어나 복도에 나갔다. 비상등만 켜져 있었고 사람들은 그림자처럼 움직였다. 복도 끝 유리창 밖에서 커다란 라이트가 광선을 쏘았다. 유진은 그곳으로 달려갔다. 창문 밖으로 컨테이너가 매달려 있었다. 그 안에서 청색 옷에 하얀 헬멧을 쓴 사람들이 곤봉을 내리치며 들어오려 했다. 얼굴은 마스크로 가리고 있었다. 스톤과 코튼이 쇠 파이프를 휘두르며 맞섰다. 퍽, 소리와 함께 코튼의 머리에서 피가 뿜어 나왔다. 스톤은 어깨가 빠졌는지 왼팔을 덜렁거리며 다른 팔로 싸웠다. 유진은 그들 뒤에 서서 쇠 파이프를 쥐었다.

"비켜. 지금이야."

등 뒤로 기우의 목소리가 울렸다. 그는 불길을 머금은 화염병을 양손에 들고 있었다. 발 앞에 놓인 화염병 서너 개도 불이 붙어 있었다. 그는 스톤과 코튼에게 눈빛을 보냈다. 그것을 본 그들은 창문 아래로 몸을 숙였다. 그 위를 가르며 화염병이 날아갔다. 불꽃이 꼬리를 이으며 연달아 창밖에 꽂혔다. 하나씩 폭죽처럼 터지며 컨테이너 여기저기에 불이 퍼졌다. 헬멧 한 명의 옷에 불이 붙었고 옆에 있던 헬멧이 소화기에서 흰 분말을 쏟아 냈다.

갑자기 라이트가 꺼졌다. 그러자 아무것도 보이지 않았다. 시력이 돌아왔을 때, 눈앞에 있던 컨테이너는 사라지고 없었다.

"시간이 없어."

창밖을 내려다보던 기우가 말했다. 모두가 병실에 보이는 집기를 하나씩 가져와 창문가에 쌓았다. 기우는 유진의 어깨를 쳤다. 그는 자기 손에 든 화염병에 라이터로 불을 붙이고 유진에게 건네며 소리쳤다. 저 앞에 세워 놓은 거 다 붙여. 유진은 침을 삼켰다. 무언가를 따질 상황은 아니었다. 복도를 따라 띄엄띄엄 놓인 화염병에 차례로 불을 갖다 댔다. 복도가 열기로 이글거렸다. 전총 사람이 커다란 링거병을 양손에 들고 다가왔다. 조심해. 그가 말했다. 시너야.

윙윙거리는 소리가 났다. 기우는 다시 창밖으로 고개를 내밀었다. 컨테이너가 움직이고 있었다. 스톤과 코튼이 다시 쇠 파이프를 쥐었다. 나머지는 화염병을 들었다. 컨테이너 천장이 창문턱에 보이자, 기우가 고개를 끄덕이며 화염병을 뒤로 쳐들었다. 컨테이너는 창문 앞에 섰다. 삼 미터쯤 떨어진 거리였다. 앞줄에 서 있는 헬멧 셋이 장총을 들고 있었다. 그들은 마스크가 아닌 방독면을 착용하고 있었다. 펑, 소리와 함께 연기가 솟았다. 총구에서 발사된 최루탄이 집기 너머로 날아와 가스를 뿜어냈다. 이어 여러 번 발사음이 들렸다. 복도는 뿌연 연기로 뒤덮였다. 유진은 앞이 보이지 않았다. 그때가 떠올랐다. 자신의 한쪽 눈이 영원한 어둠에 잠기던 그날로 되돌아간 것 같았다. 식도를 토해 낼 듯 연신 기침이 나왔다. 비틀거리며 뒷걸음쳤다. 시신이 있는 방문 앞에 서자 몸에 힘이 빠져나갔다. 그는 문에 기대 미끄러지듯 주저앉았다.

소란하게 외치던 소리가 하나씩 멈추고 연기가 걷히기 시작했다. 창문 쪽 집기는 허물어졌다. 코튼과 스톤이 엎드린 채 묶이고 있었다. 헬멧 하나가 기우의 종아리를 찼다. 기우의 무릎이 꺾이며 바닥을 찍었다. 흰 장갑이 기우의 머리채를 잡고 땅에 처박았다. 전총 사람은 보이지 않았다. 헬멧 하나가 유진에게 다가왔다. 유진의 눈에 링거병이 띄었다. 그는 그것의 목을 쥐고 일어섰다. 헬멧이 손을 뻗어 그의 멱살을 잡으려 했다. 그는 링거병을 눈앞에 들어 올렸다. 헬멧의 손이 멈칫했다. 유진은 헬멧에게 외쳤다. 시너다. 그러고는 바닥으로 시선을 내려 화염병 파편에 붙어 있는 불을 보았다. 헬멧은 두 손을 가슴 앞에 들어 유진에게 손바닥을 보였다. 유진은 링거병을 불 위에 던지며 눈을 감았다. 헬멧은 몸을 돌렸다.

아무 일도 일어나지 않았다. 링거병이 깨지며 쏟아 낸

액체로 불이 꺼졌다. 유진은 눈을 떴다. 헬멧이 돌아봤다. 유진은 재빨리 문을 열고 들어가 잠갔다. 시너라고? 그는 쓴웃음을 지으며 시신의 심장 위치에 손을 올렸다. 그러고는 그 손을 자기 가슴에 대었다.

문을 내리찍는 소리가 나더니 문틈으로 커다란 쇠 지렛대가 튀어나왔다. 그는 의자를 들었다. 창문으로 다가가 힘껏 내리쳤다. 유리가 깨지며 파편이 튀었다. 그는 라디에이터 위에 올라섰다. 등 뒤로 문이 뜯겨 나가는 소리가 났다. 창문으로 어두운 바람이 밀려와 그를 감쌌다. 그의 몸을 끌어당기는 것 같았다. 그는 눈을 감았다.

이반의 편지 2

친애하는 제인 박사께,

  '생명은 반짝임이다.'라는 말씀에 동의합니다. 다만 그 반짝임이 단 한 번에 그쳐야 할지는 의문입니다.

  러시아 속담에 "과거는 예측할 수 없다."라는 말이 있습니다. 미래는 과거를 언제든 다른 시각으로 인식할 수 있다는 뜻이죠. 고정된 과거란 없습니다. 이제 미래의 기준으로 현재를 바라봐야 하는 시대가 왔습니다. 현재의 우리 행위는 미래의 수준에 따라 재해석될 것입니다. 다시 말해, 지금으로선 최선이라 여긴 판단이 미래의 관점에선 치명적 실수가 될지 아무도 알 수 없습니다. 물론 그 역도 가능합니다.

  죽음에 대한 사유도 변하리라 봅니다. 죽음은 정확히 어떤 상태를 의미할까요? 박사께서 주로 접하는 죽음은 임상사(臨

床死)일 것입니다. 그것은 명쾌히 정의할 수 있습니다. 바로 심장과 호흡의 정지입니다. 하지만 임상사가 영원한 죽음을 뜻하는지는 논란이 될 수도 있습니다. 익사로 판정된 사람이 깨어나 다시 숨을 쉬는 일도 있습니다. 제가 '정지'라는 표현을 쓴 것에 주목 바랍니다. 생명을 직선적 흐름으로 보는 견해는 정지가 곧 역행 불가능함을 뜻한다고 여깁니다. 하지만 그것은 어디까지나 현재의 의학과 과학의 수준이 내리는 결정입니다. 미래의 과학은 그것을 다른 견해로 볼지 모릅니다. 의학이 발달할수록 사망에 대한 기준은 축소됩니다.

임상사와 '생물학적 죽음'은 구분되어야 합니다. 물론 생물학적 죽음에조차 의문을 던지는 과학자도 있습니다. 말린 박테리아를 죽음이라 단정할 수 있을까요? 잠재적으로 생명 작용 가능성이 있다면 다른 정의가 필요합니다. 이처럼 죽음을 '사건'이 아닌 '과정'으로 보는 시각이 늘어 갑니다. 그것은 새로운 관점을 낳고 있습니다. 우리는 '세포의 죽음'을 최종 과정으로 여깁니다. 세포 하나하나가 되돌릴 수 없이 퇴화한 상태를 의미합니다. 이것마저 부인한다면 우리의 노력과 연구는 의미가 없을 것입니다. 보존이 필요 없기 때문입니다. 죽음이라는 말도 그에 대한 사유도 사라지게 되겠죠.

사람은 눈에 보이지 않게 점진적으로 죽어 가는 존재입니다. 우리는 삶의 정지를 '죽음의 정지'라는 패러다임으로 맞서고 있습니다. 현재로서는 그것을 실현할 방법은 고도화된 냉동 기술이 유일함을 주장합니다.

당신의 벗,
이반 알렉세이
2004년 6월 23일

제인의 다이어리

2005년 1월 2일

우리가 아는 유일한 것은
우리가 그 무엇도 알 수 없다는 사실

모두가 자신이 옳다고 주장하는 일은
세상이 지닌 가장 큰 두려움

한쪽을 선택해야만 하는 것은
인간이 완벽할 수 없다는 명확한 증거

향할 곳이 있다는 것은
어디에도 닿지 못한다는 뜻의 역설

II.
회색 심장

─── 네 가슴 여기에 뛰고 있는 심장은 겨울에 핀 꽃과 같아. 쓰리고 에는 아픔이 있을지라도 붉게 물들어 겨울 들판을 수놓을 거야. 그곳의 주인공은 너야.

1.

 그 연못이다. 숯처럼 검은 수면에 버들가지 그림자가 떠 있는 곳. 그녀의 꿈속이다. 주변을 둘러싼 버드나무는 연못을 향해 기다란 가지를 늘어뜨린다. 그것들은 미동도 없다. 소리 한 점 없는 공간에 메아리가 울린다. 어둠을 뒤집어쓴 연못이 깨어난다. 수면에 파문이 인다. 물결이 동심원을 그리며 번진다. 밤도 낮도 아닌 시간이 흐른다. 그녀는 무력하다. 바람이 일며 버들잎을 펄럭인다. 연못 수면을 스치던 가지 하나가 그녀에게 다가와 얼굴을 감싼다. 원하는 게 뭐야? 그녀는 힘없이 내뱉는다. 네 가슴에 뛰고 있는 것. 나무가 말하자, 가지들이 우수수 떨며 그녀 위에 이파리를 쏟아 낸다. 그녀는 눈을 감는다.

2.

"우리 인자 부산 가가 살자."

아버지 장례를 치르고 집에 돌아오자, 할머니가 말했다. 부산은 어떤 곳일까. 선아는 무릎 위에 놓은 사진 앨범을 펼쳤다. 아버지 고향이라는 것 말고는 부산에 대해 아는 게 없었다. 앨범을 넘기던 그녀는 손길을 멈췄다. 사진 속에는 아버지와 할머니가 함께 정면을 바라보고 있었다. 아버지는 성인의 모습을 띠었고 할머니는 주름 없이 고왔다. 머리카락도 까맸다. 두툼한 옷차림으로 보아 겨울인 듯했다. 그 뒤로 둥그렇게 생긴 나무가 세 그루 서 있었다. 가지 사이에 매달린 꽃봉오리 속 꽃술이 햇살에 뒤섞여 윤을 냈다. 꽃 색깔은 알 수 없었다. 흑백 사진이었다.

"이건 무슨 꽃이야?"

할머니는 사진을 건너다보며 입술을 꿈틀거렸다. 동백. 그녀는 대답하며 생각에 잠겼다가 말을 이었다. 부산 살

때 느그 아빠 군대 가기 전에 찍은 기다. 서울 집에 심었던 그 나무 안 있나. 그러고는 창문으로 시선을 돌렸다. 창문에서 흘러나온 햇살이 그녀의 흰 머리카락을 노랗게 물들였다.

선아는 마룻바닥을 바라보았다. 마름모꼴로 늘어진 햇살이 할머니의 그림자를 삼키고 있었다. 할머니가 풀어헤친 머리카락이 꿈속에서 보았던 버들가지 같았다. 그것은 열여섯 살 선아 앞에 늘어선 서늘한 그늘이었다. 선아의 눈가에 눈물이 흘렀다. 빈소에서 흘렸던 눈물과 달랐다. 아무 감정도 담겨 있지 않았다.

어릴 적, 선아가 1970년대의 봄을 아직 실감할 수 있었던 때였다. 살던 집에 동백나무가 있었다. 마당에 잔디가 깔린 예쁜 집이었다. 원래 대문 안쪽으로 작은 그루터기가 있을 뿐, 다른 나무나 꽃은 없었다. 어느 날 아버지는 그루터기를 사이에 두고 나무 두 그루를 심었다. 동백이란다. 구경하고 있는 선아에게 그가 말했다. 꽃도 피워? 선아는 눈망울을 빛내며 물었다. 아버지는 선아의 양 볼을 감싸며 말했다. 그래, 겨울에. 선아는 2층 자기 방에서 나무가 자라는 모습을 지켜보았다.

아버지는 매일 나무를 살피며 가꿨다. 마치고 나면 벤치에 앉아 나무에 시선을 걸었다. 그는 매일 외출했으나 돌아오는 시간이 일정치 않았다. 늦은 밤일 적도 있었고 아예 하루를 넘겨 새벽에 들어오기도 했다. 어떤 날은 나간 지 두세 시간 만에 다시 모습을 비췄다. 그럴 때는 내리쬐는 햇볕에 잠긴 잔디밭 위에서 술병을 들었다.

그해 가을, 어린 선아는 열병을 앓았다. 열이 떨어지자, 심장에 불규칙한 리듬이 일었다. 조금만 뛰어도 숨이 가빴고 어지러웠다. 그러다 앞이 캄캄해지며 잠시 정신을 잃기도 했다. 하루는 일어나 보니 병실이었다. 거꾸로 매달린 커다란 유리병을 보았다. 병 끝에서 맑은 액체 방울이 똑, 똑 떨어져 내렸다.

3.

의사는 말을 마치며 검사결과지로 시선을 돌렸다. 냉랭한 기운이 흘렀다. 희수는 무슨 말을 들었는지 정리할 수 없었다. 심장판막, 기형, 수술…. 딸에게 닥친 처지를 떠올리자, 가슴을 찢고 싶었다. 남아 있는 힘으로 입을 열고 말했다.

"수술하면…."

의사는 흰머리를 긁적이고 한숨 쉬었다.

"보통, 인공 판막으로 치환하는 수술을 하게 됩니다. 그런데 이 환자의 경우는 조직 상태가 좋지 않은 데다 심장이 기형입니다. 수술 자체가 위험하고 장담하기 어렵습니다."

"그럼, 어떻게 해야 합니까?"

희수는 목소리를 높였다. 의사는 희수의 눈을 바라보며 대답했다. 건조한 말투였다.

"국내 의료진과 장비로는 힘듭니다."

희수는 병실로 돌아와 선아의 침대 앞에 섰다. 선아는 눈을 가늘게 뜨고 물었다.

"아빠. 나 어디가 아픈 거야?"

희수는 미소 지으며 아이의 손을 쥐었다.

"가슴에 그냥 조그마한 상처가 생겼대."

"심각하대?"

"그렇지 않아. 곧 마음껏 뛰놀 수 있을 거야. 산에도 올라가고. 내년 봄이 오면 학교에도 다녀야지."

선아를 데리고 돌아온 날, 희수는 다리에 힘이 풀려 주저앉을 뻔했다. 높다란 탑 꼭대기에 서 있는 기분이었다.

어느 쪽을 둘러봐도 발을 내디딜 곳이 보이지 않았다.

의사는 한 외국인 이름을 꺼냈다. 심장 전문가로서 권위 있는 의사라고 했다. 원한다면 소개해 주겠다며 작은 한숨을 쉬었다. 희수는 망설이지 않았다. 당장이라도 그에게 편지를 보내 달라고 했다.

집에 돌아와서야 생각 밖으로 밀어냈던 현실을 의식했다. 그해 1976년은 그에게 가혹했다. 그가 운영하던 공장은 이미 문을 닫았다. 쉴 새 없이 비누를 찍어 내던 기계가 멈췄다. 쌓인 먼지를 걷어 낼 방법은 없었다. 의사는 다른 환자의 사례에 견주며 대략적인 비용을 말해 주었다. 희수는 그게 얼마나 큰 돈인지 셈을 해 볼 경황이 없었다.

어떡하지? 여보. 그는 마당을 맴돌다가 집을 바라보았다. 아이 넷을 낳을 계획이었다. 무리해서라도 이 집을 꼭 갖고 싶었다. 아이들 각자에게 방을 줄 생각이었다. 그러나 아내는 첫째인 선아를 낳다가 숨이 멎었다.

4.

겨울이 와도 동백나무는 꽃을 피우지 않았다. 선아는 아버지에게 거짓말쟁이라고 핀잔을 놓았다. 그녀는 날이 추워질수록 누워 지내는 시간이 늘었다. 아버지는 한 달째 집에만 머물렀다. 그녀 옆에서 온종일 책을 읽으며 무언가를 적었다. 이따금 전화를 걸면 삼십 분 넘게 말을 주고받았다. 어둑해지면 창문 앞에 서서 마당에 있는 나무를 내다보았다. 그러고는 술이 담긴 됫병을 들고 방에 들어갔다.

솜덩이 같은 눈이 내리던 밤이었다. 선아는 이상한 소리를 들으며 잠에서 깼다. 창문을 열어 보니 아버지가 나무 앞에 앉아 있었다. 한쪽 무릎을 접은 자세였다. 다른 쪽 나무는 눈 위에 쓰러져 있었다. 기다란 톱을 쥔 그의 손이 앞뒤로 움직였다. 아이고 마, 이게 다 무슨 난리고? 할머니가 아버지 등에 대고 소리쳤다. 아버지는 들은 체도 하지 않았다. 톱날은 나무 밑동을 깊숙이 파고들었다. 그는 일어나 나무를 발로 밀었다. 그날도 그라더니 그 병이 또 도진 기가? 할머니는 혀를 찼다.

밤새도록 눈이 그치지 않았다. 마을은 눈더미에 덮여 윤곽을 잃었다. 선아는 하얗게 빛나는 창문을 보며 일어났다. 창가로 다가가 손을 대고 힘을 주었다. 빽빽한 창을 겨우 열고 마당을 내려다보았다. 아버지가 삽으로 눈을 퍼내고 있었다. 그는 무릎까지 잠기는 눈을 한구석으로 모았다. 그 옆으로 누워 있는 나무는 불에 타고 있었다. 불꽃 주위에 아지랑이 같은 게 어른거렸다.

아버지는 태우고 또 태웠다. 거실 장식장이 한 칸씩 비워졌다. 목각 오리 인형이 불타고 책이 한 권씩 불길 속을 향했다. 마지막엔 장부가 들어 있는 상자를 통째로 불살랐다. 불꽃은 잿더미를 남기며 사라졌다. 그는 그것을 발로 찼다. 조각난 재가 흩날리다 떨어져 내렸다.

"우리, 미국에 갔다 올 거야."
아버지는 오랜만에 다정한 미소를 지으며 말했다.
"미국? 거긴 왜?"
"거기서 크리스마스를 보내자."

5.

항공기가 이륙했다. 선아는 신기하다며 창가에서 고개를 떼지 못했다. 희수는 점점 멀어져 가는 지상을 보다가 눈을 감았다. 머릿속이 고요했다. 그것은 잠시였다. 곧 복잡한 생각들이 떠오르기 시작했다. 마음이 무겁게 가라앉았다.

 이제 뭐가 기다리고 있을까. 그는 자신과 가족이 처한 현실을 차분히 짚어 보았다. 선아의 수술이 잘못되는 일은 떠올리지 않기로 했다. 그 경우라면 그 뒤에 닥칠 모든 걸 가정할 필요가 없었다. 집은 이미 내놨다. 공장과 장비는 팔아 치웠다. 그것으로 공장이 진 빚을 정리할 수 있었다. 직원들에게 밀린 급여는 천천히 갚아 나가거나 적당한 기회를 봐서 떼먹을 생각이었다. 문제는 선아의 수술 비용이었다. 담보가 없는 그에게 은행은 차갑게 돌아섰다. 문을 두드릴 만한 곳이라고는 개인 대부업체뿐이었다.

 아내의 모습을 그려 보았다. 희미했다. 기괴한 분위기가 감돌던 봄날 오후가 어렴풋한 윤곽을 띠며 떠올랐다. 출산이 다가와 아내가 진통을 겪던 날이었다. 현관문을 나서는데 아내가 멈춰 섰다. 그녀의 시선은 목련을 향하고 있었다. 그곳에 쌓인 햇살은 봄날에 어울리지 않게 어딘가 설익었다. 목련은 이제 막 꽃망울을 맺고 있었다. 그녀는 나무 앞으로 다가갔다. 나무에 손을 짚고 바닥에 흩어진 꽃봉오리를 보았다. 요란한 새 울음소리가 울렸고 그녀는 놀랐는지 움찔했다.

 새가 그랬나 봐. 여보, 괜찮아? 희수는 아내에게 다가가 살폈다. 아내 얼굴에 드리운 그늘이 점점 어두워졌다. 마치, 꿈속 같아. 그녀가 말했다. 어제 이런 꿈을 꾸었어. 희수는 그녀에게 다가가 안았다. 그녀는 몸을 떨고 있었다. 그는 나직이 말했다. 꿈은 깨고 나면 그만이야. 지금은 꿈이 아니야. 목련도 곧 아기 앞에서 꽃을 활짝 피울 거야. 아내의 팔에 힘이 빠졌다. 희수는 그녀를 돌려세우고 안색을 살폈다. 그녀는 숨을 빠르게 쉬고 있었다. 희수는 그녀의 얼굴을 쓰다듬으려 했다. 그녀는 그 손을 피하며 흥분이 담긴 말을 뱉었다. 왜 이 집에는 나무가 이거 하나뿐이야?

희수는 눈을 떴다. 옆자리로 고개를 돌렸다. 선아는 고개를 떨어뜨린 채 잠들어 있었다. 그는 선아를 좌석에 비스듬히 눕혔다. 기내에는 개인 조명 몇 개만 켜져 있었다. 끝 모를 시간이 더디게 흘렀다. 아무 생각 없이 텅 빈 머리로 시간을 흘려보내려 했다. 하지만 아내의 마지막 모습이 자꾸 떠올랐다. 눈을 뜨고 꿈을 꾸는 것처럼 생생한 모습으로 다가왔다.

아내는 사흘간 병원에서 격한 통증에 시달렸다. 의사는 수술이 필요하다고 했다. 결국, 그녀는 수술대 위에서 마취 호흡기를 썼다. 그것이 마지막이었다. 아기를 낳은 뒤에도 깨어나지 못했다. 그녀의 관 위에 흙을 뿌렸던 날, 집에 돌아오자, 목련은 꽃잎을 활짝 벌린 채 무언가 도취한 기운을 뿜었다. 그는 그것을 지켜보다가 광으로 갔다. 문을 열고 나오는 그의 손에 톱자루가 쥐어져 있었다.

 아무것도 남지 않아야 한다. 그는 다시 선아의 얼굴을 살피며 생각했다. 미련이 남을 만한 것은 모두 태워 버렸다. 이제 가족은 다른 흙 위에 새싹을 틔워야 했다. 그곳이 모래밭이든 진흙이든 황무지든 가릴 처지가 아니었다. 어디든 뿌리를 내려야 할까. 아니면 계절과 해가 바뀔 때마다 다른 땅을 찾아 떠다녀야 할까. 어쩌면 균류처럼 나무나 바위에 잠시 얹히는 삶이 기다릴지도 모른다.

6.

 항공기가 보스턴에 도착했다. 선아는 희수의 손을 꼭 쥐고 기내를 빠져나왔다. 로건 공항은 사람들로 북적였다. 머리카락이 검지 않고 키가 큰 사람들이 많았다. 희수는 이따금 걸음을 멈추고 사방을 둘러보았다. 선아는 천장에 걸린 커다란 깃발을 보았다. 입국장 앞에 이르자 희수가 말했다.

"선아야, 나가면 크리스마스트리를 찾아봐."

선아는 희수가 말한 나무를 어렵지 않게 찾았다. 입구 근처 화분에 있는 커다란 나무가 단번에 눈에 들어왔다. 금색 줄을 칭칭 감은 전나무였다.

"저기야, 아빠."

희수는 선아가 가리키는 손가락 방향을 좇았다. 나무 앞에는 여자 세 명이 서 있었다. 그는 그중 선글라스를 머리에 얹은 여자와 눈이 마주쳤다. 그녀는 선아 이름이 적힌 팻말을 들고 있었다. 선아는 그 팻말을 가리켰고 여자는 그들에게 손짓했다. 의사가 알아봐 준 통역이었다.

그녀를 따라 택시를 탔다. 택시는 긴 길을 달려 보스턴 시내에 들어섰다. 화려한 조명을 품은 건물들을 지나자 좁은 동네가 나왔다. 컴컴했다. 택시는 4층짜리 건물 앞에 섰다. 통역은 손으로 문을 두드리며 바비, 하고 외쳤다. 잠시 뒤에 메마른 흑인 남자가 문을 열었다. 문 안으로 이어진 복도는 어둑했다. 네온사인 하나만 빛을 밝히고 있었다. 복도를 따라 걸었다. 남자는 복도 끝에 있는 방을 가리켰다. 희수는 문을 열고 들여다보며 눈을 찡그렸다. 퀴퀴한 냄새가 났고 침대 시트는 더러웠다. 그는 선아를 들어오지 못하게 막고 밖으로 나와 문을 닫았다.

"가까운 호텔로 갑시다."

그는 통역에게 말했다.

"그런 얘기는 없었는데요?"

통역은 눈썹을 씰룩거렸다. 희수는 지갑을 꺼내 열고는 통역에게 보여 주었다.

"이 정도면 되겠소?"

그가 묻자, 통역은 고개를 끄덕였다. 희수는 트렁크 손잡이를 다시 쥐었다.

"식사는 책임질 수 없어요."

통역은 걸어가면서 말했다. 그녀는 문 앞에서 바비라는 남자와 영어로 대화했다. 남자는 투덜거렸다.

통역은 중심가에 있는 호텔로 데려다주었다. 7, 8층 정도 되어 보이는 낡은 건물이었다. 객실은 깨끗했다. 희수는 통역에게 고개를 끄덕여 보였다. 통역은 다음 날 아침 아홉 시에 오겠다고 말하고는 돌아갔다. 희수는 선아를 씻기고 침대에 앉았다. 온몸의 힘이 빠졌다. 서 있기도 힘들었다. 그날 밤 어떻게 잠들었는지조차 기억나지 않았다. 일어나 보니 아침 여덟 시가 지난 시각이었다.

7.

추적거리는 비가 선로를 적시고 있었다. 열차가 쉭쉭 소리를 내며 플랫폼에 미끄러져 들어왔다. 선아는 바닥에 놓았던 가방에 손을 내밀었다. 할머니는 보자기로 싼 꾸러미를 머리에 이었다. 그들은 객실에 올라 자리를 찾았다. 사람들은 습한 숨을 내쉬었다. 창문마다 김이 서려 있었다. 할머니는 좌석 위 선반에 보따리를 올려놓았다. 너무 커서 흘러나오려 했기에 꾹꾹 눌러야 했다.

열차가 움직이기 시작했다. 선아는 김이 맺혀 흐릿한 유리창을 손바닥으로 쓸었다. 침침한 건물들이 잿빛 하늘을 이고 있었다. 모두가 거꾸로 흘러가는 것 같았다. 먼 과거로 돌아가기라도 하는 걸까.

"부산 가면, 핵교에 다시 댕기거라."

할머니의 말투는 조심스러웠다. 선아는 할머니의 손을 쥐었다. 고등학교에 진학해서 석 달밖에 다니지 못했다. 이제 곧 여름 방학 기간이었고 가을이 오면 공장에서 일할 생각이었다. 그런 생각을 전했을 때, 할머니는 화를 냈다. 무슨 일이 있어도 대학에 가야 한다고 했다.

열차가 천안역을 지나고 있었다. 시간은 느리게 흘렀다. 서너 시간은 걸린 것 같았다. 그녀의 아버지와 미국행 비행기를 탔을 때가 떠올랐다. 아무리 잠을 자고 일어나도 여전히 비행기 안이었다. 언제 도착하냐고 칭얼거리면 아버지는 조금만 더, 하고 말하며 그녀의 머리를 쓰다듬었다.

미국에서 있었던 일은 잘 기억나지 않았다. 커다란 기계가 몸 위로 돌아다니며 윙윙거렸고 주삿바늘이 그녀의 팔을 여러 번 찔렀다. 그러다가 영원히 깨어나지 못할 듯한 깊은 잠이 들었다. 눈을 떴을 때 아버지 얼굴이 보였다. 그는 흥분하며 눈물을 흘리고 있었다.

선아야. 한국으로 돌아오는 길에 그가 말했다. 네 가슴 여기에 뛰고 있는 심장은 겨울에 핀 꽃과 같아. 쓰리고 에는 아픔이 있을지라도 붉게 물들어 겨울 들판을 수놓을 거야. 그곳의 주인공은 너야.

한국에 돌아와 버스에 타며 그녀는 이상한 기분이 들었다. 아버지 표정이 좋지 않았다. 두 번째 갈아탄 버스는 시내를 지나 한참을 달렸다. '안산'이라는 글자가 박힌 간판을 지나 구불구불 이어진 도로로 접어들었다. 내린 곳은 외진 동네였다. 아버지는 선아를 안아 올렸다. 그러고는 어둡고 좁은 길을 따라 걸었다. 멈춰 선 골목에는 판자로 지은 집이 이어져 있었다. 그는 무릎을 굽히며 선아의 두 팔을 잡았다. 아주 잠시면 돼. 아빠가 말했지? 너는 주인공이 될 거라고.

그곳에 살면서 그의 모습은 거의 볼 수 없었다. 그는 동도 트지 않은 새벽에 나가 저녁 늦게 돌아왔다. 그러고는 라면을 끓여 소주 한 병을 마시고는 몸을 모로 눕혔다. 새벽이 되면 다시 캄캄한 골목길에 나섰다. 달빛을 맞으며 걷는 그는 그림자를 길게 늘어뜨렸다. 그림자는 납덩이처럼 무거워 보였다.

그가 말한 잠시는 육 년에 가까웠다. 선아가 중학교 진학을 앞두고 있을 무렵에야 그 동네에서 벗어났다. 시내 쪽에 있는 아파트로 이사했다. 오래된 건물이었지만 방이 세 개였다. 각자 자신의 방을 가질 수 있었다. 아버지는 긴 탐험을 마치고 돌아온 사람처럼 후련한 숨을 내쉬었다. 밝은 표정을 이어 갔고 밤에는 가족들과 함께 지냈다.

김천역을 알리는 방송이 나왔다. 선아는 마음이 가라앉았다. 정말로 부산에 가는구나. 승객은 절반으로 줄어 있었다. 선아는 기차를 타고 이렇게 멀리 가 본 적이 없었다.

열차가 역에 정차할 때마다 아버지의 삶을 한 꺼풀씩 껴

입었다. 그가 겪었던 기쁨과 고난, 그리고 그녀에게 쏟았던 애정이 차곡차곡 마음에 쌓였다. 목적지에 이르면 오히려 긴 여행에서 집으로 돌아온 기분이 들 것 같았다. 그렇게 생각하자 시간은 급류를 타듯 빠르게 흘렀다. 열차는 종착역을 향해 속도를 줄여 갔다.

8.

희수는 주먹을 쥐고 힘을 주었다. 진료실에서 의사의 소견을 듣고 나온 길이었다. 움직일 수 없었다. 마음이 물체로 이루어진 것이라면 가위로 싹둑싹둑 자르고 싶었다. 만질 수도 없는 그것이 무겁게 가라앉으며 내장을 짓이기는 것이었다.

재수술이라고? 그것은 얼마든지 받아들일 생각이었다. 돈은 다시 구하면 되었다. 판자촌에서 보냈던 육 년을 두 번이든 세 번이든 반복할 자신이 있었다. 하지만 그 생활로 돌아간다면 갓 고등학생이 된 선아의 삶에 무엇이 남아 있는가. 게다가 국내에서는 수술을 장담하지 못한다고 했다. 국내 의료진은 지난 십 년간 무엇을 했단 말인가.

그는 병원을 빠져나와 여의나루로 가는 버스를 탔다. 강둑에 앉아 안주머니에서 통장을 꺼내 펼쳤다. 선아가 대학에 들어가면 학자금으로 쓸 돈이었다. 의대에 보낼 생각이었다. 그녀가 자기의 심장을 스스로 지켜 내리라는 기대였다. 그녀도 그 의견을 따랐다.

그는 옆에 놓은 소주병을 들었다. 이빨로 뚜껑을 따고 목에 들이부었다. 단숨에 병을 비웠다. 내려놓은 빈 병에는 노을빛만 담겨 있었다. 병을 집어 들어 강을 향해 던졌다. 판자촌에서 나온 뒤로 처음 마신 술이었다. 한 방울도 입에 대지 않겠다고 매일 아내를 떠올리며 맹세했건만, 그 결심은 병 속에 봉인되어 강물을 타고 멀어져 갔다.

그는 다음 날부터 대학 병원을 차례로 들렀다. 검사결과서와 의료 소견서, 촬영 정보를 살펴보던 의사들은 하나같이 고개를 저었다. 그때마다 그는 한강 둔치에 올라 술을 한 병 비우고 돌아왔다. 미국밖에 선택지가 없는 걸까. 그런 생각으로 길을 나선 날이었다. 혹시나 하는 마음에 서울 외곽의 한 병원을 찾아갔다. 의사는 여자였다. 그녀는 흥미롭다는 표정을 지었다. 그러다가 고개를 흔들었다. 희수는 고개를 숙였다.

"그런데…."

그녀가 말을 꺼냈다. 희수는 고개를 번쩍 들었다.

"한 명, 할 만한 사람이 있긴 한데."

"누굽니까? 어느 병원이죠?"

그녀는 눈을 끔뻑거리며 그를 쳐다보다가 입을 열었다.

"의사 면허를 잃었었죠. 우여곡절 끝에 다시 취득했는데. 지금은 어느 병원에서 일하는지 몰라요. 더는 칼을 쥐지 않는다는 소문도 있고."

병원에서 나온 희수는 머리가 복잡했다. 여의사가 한 말을 여러 번 떠올렸지만 그만 지우기로 했다. 면허가 취소되었던 의사에게 믿고 맡길 문제가 아니었다. 미국의 그 박사뿐이었다. 선아의 심장을 가장 잘 알고 있을 터였다. 직접 가슴을 열어 보았으니 말이다.

다음 날, 그는 회사에서 공장장에게 사정을 말했다. 야근과 특근에 빠짐없이 넣어 주고 야간 근무조에서도 한 타임 일하게 해 달라고 했다.

"양 주임, 괜찮겠어? 그러다 사람 잡는 거 아니야?"

공장장은 꺼림칙한 표정으로 물었다. 희수는 눈에 힘을 주었다.

그날부터 그는 새벽 세 시에 일을 마쳤다. 집에 돌아오면 네 시였다. 잘 수 있는 시간은 두세 시간뿐이었다. 방에 누우면 무거운 팔다리가 저리며 바닥을 파고드는 것 같았다. 눈을 감으면 귓가에 윙, 하는 소리와 함께 현기증이 일었다. 그러다가 잠들었다 싶으면 곧 일어날 시간이 되었다. 잠을 잤는지 의식을 잃었는지, 아니면 깨어 있되 생각이 멈췄던 것인지 알 수 없었다.

가끔 공장장의 말을 알아듣기가 어려웠다. 무슨 말을 했는지 또렷이 들었는데 그것이 어떤 뜻인지 혼란스러웠다. 물건을 집어 들다가도 손에 힘이 빠져 자주 떨어뜨렸다. 주위가 캄캄해지기도 했다. 그럴 때면 시야에 자신의 두 팔만 보였다.

그렇게 석 달이 흘러갔을 때였다. 출근하며 그는 이상한 기분이 들었다. 다리 한쪽에 힘이 빠져 제대로 걷기 어려웠다. 어지러운 데다 자신이 가야 할 곳이 어디인지 헷갈렸다. 갑자기 모든 기억을 잃어버린 느낌이었다. 공장에서 일하면서도 마찬가지였다. 지금 무엇을 하는지 알 수 없었다. 다리에 힘이 풀려 자꾸 넘어지려 했다. 쉬는 시간을 알리는 음악이 울렸다. 그 소리는 기괴하게 변해 귓속을 파고들었다. 그는 귀를 막았다. 소리는 멈추지 않았다. 그의 팔과 다리가 제멋대로 움직였다. 손가락과 발가락이 움츠러들며 굽어졌다. 몸이 기울며 바닥이 눈앞으로 다가왔다.

이봐, 양 주임! 공장장의 목소리를 뒤로 눈앞은 암흑에 잠기고 소리는 멎었다.

9.

 2차선 도로가 언덕을 가로지르는 곳이었다. 도로를 따라 작은 집이 다닥다닥 줄지어 붙어 있었다. 언덕을 넘어 조금 더 걸으면 전봇대가 서 있는 골목이 나왔다. 안으로 들어가 끝에 다다르면 양 갈래로 길이 이어졌고 앞에는 시멘트로 바른 계단이 있었다. 두 명이 지나다닐 만한 폭이었고 일곱 칸에 불과했다. 그 위에 오르면 선아가 살게 될 집이 나왔다.

 대문을 열면 수돗가를 낀 작은 마당이 보였다. 그곳을 'ㄷ'자 모양으로 둘러싼 집이었다. 한쪽 면은 본채와 떨어져 있었다. 주인은 그곳에 세를 놓았다. 문을 열고 들어가면 좁은 부엌이 있고 방으로 들어가는 문이 나왔다. 여름인데도 방바닥은 차가웠다.

 선아는 짐을 한쪽 구석에 촘촘히 정리했다. 누군가 정리하게 되더라도 한눈에 알아볼 수 있기를 바랐다. 마음은 차분했다. 세상은 간결하고 잘 정돈된 듯했다. 여전히 가슴이 예고 없이 두근거렸다. 그러다 가라앉으면 어둠에 잠긴 계단을 한 칸씩 내려섰다고 생각했다.

할머니는 아버지 통장에 손을 대지 않았다. 선아가 대학에 가면 넘겨줄 돈이라고 했다. 살던 집을 팔아 셋집을 얻고 골목 어귀에 점포를 냈다. 그곳에서 종일 재봉틀을 잡았다. 그러나 수선할 옷을 맡기러 오는 사람은 거의 없었다.

여자 고등학교는 버스로 십오 분 거리에 있었다. 교감은 친절했고 가을 학기에 다닐 교실과 학교 시설을 보여 주었다. 선아는 교문 앞에서 뒤돌아 운동장을 바라보았다. 저곳에 내 심장이 뛸 공간도 있을까.

석 달 전, 아버지는 그녀에게 자세한 말을 하지 않았다. 진료실 밖에서 기다리게 했다. 그가 문을 열고 나왔을 땐 방금 지은 것 같은 미소가 얼굴에 걸려 있었다. 그녀는 어떤 상황인지 알 수 있었다. 십 년 전처럼 검사 종류가 많아졌다. 약도 늘었다. 무엇보다 그때처럼 가슴이 자주 두근거렸다. 박동은 불규칙했다.

할머니에게는 알리지 않았다. 이곳에 내려온 뒤로 혼자 병원에 다녔다. 약도 몰래 먹었다. 의사는 보호자를 데려오라고 했다. 선아는 고개를 저었다.

"이대로는 위험해. 더 쓸 수 있는 약도 없다고."

의사는 겁박하듯 말했다. 선아는 또다시 가슴을 여는 수술을 떠올리기 싫었다. 아버지도 없는 처지였다. 얼마나 큰 비용이 필요한지 알고 있었다. 아버지가 숨을 거두기까지 밟았던 길을 할머니에게 넘겨주기 싫었다.

방에서 창문을 열면 멀지 않은 곳에 산이 보였다. 한눈에 들어오는, 높지 않은 산이었다. 항상 눈에 띄는 게 있었다. 중턱 아래 튀어나온 세모난 지붕이었다. 수풀 속에서 토끼가 고개만 내민 모습을 연상시켰다. 보고 있으면 마음이 훈훈했다. 어린 시절에 살았던 집이 떠올랐고 그것은 성급하기만 한 가슴을 누그러뜨렸다. 그 시절, 아버지는 한없이 따뜻했고 그녀는 해맑았다.

두툼한 회색 구름이 낀 날이었다. 바람도 불어 그리 덥지는 않았다. 그녀는 여느 때처럼 창문 밖을 바라보다가 외출 차림을 했다. 그곳에 가 보고 싶었다. 무언가에 이끌리듯 걸었다. 2차선 도로 언덕에 이른 뒤, 산으로 향하는 길에 접어들었다. 지붕이 보였던 쪽으로 걸어가다가 오른쪽에 서 있는 건물에 시선이 갔다. 교회였다. 붉은 벽돌로 지었고 제법 컸다. 그녀는 교회 문 앞에 놓인 거치대에서 홍보물을 하나 뽑아 들었다. 고등부 여름 수련회를 홍보하는 전단이었다. 그것을 쥐고 돌아서려 할 때였다. 교회 안에서 피아노 소리가 울렸다. 그녀는 문을 살짝 열고 들여다봤다. 예배실 연단 옆이었다. 피아노 앞에 한 소년이 앉아 있었다. 그는 손가락을 풀려는 듯 깍지를 끼고 손목을 돌렸다. 선아는 안으로 발을 들이고 문을 닫았다. 그가 연주를 시작했다.

특이한 곡이었다. 찬송가는 아니었다. 선아는 자신도 모르는 새에 구석 자리로 다가가 앉았다. 소년은 그녀를 보지 못한 것 같았다. 그녀는 소년의 옆모습을 보았다. 물결처럼 굽이치는 머리카락을 가지고 있었다. 그가 고개 돌려 낮은 자리 건반을 누를 때, 그녀는 그의 눈빛을 보았다. 그것은 마치 건반 하나하나를 꾸짖는 듯한 엄격함을 담고 있었기에 그녀의 가슴에 파문을 던졌다. 그는 연주 속도를 점점 높였다. 선아의 가슴이 두근거렸다. 그것은 평소와 달랐다. 마치 음률에 순응하듯 순조롭고 규칙적이었다. 판막이 퍼 올린 피가 새 기운을 얻어 막힌 벽을 허무는 느낌이었다. 소년은 곡을 마치고 그대로 굳은 듯 고개 숙였다. 선아의 머릿속엔 그 멜로디가 다시 반복되고 있었다. 가슴은 리듬에 맞춰 뛰었다. 뛸수록 환해졌다. 꺼져 가는 불씨에 부드러운 바람을 불어넣는 듯했다.

"유진아."

여자의 목소리가 모든 걸 멈췄다. 연단 옆에서 나온 여자가 소년에게 다가가 무언가 말했다. 수련회와 관련된 말을 하는 것 같았다. 소년은 고개를 갸웃거리다가 끄덕였다.

10.

집으로 돌아오는 길에도 그 곡이 맴돌았다. 선아는 오랜만에 편안한 숨을 쉬었다. 그 느낌을 그대로 집까지 가져가고 싶었다. 그런데 골목에 들어서면서 낯선 감정이 파고들었다. 골목길을 채우고 있는 자신의 그림자를 보았다. 침착하게 흐르던 선율이 흐트러졌다. 가슴은 짐작할 수 없는 박자로 뛰었다. 한 걸음 내디딜수록 그림자는 더 긴 모습으로 달아났다. 계단 앞에서 그녀는 쭈그려 머리를 감싸안았다. 쿵쿵거리는 심장 소리가 팔을 진동시켰다. 겨우 진정시키며 계단에 걸터앉았다. 교회가 있는 쪽을 바라보며 숨을 골랐다. 손에 든 전단을 펼쳐 읽다가 고개를 떨어뜨렸다.

발걸음 소리가 났다. 누군가 골목 안으로 들어오고 있었다. 소리가 선아 앞에 이를 때까지 그녀는 고개를 들지 않았다. 소리의 주인이 던진 그림자가 그녀를 가렸다.

"처음 보는 것 같은데?"

남자 목소리였다.

"이 동네에 사나?"

선아는 천천히 고개를 올렸다. 무거운 인상을 풍기는 남학생이 서 있었다. 키는 작았지만, 앳된 기가 없었고 목소리가 굵었다. 또래이거나 한두 살 아래로 보였다. 선아는 재빨리 눈물을 훔쳤다. 이런 모습을 하고 있자니 창피했다.

"이 위에 초록 대문 집에 이사 왔어."

그녀는 애써 차분한 투로 대답했다. 남학생은 말을 받지 않고 가만히 서서 그녀를 바라보았다. 구석구석 살펴보기라도 할 듯 눈매가 매서웠다. 선아는 그의 시선을 받아들이다가 움츠러들었다. 그대로 일어나 돌아섰다.

"몇 학년이나?"

등 뒤로 남학생이 묻는 말이 들렸다. 선아는 고개 돌려 대답했다. 고 1. 그러고는 서둘러 계단을 올랐다. 아 참. 대문 앞에서 그녀는 뭔가 잊은 듯 주먹으로 머리를 두드렸다. 계단으로 돌아와 찾아보았지만, 전단은 보이지 않았다. 오른쪽 길로 남학생이 막 담을 돌아 사라지고 있었다.

수련회를 앞둔 밤, 잠이 오지 않았다. 마음이 설레면서도 불편했다. 창문을 열고 어둠에 잠긴 산을 바라보았다. 삼각 지붕 집 앞에 섰을 때, 그녀는 오랜 기억을 마주하는 기분이었다. 마치 십 년을 묵묵히 기다려 준 사람처럼 정이 갔다. 자기 집이라는 생각이 들었고 누군가 문을 활짝 열어 줄 것 같았다. 그녀는 문을 두드렸다. 안에서는 대답도 반응도 없었다. 그녀는 화가 났다. 나, 이렇게 돌아왔어. 그러니 문을 열어 줘. 그녀는 마음속으로만 외칠 뿐이었다. 정적만 풍기는 집이 빛바랜 모습으로 변하고 있었다. 십 년 동안 아무도 살지 않은 것처럼, 온 곳에 뒤덮인 흙먼지와 벗겨지고 갈라 터진 칠이 눈에 들어왔다.

이튿날, 밀양에 도착하자 먼저 와 있던 안 집사가 반갑게 맞아 주었다. 막상 기도원에 들어가니 정신이 멍했다. 자신이 이곳에 오게 된 이유가 떠오르지 않았다. 사람들은 친절하고 따뜻하게 대해 주었다. 놀랍게도 아는 얼굴이 있었다. 골목 계단에서 만났던 남학생이었다. 그녀는 마음을 다잡았다. 사흘만이라도 무거운 생각에서 벗어나고 싶었다. 어쩌면 이곳에서 절대자와 교감할지도 모르는 일이었다. 하지만 그런 생각은 여지없이 무너졌다.

새 신도를 소개하는 자리에 나섰을 때였다. 그녀가 아는 키 작은 남학생이 먼저 인사했다. 정외태라는 이름을 가지고 있었다. 또래였다. 마지막으로 그녀 차례가 왔을 때였다. 유진이라 불렸던 소년의 시선을 느꼈다. 그것은 천천히, 그리고 깊숙하게 그녀 가슴을 파고들었다. 마치 그를 보러 왔느냐고 묻는 듯했다. 그녀는 눈을 마주치지 않았다. 의식하는 티를 내지 않으려 태연한 척했다. 소년의 시선은 집요했다. 어느 곳에 있든, 멀리 떨어진 곳에서든 따라붙었다. 그 눈빛은 가슴 속까지 들여다보겠다는 듯 노골적인 느낌이 있었다. 선아는 얼굴이 자주 상기되었다. 하지만 수련회가 끝날 때까지 자신의 그런 모습을 깨닫지 못했다.

밀양에서 돌아온 선아는 기운이 없었다. 사흘간 불편한 가면을 쓴 기분이었다. 유진의 시선을 의식하는 동안 그가 연주했던 곡이 떠올랐다. 그것이 차라리 엇박자를 내었다면 좋았을 것이다. 하지만 그 낯선 곡과 눈빛이 그녀의 가슴 깊은 곳에 패인 홈에 하나씩 들어차는 느낌이 들었고, 알 수 없는 불편함과 설렘 사이로 깊은 밤을 흘려보내고 말았다.

그의 시선에서 벗어난 지금, 세상은 김 서린 창문 너머로 보는 듯 침침했다. 허공에 남겨진 기분이었다. 가슴에 지핀 작은 불씨가 희미해지다가 사라졌다. 여름인데도 서늘했다.

그녀는 거리로 나왔다. 종착지를 앞둔 여름은 열기가 가라앉은 태양을 품고 있었다. 발길 닿는 대로 걸었다. 그러다 보니 교회 앞이었다. 뜻하지 않은 장소에 있는 자신을 생각하며 당황했다. 문 앞 거치대에는 새 유인물이 있었다. 돌아오는 일요일 예배 주보였다. 그녀는 하나를 접어 주머니에 넣고 산으로 향했다.

초입에 들어서자, 햇빛이 옅어지기 시작했다. 먹빛을 띤 커다란 구름이 해를 가리고 있었다. 갑자기 몸에 한기가 스쳤다. 그녀는 어깨를 떨었다. 돌아가야겠다고 생각하다가 다시 산속을 향했다. 곧 비가 내릴 기세였다. 얼른 삼각 지붕 집으로 가야 비를 피할 수 있었다. 걸음을 재촉해서 걸었다. 숨이 가빠지고 잘 쉬어지지 않았다. 삼각 지붕 집 앞에 이르자 몸이 녹아내릴 듯 무거웠다. 대나무 숲 통로를 지나다가 어지러워 주저앉았다. 굵은 빗방울이 떨어지기 시작했다. 그녀는 기다시피 손을 짚으며 처마 밑에 몸을 넣었다. 아무도 없는 산에 홀로 갇힌 기분이었다. 빗줄기가 매서운 소리를 내며 대나무 숲에 꽂혔다.

비는 땅거미가 내릴 무렵에 잦아들었다. 그녀는 빗줄기

아래로 손을 뻗었다. 가늘었다. 서둘러 돌아가기로 했다. 어두운 밤에 잠기기라도 하면 낭패였다. 돌아가는 길은 길었다. 가슴 두근거림이 멈추지 않았다. 어지럼이 일며 눈앞이 캄캄해지기도 했다. 몇 번이나 주저앉아 숨을 몰아쉬었다. 골목은 끝이 보이지 않는 동굴 같았다. 계단에 이르렀을 때, 가슴이 격하게 뛰었다. 물결 같은 검은 실루엣이 눈앞에 흘렸다. 그녀는 계단에 발을 올리려다 헛디뎌 몸을 휘청거렸다. 그대로 앉아 벽에 고개를 기댔다. 희미해진 시야에 사람 모습이 들어왔다. 그녀는 누구인지 알아볼 수 없었다. 검은 실루엣은 점점 굵어지더니 거대한 장막이 되어 앞을 가렸다.

11.

다시 그곳이다. 검은 수면을 가진 연못 앞이다. 부드러운 바람이 불어 버들가지를 흔든다. 누군가 입으로 멜로디를 소리 낸다. 늘어진 가지들이 음에 맞춰 리듬을 탄다. 그녀는 음성이 들리는 곳을 두리번거린다. 연못 반대편이다. 희미한 검은 형체가 보인다. 너울거리는 가지들이 그 모습을 감추었다 드러냈다 한다.

그녀 가슴이 뛰기 시작한다. 눈시울이 뜨거워진다. 아버지 모습, 그의 음성이다. 모습은 어렴풋하지만 확신할 수 있다. 바로 앞에서 말하듯 목소리가 또렷하다.

아빠.

그녀는 외친다. 음성은 멀리 뻗어 가지 못한다. 연못 위로 적막이 흐른다. 버들가지도 움직임을 멈춘다. 아버지의 목소리가 수면 위를 통통 튀듯 울린다.

이곳에 어떻게 왔니?

여기가 어딘데?

서쪽이야. 막다른 길.

아빠한테 가고 싶어.

그럴 수 없어.

왜?

여긴 그림자만 올 수 있는 곳이야.

음성이 멎고 가지가 길게 늘어지며 검은 형체를 숨긴다. 가지가 제자리로 돌아가자, 그 모습은 사라지고 없다. 그녀는 펼친 손을 들여다본다. 그늘 속에 던져진 짙은 그림자 같다. 눈을 감고 고개를 흔든다. 다시 눈을 뜬다. 손바닥에 투명한 기운이 스며든다.

12.

"선아 양."

가늘게 뜬 눈 사이로 남자 모습이 들어왔다. 자신을 진료했던 의사였다. 그는 몇 가지 묻고 차트를 들여다보았다. 그녀에게 시선을 주지 않은 채 말했다.

"마음 편하게 있거라. 상태가 나아지면 이야기하자꾸나."

그는 간호사에게 무언가 지시하고 자리를 떴다. 간호사는 링거 방울의 속도를 늦추고 선아에게 찡긋 웃어 보였다. 선아는 그녀에게 말하고 싶었는데 입이 열리지 않았다. 간호사가 물러가자, 잠이 쏟아졌다.

할머니는 매일 저녁 무렵에 찾아와 선아 옆에서 잤다. 선아가 깨어나면 이미 할머니 모습은 보이지 않았다. 선아를 지켜보는 할머니의 눈은 깊숙이 패어 갔다. 며칠 후, 안 집사가 찾아왔다. 그녀는 오랜 시간 머물며 기도했다. 선아는 그녀가 어떻게 알았을지 궁금했다. 안 집사는 얼른 쾌차하라며 교회에서 보기를 기도하겠다고 했다.

삼 주가 지났을 때, 어떤 여자가 병실에 찾아왔다. 여자는 병실을 둘러보다가 선아와 눈이 마주쳤다. 옷차림과 머리 스타일이 세련된 여자였다. 여자는 까만 눈동자를 반들

거리며 선아에게 다가와 미소 지었다.

"선아 학생?"

그녀가 물었다. 선아는 고개를 끄덕였다. 여자는 선아의 얼굴을 유심히 바라보았다. 표정이 진지했다.

"예쁘네요."

여자가 입을 열었다. 대뜸 하는 말에 선아는 당황했다. 겁먹은 표정으로 누구냐고 물었다. 여자가 검지를 들어 올렸다.

"몸은 어때요?"

선아는 대답하지 못했다. 눈만 깜빡이며 쳐다보자, 여자는 이해를 구했다. 누구인지 지금은 말하기 어렵지만, 선아를 응원하겠다고 했다.

"트랩드 파이어, 윌 번 더 스트롱기스트(갇힌 불이라니, 가장 강렬히 타오르겠군)."

그녀는 창밖을 향해 영어로 독백하듯 말했는데, 또박또박 발음했다. 그러고는 짧게 인사를 붙이며 돌아갔다. 선아는 어렴풋이 뜻을 알아들었다. 하지만 여자가 왜 그런 말을 했는지 의문이었다.

병원에서 두 달을 지냈다. 의사와 의논 끝에 퇴원하기로 했다. 의사는 그녀가 많이 호전되었으나 무리하거나 충격

받는 일이 생기지 말아야 한다고 주의시켰다. 면담을 마치며 의사는 냉정한 표정으로 말했다. 수술 외엔 방법이 없다고 했다. 시간이 얼마 없다는 말을 덧붙였다.

퇴원하던 날이었다. 할머니는 선아를 남겨 두고 진료실에 혼자 들어갔다. 문은 열고 나온 그녀는 어두운 그늘에 덮여 검은 낯빛을 띠었다. 내 꼭 고쳐 줄 꼬마. 할머니는 돌아와서 거의 집에 머물지 않았다. 틈나는 대로 다른 집에서 일했다. 집에 돌아오면 부엌에서 한참 동안 씻었다. 고놈의 영감탱이 드러봐서 참. 선아는 할머니가 어떤 일을 하는지 짐작했다. 거동이 어려운 노인들을 도우며 푼돈을 버는 모양이었다.

"할머니, 이러지 마."

선아는 쌓아 두었던 속마음을 털어 냈다. 그러자 할머니는 매서운 눈빛을 뿜었다.

"사는 기다. 니 없으면 할매도 없다."

선아는 참고 모아 두었던 눈물을 터뜨렸다. 할머니는 말없이 그녀를 안으며 침착하게 말을 늘어놓았다. 평상시와 달리 진지한 어투였다.

"내는 얼마 안 남았데이. 니가 주저앉아 삐면 내 니 애비를 무슨 수로 보겠노? 살 거래이. 니는 착하다 아이가. 착한 사람은 오래 사는 기다."

선아는 토해 내듯 울음을 쏟았다. 밤이 깊을수록 세상엔 할머니와 자신만이 남겨진 기분이었다. 그날 밤, 커다란 달이 빛을 뿜어냈다. 선아는 그것이 차갑지도 따뜻하지도 않다고 생각했다.

퇴색한 낙엽이 떨어지던 날, 선아는 교회로 향했다. 안 집사는 팔짝 뛸 듯 반가워하며 그녀를 안았다. 그녀는 선아에게 찬송가 두세 곡을 가르쳐 주었다. 선아가 노래하는 모습을 보며 그녀는 그 사랑스러움에 빠져들었다. 선아의 목소리는 맑았다. 순수한 결정(結晶)이 발하는 빛처럼 그 무엇도 거부하지 못할 힘을 가졌다. 그것은 얼룩진 가면에 가린 사람들의 복음과는 달랐다. 과하지도, 그렇다고 부족하지도 않았다. 안 집사는 생각했다. 고난에서 우러나오는 신비는 절박한 자의 것이다.

13.

안 집사는 묘한 기분에 빠졌다. 성탄절 공연 연극팀을 꾸리는 동안 즐거운 마음이 끊이지 않았다. 유진은 숨기느라 애쓰는 듯했지만, 선아를 의식하고 있었다. 안 집사 눈에는 그가 가진 감정이 훤히 보였다. 더 재밌는 건 선아의 태도였다. 드러내 보일 정도는 아니었지만, 유진과 함께 있을 때 표정이 진지했다. 안 집사는 자신만이 아는 비밀인 것 같아 속으로 웃었다.

모든 게 순조로웠다. 안 집사는 선아가 간직할 해맑은 추억을 떠올렸다. 먼 세월이 흐르더라도 가슴 벅찬 순간이 있었다고 기억하길 바랐다. 그런데 외태가 끼어들면서 생각에 금이 갔다. 그의 눈빛엔 무엇이든 중심에 서려는 욕망이 서려 있었다. 그녀는 그 점이 마음에 걸렸다. 그러면서도 그가 가진 연기 재능을 부정하기는 어려웠다. 고등부 모임이 있던 날, 그녀는 선아를 따로 불렀다.

"요셉 역으로 유진이 낫겠나, 아니면 외태가 낫겠나."

"유진이요."

안 집사는 놀란 모습을 감추려 애써 마음을 눌렀다. 선아는 뜸도 들이지 않고 대답했다. 부끄럼을 타는 기색도 없었다. 안 집사는 이것이 어떤 숙명, 또는 신의 의지가 닿은 영역이 아닐까, 하고 생각했다.

연극 연습이 있는 날마다 선아는 더 밝은 기색으로 피어났다. 안 집사는 그녀가 얼마 전까지 병실에 있었다는 사실을 믿기도 어려웠다. 눈빛에 생기가 감돌고 얼굴에 티 한 점, 근심 하나 깃들지 않았다. 안 집사는 이 모든 것에 만족했다. 성탄절까지만이라도 그들이 진정 부부와 같기를 바랐다. 그런 생각을 떠올리면 민망한 생각이 들기도 했다. 연습 횟수가 쌓일수록 둘은 서로 가까워지고 있었다. 그녀는 자신도 모르게 고개를 끄덕이곤 했다.

14.

 선아는 손차양으로 눈을 가렸다. 내리쬐는 햇볕이 그녀를 향하고 있었다. 거리를 지나다니는 사람은 거의 없었다. 그녀는 무대 위 스포트라이트를 떠올렸다. 연극과 같은 거야. 그녀는 그렇게 생각하며 걸었다.

 공연까지 사흘이 남았다. 연극을 마치면 무대에서 내려와야 했다. 그녀에게 그것은 연극의 끝이 아니었다. 무대 아래에는 또 다른 무대가 있는 셈이었다. 그렇게 생각하고 싶었다. 한 배우의 역을 다하면 또 다른 배우로 연기하는 삶이기를 바랐다. 그렇지 않고 무대에서 발을 내미는 순간 현실로 돌아와 버린다면…. 그것은 떠올리기 싫었다.

미국에서 수술받은 일이며, 판자촌에서 살던 모습, 열매를 맺지 못하고 떠나 버린 아버지…. 그 모든 일이 무대를 바꾸며 연기한 배우의 기억에 불과했다. 사흘 뒤, 공연이 막을 내리면 마지막 무대가 기다리고 있을 것이었다. 그녀에게는 고별 무대다. 지금까지와 다르게 관중은 없을 것이다. 무대 조명도 꺼져 있을 것이다. 연기자는 단 한 명, 그녀뿐이리라.

의사는 이제 채근하지 않았다. 이번에 입원하게 되면 다시 돌아갈 기회가 있을지 장담하지 못했다. 선아는 무슨 뜻인지 이해했다. 끝까지 담담하리라 마음먹던 바와 달리 새로운 감정이 파고들었다. 아쉬움이나 미련은 아니었다. 희망에 대한 간절함도 아니었다. 단지 질척한 진흙에 발이 묶여 어디로도 향하지 못할 것 같았다. 그냥 주저앉고 싶었다. 그 뒤에 무엇이 기다리든 상관없었다.

그녀는 온전한 마리아가 되어 살기로 했다. 가진 걸 모두 쏟아붓고 싶었다. 몰입하다 보면 감정이 격해지기도 했다. 그렇게 공연일을 맞았고 무대 뒤에 섰다. 그녀는 처음 드는 느낌에 어리둥절했다. 막상 무대에 오르려니 모든 게 느리고 묵직하게 흘렀다. 슬로 모션으로 돌아가는 영화를 보는 것 같았다. 극이 진행되는 동안, 그녀는 배우들의 표정과 동작 하나하나를 눈 속에 담았다. 그들의 대사는 대본을 읽듯 명료하게 다가와 귓속에 쌓였다. 선아는 다음 장면과 대사를 생각하지 않아도 되었다. 물살 같은 흐름에 맡기면 저절로 몸이 움직였고 말이 나왔다. 밀도 높은 시간의 리듬에 맞춰 춤을 추는 기분이었다.

자기 팔을 두드리는 유진의 손가락을 느꼈다. 순간, 꿈결 같은 장면이 사라지고 그녀의 마지막 대사가 떠올랐다. 그녀는 주춤했던 자기 모습을 깨닫고 입을 열었다.

무대 조명이 꺼진 뒤로 세상이 덧없어 보였다. 어떤 음악이 흘러도, 흥겨워하는 사람들을 보아도 마른 짚처럼 푸석한 느낌이었다. 그녀는 사흘간 집에만 머물렀다. 심장이 잿빛 돌덩이처럼 굳어 버린 듯했다. 그대로 시간이 흘러 그해가 끝나기를 바랐다. 그녀는 생각했다. 새해부터 시작될 어둠 속 무대에서 어떤 연기를 해야 할까.

네 심장은 겨울에 핀 꽃과 같아. 아버지가 했던 말이 떠올랐다. 그녀는 일어났다. 마지막으로 삼각 지붕 집에 가 보기로 했다. 그곳에 가는 동안 생각했다. 자신이 지금 지고 있는 꽃이라면 차라리 누군가의 손에 꺾이고 싶었다. 조금이라도 붉은빛이 남은 모습을 마지막 장면에 넣고 싶었다. 척박한 땅을 바라보며 누런빛으로 바래져 가기는 싫었다. 누군가 가슴을 환하게 밝혀 준다면 폭죽으로 솟아올라 불꽃처럼 사라져도 좋았다.

동백은 여전히 붉었다. 꽃잎을 적신 햇살이 마를 때까지 그녀는 묵묵히 어둠을 기다렸다. 그런데 그가 찾아왔다. 유진이었다. 선아의 가슴에 빛이 일었다. 그녀는 마음을 흩뜨리지 않게 가다듬었다. 아무 말도 할 수 없었다. 슬픈 사연을 그의 기억에 남기고 싶지 않았다. 하지만 버티지 못했다. 보이고 싶지 않았던 눈물을 쏟아 내고 말았다.

그해 마지막 순간까지 교회에서 보내기로 했다. 곧 신의 품으로 향함을 받아들이는 절차였다. 기도실에서 십자가를 바라보다가 눈을 감았다. 몸이 떨렸다. 그녀는 되뇌었다. 두려움 없이 당신께 나아가도록 하소서. 기도할수록 머릿속이 밝아졌다. 희고 아름다운 빛이 솟아났다. 누군가 그녀의 이름을 불렀다. 그녀는 소리가 나는 쪽을 돌아보았다. 유진이었다. 머릿속의 장면인지 실제 모습인지 구분할 수 없었다. 그의 눈빛은 아슬아슬하게 흔들리는 촛불이 되었다가 점점 타올랐다. 그것은 뜨거운 기운이 되어 그녀의 몸을 감았다.

이반의 편지 3

친애하는
제인 박사께,

 가장 어려운 질문을 주셨습니다. 우리에게 남은 최종 과제이기도 합니다. 우리는 정체성을 물질적 연속성과 기억의 일관성으로 구분합니다. 성격의 정체성도 고려할 수 있겠으나 그것은 기억의 영역으로 치부하겠습니다.
 정체성을 과학적으로 접근하는 것은 한계가 있습니다. '나란 무엇이고 어디까지인가.' 하는 철학적 사유가 결합해야 합니다. 타임머신을 예로 들어 보겠습니다. 우리는 과학이 최고 정점에 이르러도 그것은 불가능하다고 가정합니다. 왜 우리의 상상력이 배제하는지 의문인가요? 우선 어디까지가 '나'인가를 정의해야 합니다. 흔히 인간을 개체로써 바라보기 마련입니다. 하지만 그것을 둘러싼 외부의 모든 것과 경계 지을 수 있을까요? 방금 잘라 낸 머리카락은 나일까요? 그렇지 않을까요? 숨을 쉬기 위해 들이마신 공기는? 조금 전 입으로 삼켜 아직 소화와 대사 전에 있는 빵은?

타임머신은 그중 어느 것을 '나'와 '내가 아닌 것'으로 구분해 과거나 미래로 보내 줄까요? 마찬가지 이유로 투명 인간도 떠올릴 수 없습니다. 인간을 투명하게 해 주는 약이 개발되었다고 해도 그 약은 과연 나의 어느 부분까지 투명하게 하는지 명쾌히 답변할 수 없습니다.

인간은 완전히 독립된 개체로서 존재하지 못합니다. 이에 대해 우리가 추종하는 물리학자의 말을 떠올려 봅니다. '개인성이란 환상이며, 우리는 정체성을 갖는다기보다는, 목적에 걸맞은 기준에 의해 측정되는 어느 정도의 정체성을 갖는다.' 그는 인체 냉동 보존을 이론적으로 제안한 최초의 학자입니다. 절대적 개인성이 가능하다면 그것은 영혼과 같은 의미로 바라봐야 할 것입니다. 영혼에 대한 담론은 지난번에 설명드렸습니다. 어쩌면 우리의 실험으로 '죽음의 정지'가 해제된 인간은 전혀 다른 정체성을 가지고 태어날지 모릅니다. 하지만 사람들은 이전과 같은 개체로 여길 겁니다. 우리의 연구는 이 부분을 주목합니다.

인간의 사고는 흐르는 강물과 같습니다. 인간은 심장이 한

번 박동할 때마다 새로이 태어납니다. 임상사했던 사람이 다시 살아난다면 엄밀히 말해 그전과는 다른 존재로 봐야 합니다. 그래도 그는 환경에 적응하고 귀중한 삶을 살아갈 것입니다. 그런 의미에서 우리는 낙관적입니다.

당신의 벗,
이반 알렉세이
2006년 8월 10일

제인의 다이어리

2007년 4월 7일

마사지

버몬트 요법

CPM(지속적 수동 운동)

EMS(전기 근육 자극 요법)

전기침 및 온열 요법

III. 침묵의 봄

———— 그의 중심에서 반딧불이처럼 밝히던 구심은 차가운 공간에 흩어져 버렸다. 기운을 잃은 태양은 스스로 소멸을 인정하고 어둠을 뱉어 냈다. 정지의 순간이었다. 그는 생각했다. '나'는 사라진 걸까?

1.

 제인은 손가락 힘을 뺐다. 메스를 쥐고 환자의 가슴 사이를 갈랐다. 메스는 면도날처럼 가볍게 미끄러졌다. 살갗 위로 배어 오른 피가 메스를 적셨다.
"석션."
 그녀는 나직이 외쳤다. 호스에 달린 관이 피를 빨아들였다. 호스를 타고 흘러든 피가 플라스틱병 꼭지에서 쏟아져 내렸다.
 이것이 옳은 것일까.
 그녀는 흔들렸다. 이대로 손을 멈추고 싶었다. 집도하는 손은 이미 그녀의 것이 아니었다. 자신도 모르는 의식이 환자의 가슴 위로 손을 움직였다. 살려 내야 했다. 그러나 어떻게?

환자는 심장 박동이 특이했다. 가슴을 열어 보지 않고는 판단하기가 어려웠다. 우선 칼을 대고 생각하기로 했다.

늑골 사이를 잇는 뼈를 절개했다. 검붉은 심장이 드러났다. 메스로 그것을 갈랐다. 피가 튀었다. 재빨리 동맥에 관을 삽입한 뒤 인공 심폐기를 가동했다. 심장은 멎었다. 이제부터는 시간 싸움이었다. 수술 속도를 올려야 했다. 심장 속을 살펴보던 그녀는 눈을 찌푸렸다. 대동맥 판막은 기형이었고 판막엽 사이에는 혈전도 끼어 있었다. 이건…. 자세히 들여다보던 그녀가 내뱉었다. 판막에 성형술을 받은 흔적이 남아 있었다. 그녀는 눈을 크게 뜨며 흥분했다. 이런 식의 성형술도 가능한가. 그런 수술을 할 수 있는 의사는 국내에 없었다. 그녀는 타이머를 바라보았다.

2.

잔디 광장을 향했다. 길을 따라 서 있는 은행나무가 하나하나 스쳐 갔다. 파릇하게 돋아난 잎사귀들이 주홍빛 햇살을 털어 내고 있었다. 광장 계단에 앉아 발갛게 물든 잔디밭을 바라보았다. 저무는 태양은 법학 대학 건물에 걸쳐 있었다. 유진은 태양을 응시했다.

작은, 실오리 같은 빛이라도 마음속에 파고들면 된다. 어둠을 물리치기 위해서는 단 한 줌의 빛도 과하다.

태양은 냉정했다. 그의 간절한 눈을 외면했다. 남아 있던 빛을 죽이더니 도심 속에 가라앉고 말았다. 캠퍼스는 어둠에 잠기고 가로등 빛이 타오르기 시작했다. 태양에 걸었던 마지막 기대는 무너졌다. 그는 손에 얼굴을 파묻었다.

막연히 생각했었다. 대학 생활을 시작하면 모든 게 제자리로 돌아올 줄 알았다. 그러나 어디에도 집중하지 못했다. 책을 펼치면 머리가 죄어 오고 그녀의 시선이 떠올랐다. 애써 떨치며 하나씩 문장을 읽어도 서로 겉돌기만 할 뿐이었다. 강의 시간에도 마찬가지였다. 마치고 나면 머릿속에 아무것도 남지 않았다. 언어는 모래로 쌓은 성처럼 위태로웠다. 낱말은 가벼운 조각들로 다가와 공허의 공간에 쌓였다. 하지만 연결되지 않았고 쉬이 허물어져 내렸다. 손가락 사이로 빠져나가는 모래알처럼, 머릿속에 구멍이라도 숭숭 난 듯이.

잔디 광장은 적막한 공기를 차곡차곡 쌓았다. 그는 기다렸다. 어둠이 한없이 깊어지기를 바랐다. 그 밑바닥에 무엇이 있는지 보고 싶었다. 어둠은 시간이 흐를수록 자라났다. 스스로 깊이를 늘리며 심연처럼 다가왔다. 그것이 전부였다. 어둠의 중추를 벗겨 내자 더 짙은 어둠이 서 있었다.

캠퍼스는 1989년의 봄을 맞기 시작했다. 유진은 품을 수 없는 봄이었다. 그렇다고 겨울에 머무르지도 못했다. 다시 떠오를 태양은 그에게 이름 없는 계절을 밝히리라. 그는 모로 누웠다. 차라리 이 어둠에 갇히기를 바랐다.

눈을 뜨자 뿌연 하늘이 눈에 들어왔다. 가는 비가 흩날리며 이마에 부딪혔다. 그는 일어나 가방을 들었다. 또다시 떠오를 태양이 있는지 알 수 없지만, 그것을 서울에서 보긴 싫었다. 서울에 있는 동안 그것은 좌절의 색채로 음울하게 타오를 뿐이었다. 서울역으로 향했다. 막차를 탈 생각이었다.

역에는 습기가 가득했다. 무표정한 얼굴들이 개찰구 앞을 서성거렸다. 갈 곳 없는 사람들 같았다. 유진은 한숨을 내쉬었다. 막차가 막 떠난 참이었다. 그는 대기실 좌석에 앉아 고개를 숙이고 눈을 감았다. 묵직한 시간이 흘렀다.

매표소에 다시 불이 들어왔다. 그는 표를 사고 곧바로

플랫폼으로 나와 선로 가까이 다가섰다. 비를 맞고 싶었다. 선로에 깔린 자갈 사이로 빗방울이 내리꽂혔다.

열차가 쇳소리를 내며 속도를 멈추었다. 그는 열차에 올랐다. 객실에 퀴퀴한 냄새가 났다. 좌석을 확인한 뒤 자리에 앉아 눈을 감았다. 열차는 꿉꿉한 공기를 싣고 출발했다.

그는 눈을 떴다. 가방을 열고 책을 꺼냈다. 《수레바퀴 아래서》라는 표지의 제목을 보았다. 다문 입술에 힘을 주었다. 의미 없는 짓이었다. 책을 읽을 수 없었다. 겉장을 만지작거리다가 주먹을 쥐었다. 숨을 크게 내쉬며 책을 펼쳤다.

마찬가지였다. 첫 페이지를 읽는 동안 머리가 죄어 왔다. 세 번째 페이지를 넘기자, 눈알이 뻑뻑했다. 가슴이 답답하고 숨은 거칠어졌다. 그는 책을 덮었다. 창문에 부딪히는 빗방울이 먹물처럼 흘러내렸다. 책을 가방에 깊숙이 찔러 넣었다. 손을 더듬어 약이 든 갑을 찾았다. 수면제였다. 두 알을 삼켰다. 시간이 지나도 잠이 오지 않았다. 그는 두 알을 더 입에 넣었다. 얕은 잠이 토막토막 이어졌다.

대구역을 지나면서 날씨가 개었다. 잠은 더 오지 않았다. 그는 커튼을 젖혔다. 유리창을 통과한 빛이 그의 다리 위에 쏟아졌다. 햇살은 온기라곤 없었다. 그 속에 숨겨진 질척한 절망을 그는 느꼈다. 바라보기만 해도 입에 쓴맛이 일었다. 그는 그런 빛을 '잿햇살'이라 이름 지었다. 볼수록 우울해지는 햇살은 언제부터였는가.

 선아의 집이었다. 어두운 단칸방 한구석에는 오후 햇살이 깔려 있었다. 그는 무릎을 꿇은 채 방바닥에 시선을 두었다. 앞에는 노파가 앉아 있었다. 아버지는 옆에서 노파와 대화했다. 노파의 입에서 선아 이름이 여러 번 나왔다. 그것뿐이었다. 다른 말은 귀에 들어오지 않았다. 그는 벌어지고 있는 일을 이해하지 못했다. 아니, 어쩌면 인정하기 싫었을 것이다. 햇살은 점점 어두운 기운을 띠며 가물거렸다. 선아가 쏟아 낸 눈물이 그것에 녹아 있을 것 같았다. 그것은 점점 잿빛을 띠더니 막막한 느낌을 자아냈다. 그러면서 그의 마음을 이지러뜨렸다. 입에 쓴맛이 돌았다. 얼음장 위에 앉아 있기라도 한 듯 싸늘했다. 선아는 어디에 있을까. 아무도 말해 주지 않았다. 그도 묻지 않았다. 자꾸 좋지 않은 생각이 들었다. 누군가 그 생각이 사실이라고 말한다면 그는 무너져 내릴 것이었다.

 그 방에서 나오자, 아버지는 택시를 잡아 어딘가로 향했다. 유진은 홀로 집에 돌아왔다. 제시는 무거운 표정으로 화단 앞에 앉아 있었다. 그는 그녀의 시선을 외면하고 들어갔다. 피아노 앞으로 다가가 덮개를 열었다. 손을 건반 위에 올리는 순간이었다. 아무 곡도 떠오르지 않았다. 눈앞이 캄캄했다. 악보의 곡을 읽어 보았다. 처음 보는 듯 낯설었다. 오선지에 박혀 있는 음표들이 암호처럼 다가왔다. 그의 손가락이 떨렸다. 타란툴라의 독이 뇌를 마비시킨 듯했다. 그는 손을 내렸다. 제시가 들어오며 그를 쳐다봤다.
"제시, 피아노를, 피아노를 칠 수 없어."
그는 울먹이며 말했다. 제시는 아무 말도 하지 않았다.

열차가 부산역에 도착했다. 그는 개찰구를 빠져나와 주위를 둘러보았다. 도시가 낯설었다. 왠지 누추한 느낌을 주었다. 한 달 만에 돌아왔는데 전혀 다른 공간에 던져진 기분이었다. 고개를 숙인 채 걸었다. 사람들의 시선이 그를 칭칭 감는 듯했다.

버스가 섰다. 그는 무심코 버스에 오르려다가 발을 멈췄다. 이사하기 전에 살던 곳을 향할 뻔했다. 교회에서 그 사건이 있은 지 보름 만에 이사했다. 그가 다니는 고등학교 근처 아파트였다. 새로 지은 야구장이 있는 동네였다. 학교는 뒷산 중턱, 고개에 걸쳐 있었다. 그곳에서는 야구장 전광판까지 보였다.

그는 고개를 저었다. 그 동네에서 이 년을 살았다. 그 삶이 먼 과거처럼 느껴졌다. 그동안 무엇을 했는지 의문이었다. 1987년에서 1988년까지 똑같은 하루가 반복될 뿐이었다. 기억할 거리조차 없었다. 그 두 해는 각자 다른 색깔로 칠해졌다. 둘 다 어두웠지만, 앞쪽이 짙은 회색이라면 뒤쪽은 완전한 검정에 가까웠다. 그렇게 갈리는 것은 아주 짧은 순간이었다.

아버지는 이사한 아파트에 피아노를 들이지 않았다. 상관없었다. 피아노가 있더라도 칠 수 없는 상태였다. 유진은 학업에 집중했다. 옆도 뒤도 보지 않았다. 밤 열한 시까지 학교에 남아 자습했다. 이따금 볼펜으로 허벅지를 찔렀다. 잡생각에 빠지지 않기 위해서였다. 집에 돌아와서도 책을 펼쳤고 새벽 두 시에 잠들었다. 침대에 몸을 눕히기 전 삼십 분 동안만 자유를 주었다. 전축 앞에서 헤드폰을 끼고 음악을 들었다. 항상 아바의 곡이었다. 다른 음반을 올려놓기는 싫었다. 다른 음악을 들으면 복잡한 감정이 요동치며 깊은 수렁에 빠지는 듯했다. 그는 스스로 형성한 탄탄한 막으로 그런 감정을 차단한 터였다. 아바의 노래만이 그 막에 균열을 일으키지 않았다. 쉽고 명쾌한 멜로디는 한없이 겉돌았고, 억누른 내면을 어지럽히지 않았다. 그런 생활을 이어 갔다. 빠져나올 수 없는 하루가 반복되었고 그것은 영원할 것 같았다. 교회에도 나가지 않았다. 일요일은 또 다른 평일에 불과했다. 같은 시간에 일어나 학교를 향했다. 높은 절벽 사이로 이어진 외줄을 타는 심정이었다. 한 발짝만 벗어나도 영원한 암흑 속에 떨어질 것이었다.

아파트에 도착했다. 그는 엘리베이터를 타고 12층 버튼을 눌렀다. 몸이 지쳤다는 걸 그제야 깨달았다. 집 앞에서 초인종을 눌렀다. 아무도 반응하지 않았다. 네가 대학에 가면 난 다시 일을 시작할 거야. 제시가 했던 말이 떠올랐다. 서울로 떠날 때 고속버스 터미널에서 배웅하며 건넨 말이었다. 그는 바지 주머니를 뒤졌다. 열쇠를 꺼내 문손잡이에 꽂았다. 거실은 커튼이 쳐져 어둑어둑했다. 제시의 방으로 달려가 문을 두드렸다. 대답이 없었다. 그는 방문을 열었다. 안에서 냉기가 흘러나왔다. 책상은 비었고, 커튼 사이로 새어 나온 가는 햇빛 속에 먼지가 떠다녔다.

그는 자신의 방으로 들어갔다. 가방을 쥐었던 손에 힘을 풀고 침대 위에 몸을 던졌다. 잠들지도 깨지도 않은 어렴풋한 시간이 흘렀다. 아무것도 먹지 않았는데 허기가 일지 않았다. 눈을 뜨면 어둠이 더 짙은 모습으로 쌓여 있었다. 그것을 확인하고 다시 눈을 감았다. 몇 번을 반복하자 밤이었다. 그는 일어났다. 불은 켜지 않았다. 거실로 나가 커튼을 걷었다.

유럽으로 출장 간 아버지는 이틀 뒤 토요일에 돌아올 예정이었다. 유진은 아버지에게 말도 없이 휴학계를 냈다. 그 사실을 말하면 아버지는 어떤 반응을 보일까. 지난해에도 휴학을 상의한 적이 있었다. 대학 입학시험을 넉 달 앞둔 여름이었다. 아버지는 이유를 물었다. 유진은 아무것도 집중할 수 없다고 설명했다.

"네게 주어진 기회는 한 번뿐이다. 내년도 있다는 생각을 접거라. 살 한 점 피 한 줌도 짜내 불태우란 말이다."

이상한 일이었다. 성적이 계속 떨어지는데도 아버지는 개의치 않았다. 그는 자신이 짜 놓은 예측에서 벗어나는 일을 싫어했다. 어떤 변수라도 생기면 그대로 밟아 무시할 대상으로 보았다. 전장에는 변명이 통하지 않는다는 말을 자주 했다. 계획을 세우면 무슨 일이 있어도 그것에 따랐다. 특히 시간을 중요하게 여겼다. 조금이라도 늦추는 걸 용납하지 않았다.

유진은 유리문을 열고 베란다 난간에 손을 짚었다. 멀리 야구장에서 함성이 울렸다. 프로 야구 시즌이 열렸다. 선수들이 값진 땀을 흘리는 시기였다. 동기들은 대학 생활을 시작했다. 그러지 못한 친구도 내년을 준비하며 열정과 희망에 젖어 있을 터였다. 하지만 그에게 열렸던 시즌은 한 달이라는 짧은 기간이었다. 제대로 뛰어 보지도 못했다. 남은 시즌도 벤치에 앉아 지켜봐야만 하는 나날에 불과할 것이다. 내년이라는 시즌이 올 것인지도 불투명했다. 그는 방으로 돌아가 수면제를 한 움큼 삼켰다.

3.

 무언가에 갇혔다. 어두운 곳이다. 끈적한 실이 몸을 칭칭 감고 있다. 팔다리를 움직일 수도 고개를 돌릴 수도 없다. 생각도 멎어 버린 듯하다.
 눈앞으로 그림자 하나가 다가온다. 아지랑이처럼 흐늘거린다. 그것이 그의 머리 위로 손을 뻗는다. 그러고는 말한다. 너는 나비가 될 거야. 목소리가 날카롭다. 축복이 아닌 저주를 담고 있다. 그의 관자놀이가 꿈틀댄다. 살을 찢는 소리가 난다. 그 안에서 줄기 같은 게 튀어나온다. 끝이 둥근 더듬이가 몸길이만큼 자란다. 온몸이 가렵다. 어지럽고 아득하다. 불쾌한 감정이 몸을 태운다. 불같은 열기에 휩싸이더니 작은 빛 한 점이 보이기 시작한다. 더는 버틸 수 없다고 생각하는 순간, 빛이 번쩍인다. 어둠은 순식간에 사라진다. 두 팔은 부채처럼 생긴 날개가 되어 펄럭인다. 색깔이 검다. 일정하고 강하게 움직인다. 커다란 태양이 시야를 채운다. 그것을 향해 돌진할 일만 남았다. 의지와 상관없이 솟고 또 솟는다. 눈이 부시다. 날개가 떨어져 나가고 눈이 멀어도 날아올라야 한다. 거의 도달했어. 이제 화려하게 나를 불사르는 거야. 태양이여, 최후의 날갯짓을 기억해 다오.

갑자기 태양이 빛을 거둔다. 거대한 구름이 다가와 어렴풋한 빛을 분산시킨다. 구름에 먹빛이 스치더니 시커멓게 변한다. 그 속에서 물방울이 떨어진다. 수직으로 내리꽂으며 검은 날개를 관통한다. 너덜거리는 날개가 거친 소리를 낸다. 그는 한없이 떨어져 내린다. 암흑이 펼쳐진다. 눈을 뜨고 있으나 감은 것과 다름없다.

4.

 유진은 잠에서 깼다. 창문에서 흘러나온 햇빛이 얼굴에 가득 차 있었다. 부엌으로 걸어가 냉장고 문을 열었다. 물통은 비어 있었다. 뚜껑을 열고 수돗물을 담았다. 물이 가득 찼다. 입에 대고 들이켜 단숨에 통을 비웠다.

 턴테이블에 아바의 음반을 올려놓고 거실 소파에 누웠다. 음악을 듣는 동안 거실 공간이 층층이 분해되어 입자로 변하는 것 같았다. 이틀을 그렇게 보냈다. 종일 음악을 듣다가 밤늦은 시간에 한 끼를 먹고 잤다.

 아버지는 새벽에 돌아왔다. 문을 열고 헛기침하는 소리가 났다. 잠시 뒤, 발소리가 유진의 방으로 다가왔다. 아버지는 노크도 없이 방문을 열었다. 그는 선글라스를 벗고 유진을 노려봤다.

 거실로 유진을 불러낸 아버지는 한동안 말이 없었다. 유진은 먼저 말해야 한다는 사실을 알고 있었다. 좀처럼 떨어지지 않는 입술을 벌려 휴학한 사실을 말했다. 아버지는 뒤통수를 맞은 기분이었을 것이다. 하지만 화를 내지도 뺨을 때리지도 않았다. 단 한마디로 정리했다. 입대하라는 것이었다.

아버지다운 생각이었다. 유진은 수긍할 수밖에 없었다. 한편으로는 마음이 가벼웠다. 시간을 버는 좋은 방법이었다. 다만 도피처 삼아 군에 가는 모양새가 마음에 들지 않았다. 그 뒤에는 뭐가 바뀌어 있을지도 떠오르지 않았다. 그는 치료가 필요하다고 스스로 생각했다. 군대에서 그런 치료를 기대하기는 어려웠다.

모든 게 푸석했다. 이어진 삶들이 곧 허물어질 듯 건조했다. 눈에 힘을 주면 모두 가루로 변할 것 같았다. 눈앞에 보이는 건 허상이었다. 거실에 걸린 괘종시계만이 현실을 말하고 있었다. 그것의 추가 흔들려야 심장이 공명했다. 퇴화한 짐승으로 전락한 것일까.

잠이 아쉬웠다. 잠만 잘 수 있다면 무엇이든 좋았다. 영원히 깨어나지 않아도 상관없었다. 그에게 하루의 시작은 밤이었다. 밤이 지새도록 뜬눈이었다. 모든 것은 밤에 명료해졌다. 그러나 아무것도 할 수 없었다. 수면제는 듣지 않았다.

괘종시계조차 메마른 초침 소리를 내기 시작했다. 그는 집에서 나와 거리를 향했다. 손쉽게 수면제 열 갑을 구했다. 보이는 약국에 들르기만 하면 되었다. 약사들은 무심히 수면제를 건넸다. 돌아오는 길에 슈퍼마켓에 들러 캔

맥주 열 개를 샀다. 남은 건 기계적인 동작이었다. 한 캔에 수면제 열 알을 삼켰다. 빈 캔이 늘어날수록 팔에 힘이 빠졌다.

삶을 끝내려는 생각은 아니었다. 지쳤다. 잠을 자고 싶었다. 깊은 잠에서 깨어나면 어떤 세상이 자신을 비추고 있을지 궁금했다.

작은 빛이 새어 나오는 문을 향해 걸었다. 문을 열자, 빛이 쏟아져 나왔다. 눈을 깜빡이는 새에 앞이 부옇게 흐려졌다가 형체를 드러내기 시작했다.

그는 눈을 치켜뜨고 비볐다. 오른팔이 얼어붙은 듯 차가웠다. 고개 돌려 팔뚝을 살폈다. 링거 바늘이 꽂혀 있었다. 속이 울렁거렸다. 천장을 바라보며 이곳이 어디일지 생각했다. 한 여자가 들어와 말을 건넸다. 그는 알아듣지 못했다. 그녀는 문을 열고 나가더니 흰 가운을 입은 남자를 데려왔다. 머리가 희끗희끗한 남자였다. 눈매가 선해 보였다.

"잠은 잘 잤나요?"

남자는 담당 의사라며 부드러운 목소리로 물었다. 유진은 대답하려 했으나 입이 떨어지지 않았다.

"호박산 독실아민을 다량으로 복용했더군요. 그 약으로

자살할 수는 없습니다. 위세척도 필요하지 않았어요. 그냥 푹 잤다고 생각하세요. 조금 더 쉽게 해 드리죠."

의사는 간호복을 입은 여자에게 눈짓했다. 간호사는 유진의 팔에 박힌 바늘을 빼고 커다란 주사기를 꽂았다. 그녀는 알 수 없는 미소를 지었다. 유진은 몸이 낭떠러지에서 떨어지듯 가라앉았다.

메이비(어쩌면). 친숙한 음성이 들렸다. 여리지 않지만 거칠지도 않은 목소리, 제시의 것이었다. 그는 눈을 뜨려 애써 보았다. 눈꺼풀이 열리지 않았다. 메이비, 메이비. 그녀의 음성은 점점 멀어졌다.

병원에서 한 달 넘게 지냈다. 의사는 우울증이라고 진단했다. 끼니마다 약이 딸려 나왔다. 약을 먹으면 몸이 나른해졌다. 그것은 잠시였고 곧 잠이 밀려왔다. 잠에서 깨면 다시 밥을 먹을 시간이었다.

아버지는 한 번도 모습을 보이지 않았다. 병실을 방문한 사람은 외태가 유일했다. 그는 유진과 같은 대학 같은 학과에 입학했다. 희한한 인연이었다. 주말을 틈타 서울에서 내려온 그는 한층 여위었으나 무언가로 벼려진 모습이었다. 눈은 이전보다 매서웠다. 목소리는 갈라지고 탁했다. 유진은 그에게 담배를 끊으라고 충고했다. 외태는 건조한 웃음을 지으며 캠퍼스가 궁금하지 않으냐고 물었다. 유진은 고개를 저었다. 정이 채 붙기 전에 떠나온 터였다. 외태는 유진의 반응에 아랑곳없이 입을 열었다.

"매캐할 뿐이야. 최루탄 가스 냄새가 끊이지 않아. 하루가 멀다고 휴강이 이어지거든. 덕분에 나는 책 읽을 시간이 많아. 흥미로운 사람도 만나고. 학생들 시위를 어떻게 생각하냐고? 글쎄. 목적의 부재랄까. 반응이 너무 감정적이고 즉각적이야. 나 같으면 조금 더 선명하고 극단적인 계획을 세울 거야."

그는 꼬박 하루를 머물다 돌아갔다. 그가 와 줘서 고마웠다. 다만, 조금 낯설었다. 불과 석 달 만에 대학생다워진 느낌을 흠씬 풍겼다. 키도 전보다 커 보였다. 그 모습이 제자리걸음조차 못 하는 유진에게 자극을 주었다. 유진은 새장과 같은 창살에 둘린 자기 모습을 떠올렸다. 갇힌 채 꼼짝하지 못하는 꿈속 장면이 떠올랐다.

병실은 4인용이었다. 곧 이어질 잠이 항상 그를 기다렸다. 아침을 먹고 잠시 잠들었나 싶으면 점심시간이었다. 약을 먹으면 또 잠이 왔다. 다시 깨어나면 오후인지 아니면 하루가 지난 오전인지 분간할 수 없었다. 가끔 다리가 저렸다. 그러면 누운 채 천장을 바라보며 메마른 시간에 잠겼다. 하루 두 번 간호사가 들어와 생긋 웃었다. 이제 빼 드릴게요, 하고 말하며 링거 바늘을 뽑고 알코올 솜으로 문질렀다. 잠이 들었다 깨면 다시 새 바늘이 꽂혀 있었다.

옆 침대에는 열한두 살쯤 되어 보이는 꼬마가 있었다. 겉보기엔 정상으로 보였다. 얼굴이 밝았고 장난도 곧잘 쳤다. 맞은편 침대는 노인과 중년 남자가 하나씩 차지했다. 둘 다 말이 없었다. 꼬마는 그들에게 다가가지 않았다. 이따금 유진의 침대로 기어올라 와 말을 걸 뿐이었다.

"저 앞에 있는 아저씨 말이다."

하루는 꼬마가 귓속말로 말했다.

"저래 멀쩡해 보여도 울보래이."

꼬마가 가리킨 사람은 중년 남자였다. 남자는 삐뻬 말랐고 광대뼈가 두드러지게 튀어나왔다. 항상 양반다리로 앉아 무언가를 중얼거렸다. 그날 밤, 유진은 남자가 훌쩍이는 모습을 보았다. 옆에 있던 노인이 벌떡 일어났다. 두 손을 앞으로 뻗고는 벌벌 떨었다. 허예진 얼굴 속에 치켜뜬 눈이 섬뜩했다. 꼬마는 탁자 위에 놓인 수화기를 들었다. 잠시 뒤, 남자 간호사가 들어왔다. 어깨가 떡 벌어진 남자였다. 그는 중년 남자의 손을 잡고 진정시키려 했다. 중년 남자는 울음을 멈추지 않았다. 남자 간호사는 자세를 고쳐 잡고 그에게 꾸짖었다. 그치지 않으면 주사를 놓겠다고 했다. 남자는 그 말을 듣자마자 울음을 멈췄다.

유진은 그 모습에 자신을 비춰 보았다. 정작 속 시원하게 울어 본 적이 없었다. 눈물샘을 파묻은 듯 마음 한구석만 뜨겁게 달아 있었다. 그것은 열기가 아닌 무력감을 흘리고 있었다. 정당한 분노는 딱딱하게 굳어 버렸다. 펄펄 끓는 물 속에서도 녹아내리지 않는 얼음. 그의 내면은 그러한 것이었다.

잠은 시간을 무수히 삼켰다. 잠을 자지 않으면 시간이 더디게 흘렀고 늘어졌다. 세상에 남은 욕망은 잠뿐인 듯했다. 아무리 자고 또 자도 그것은 해소되지 않았다. 마실수록 갈증을 일으키는 바닷물과 같았다. 꿈속에서도 잠이 고팠다. 병실에서 자주 꾸는 꿈이 있었다. 시험이 내일인데 아무것도 준비하지 못해 허둥대는 모습이었다. 시험장으로 달려가면 이미 종료된 뒤였다. 아무도 없는 공간에 먼지만 무심히 떠다녔다. 창가에 스며든 햇살은 잿빛으로 자라났다.

난관에 놓였던 영화나 소설 속 인물을 떠올리기도 했다. 그들이 겪은 갈등과 방황처럼 그럴싸한 사연이 그에게는 없었다. 다만 한 가지…. 역시 그 눈빛일까?

일 년 전, 새해 첫날이었다. 서울에서 올림픽이 열리는 해였다. 그는 주저 없이 학교에 갈 준비를 했다. 집을 나서는 그를 아버지가 멈춰 세웠다. 평소와 달리 담담한 눈빛을 띠고 있었다.

"이제 삼 학년이 되는구나."

운을 띄우고는 봉투를 내밀었다. 유진은 그것을 받아 속을 들여다봤다. 만 원짜리 지폐가 빽빽이 들어 있었다. 열 장은 넘어 보였다.

"남자는 태양을 바라보고 살아야 한다."

아버지는 그렇게 말하며 오늘 하루 쓰고 싶은 대로 쓰라고 했다. 친구들과 맛있는 음식을 먹어도 좋고 원하는 물건을 사도 좋다고 했다.

유진은 봉투를 받아 들고 집을 나섰다. 언덕길을 오르는 동안 앙상한 나무들이 스쳐 갔다. 낯설었다. 지난 이 년 동안 매일 같이 오른 길이었는데 그날은 어딘가 달랐다. 교정 정문 앞에서 걸음을 멈췄다. 새 한 마리가 바닥에 쓰러져 있었다. 얼어붙은 듯 움직임이 없었다. 그는 사체를 쥐고 손바닥 위에 올렸다. 몸이 둥글고 머리 부분이 검었다. 날개는 잿빛이고 몸통은 갈색 털로 덮여 있었다. 그는 그 모습을 들여다보며 몸을 떨었다.

운동장에 덮인 햇볕을 가르며 걸었다. 얇고 지저분한 구름이 태양을 피해 흩뿌려져 있었다. 교실 건물 앞에 있는 조회대(朝會臺)에 올라 운동장을 바라보았다. 월요일 아침마다 학생 수백 명이 촘촘히 그곳을 채웠다. 이곳에서 바라본다면 모두가 검은 점에 불과했다. 졸업 뒤에는 제각각 다른 색깔을 띠며 흩어질 터였다. 그는 반드시 금빛으로 솟아올라야 했다. 갑자기 허무했다. 저 강렬한 태양 아래서 작은 반짝임이 무슨 의미일까. 반짝이는 게 가능하기는 할까.

아버지는 유진에게 태양과 같았다. 바라보기 어려울 만큼 강렬했다. 곁에 있기만 해도 움츠러들게 했다. 어느 곳에 숨어도 구석구석 빛을 비추었다. 아버지를 따라 회사에 있는 비행장에 간 적이 있었다. 검은 헬기 한 대가 프로펠러를 돌리며 포격하듯 큰 소리를 냈다. 그 소리가 심장을 관통하며 전신을 울렸다. 아버지는 새로 만든 헬기에 유진을 태웠다. 선글라스를 낀 조종사가 귀마개를 건넸다. 헬기가 떠오르자, 유진의 몸이 헬기 바닥에 밀착되듯 가라앉았다. 몸속 피가 바닥을 향해 쏠리는 것 같았다. 아버지와 조종사는 헤드셋을 통해 말을 나누며 웃었다. 헬기가 좌로 우로 방향을 틀었다. 지상이 비틀리며 좌우로 들썩였다.

유진은 어지러웠다. 대지는 안정적이지 못하고 세계는 가볍다고 생각했다. 끊임없이 창문에 쏟아져 내리는 햇빛이 가장 강할 놈일 듯했다.

비행을 마치고 땅에 내려서는 순간 그대로 주저앉았다. 아버지는 그를 꾸짖으며 일어나라고 했다. 유진은 아직도 땅이 흔들리는 기분이었다. 왜 그런 생각이 들었는지 모르나, 발붙인 세계가 허상으로 보였다.

이곳으로 이사 온 뒤, 아버지라는 태양은 한층 맹렬히 타올랐다. 잠시라도 틈을 보이면 유진을 바싹 말려 버릴 것 같았다. 그것을 벗어날 방법은 없었다. 어느 방향을 향해도 그늘은 보이지 않았다.

교실로 향하다가 정문 앞에 서 있는 플라타너스를 올려다보았다. 하나같이 굴곡지고 메마른 가지가 복잡한 마음과 엮였다. 그것은 번개 모양으로 뻗어 하늘을 조각내고 있었다. 나뭇가지의 뼈대는 기괴했다. 무성한 잎으로 덮여 있을 땐 몰랐던 사실이었다. 그는 문득 생각했다. 앙상한 가지가 자신의 미래를 비추는 암시는 아닐까.

빈 교실마다 햇살이 얼어붙어 있었다. 아무도 보이지 않았다. 유리창에는 먼지가 끼었고 그 속으로 보이는 공간은 뿌옜다. 칼로 팬 자국과 낙서로 가득한 책상이 아무렇게나 늘어서 있었다. 다리가 부러진 의자가 바닥에 나뒹굴기도 했다. 원래 크고 작은 폭력이 끊이지 않는 학교였다. 교사들은 몽둥이를 끼고 살았다. 하지만 그들도 함부로 대하지 못하는 학생들이 있었다. 축구부원이었다. 체육 교사 한 명이 축구부 감독을 맡았다. 이사장의 조카라는 이야기가 있었다. 다부진 몸에 항상 녹색 유니폼 차림이었기에 '녹돈(綠豚)'이란 별명이 붙었다. 그는 쇠 파이프를 들고 다녔다. 가끔 술을 걸치고는 복도에서 고함을 지르기도 했다. 그렇지만 어느 교사도 나서지 않았다.

유진은 3층으로 올라갔다. 한 교실에서 말소리가 흘러나왔다. 걸음을 멈췄다. 누군가 있다니, 예상하지 못했다. 차가운 유리창에 얼굴을 대고 교실을 들여다보았다. 러닝 셔츠 차림으로 의자에 앉아 있는 학생이 눈에 들어왔다. 외태였다. 녹색 유니폼을 입은 축구부원 세 명이 그를 둘러싸고 있었다. 무언가 설득하려는 듯했다. 외태는 거듭 고개를 저었다. 앞에 있던 사람이 외태의 등 뒤로 돌아갔다. 손에 커터 나이프를 쥐고 있었다. 칼이 두 번 외태의 등을 그었다. 붉은 핏줄기 두 개가 유진의 시야에 꽂혔다.

유진은 뒷걸음치다가 돌아섰다. 학교를 빠져나오자, 거리는 회색에 잠겼다. 태양을 향해 걸었다. 걷다 보니 야구장 앞이었다. 태양은 탁한 햇살을 뿌렸다. 그는 넋을 잃은 기분이었다.

멀리서 버스가 다가오고 있었다. 그는 버스 앞 유리창에 번쩍이는 빛을 보았다. 순간, 최면에 걸린 듯 모든 소리가 사라졌다. 자신도 모르는 새에 버스에 올랐다. 좌석에 앉아 창밖을 멍하니 바라보았다. 지나가는 사람들과 자동차, 가로수 따위가 내면의 막을 하나씩 벗겨 냈다. 그럴수록 얼굴이 차갑게 굳었다. 도시는 침울한 기운에 잠겨 있었다. 무서운 감정이 꿈틀거렸다. 아주 깊은 곳에 눌러 두었던 감정이었다. 그 사이로 멜로디가 솟아올랐다. 〈타란텔라〉였다. 불길한 기분이 가득 차올랐기에 눈을 감았다. 벗어나자. 그는 마음속으로 되새겼다. 무언가 어긋났다. 일 년 동안 지켜 왔던 리듬이 엇박자를 내고 있었다.

"이봐, 학생. 종점이다."

유진은 눈을 떴다. 운전기사가 내리라고 손짓했다. 유진은 뒷문으로 내려 주위를 둘러보았다. 익숙한 곳이었다. 구월산과 소망교회가 보였다. 모든 게 그대로인데 자신만 변한 것 같았다. 그는 교회를 향해 걸었다. 가까워질수록 건물이 아른거렸다. 꿈에서 덜 깨 몽롱하거나 이제 막 꿈속에 접어든 기분이었다. 예배당 문을 열었다. 예배실은 한층 커 보였다. 그는 연단 앞으로 다가갔다. 가슴이 두근거렸다. 아버지가 준 봉투를 꺼냈다. 손을 떨며 그것을 헌금함에 넣었다. 십자가를 바라보다가 돌아설 때였다. 반짝이는 시선을 느꼈다. 기도실 앞이었다. 그는 고개 돌려 시선의 주인을 확인했다. 어둠에 잠겨 얼굴을 알아보기 힘들었다. 그러나 누구의 눈빛인지 알 수 있었다. 선아였다. 그는 그대로 몸이 굳었다. 움직일 수 없었다. 말도 나오지 않았다. 수 초간 마주 보았을 뿐인데 수십 분이 흐른 기분이었다. 서로 눈도 깜빡이지 않았다. 정신은 아득해지고 세상이 멈췄다. 겨우 숨을 쉴 수 있게 되자 그는 교회를 빠져나왔다.

집에 돌아왔을 땐 해가 지고 있었다. 아파트 옥상에 올라 하늘을 바라보았다. 식어 버린 태양은 서늘한 빛을 흘리며 빨갛게 오므라들었다. 너른 하늘이 그 작은 원의 모습에 침묵했다. 그는 태양에게서 시선을 거두지 않았다. 태양은 불길한 먹빛을 띠었고 서서히 제자리에서 돌기 시작했다. 빙빙 도는 모습을 보고 있자니 어지러웠다. 그것은 구심력을 키웠고 세상에 남은 모든 걸 흡수하려는 듯했다. 눈앞에 작은 점이 떠올랐다. 어슴푸레한 빛을 띠고 있었다. 그것은 점점 커져 주먹만큼 자랐고 더 묵직하게, 더 또렷하게 다가왔다. 그는 손을 뻗었다. 손안에 쥐려 했다. 그럴수록 그것은 미끄러지며 달아났다. 그는 그것이 무엇인지 깨달았다. 막을 잃은 자아의 핵이 눈앞에 흘러나온 것이다. 그것은 점점 멀어지더니 서쪽 태양으로 향했다. 태양이 그것을 사정없이 삼켰고, 그 순간 하늘이 얼어붙었다. 군데군데 구멍이 숭숭 난 것처럼 보였다. 부드럽게, 그의 중심에서 반딧불이처럼 밝히던 구심은 차가운 공간에 흩어져 버렸다. 기운을 잃은 태양은 스스로 소멸을 인정하고 어둠을 뱉어 냈다. 정지의 순간이었다. 그는 생각했다. '나'는 사라진 걸까?

외부 세계를 차단했던 내면의 막이 갈라 터졌다. 왜였을까? 그는 선아가 죽었거나 영원히 사라졌다고만 생각했다. 아니면 자신이 상상한 존재라고 여겼다. 그렇지 않다는 생각이 들 때마다 얼마나 단단한 막을 쌓아 왔던가. 가슴에 선아의 시선이 깊숙이 박혔다. 그것을 들어낼 순 없었다. 내면은 혼란에 빠졌다. 보이지 않는 선아의 시선을 느꼈다. 책을 펴면 그것이 그려졌다. 눈앞에서 보는 듯 생생했다. 동시에 〈타란텔라〉가 울렸다. 그 곡은 기괴한 멜로디로 변했다. 시선은 춤을 췄다. 가슴에 묵직한 기운이 고였다. 그것은 식도를 타고 올라와 머리에 쌓였다. 눈은 메마르고 목덜미가 뻣뻣했다. 머리가 아팠다. 어느 순간부터 책을 펼치기조차 두려웠다.

5.

 병원 복도에는 사람들이 항상 돌아다녔다. 잠만 자는 환자들은 쉬이 변비에 걸렸다. 그들은 설사하게 하는 약을 거의 매일 찾았고 수간호사는 선심 쓰듯 내어 주기 일쑤였다.
 복도 끝 창가에는 소파와 탁자가 놓여 있었다. 유진은 깨어 있는 동안 그곳에서 시간을 보냈다. 자주 눈에 띄는 여자가 있었다. 나이를 짐작하기 어려웠다. 서른은 넘어 보였는데 때로는 더 젊어 보이기도 했다. 그녀는 항상 창문에 머리를 기대고 서 있었다. 하루는 그녀가 유진을 빤히 바라보았다. 도발이라도 하려는 듯 매혹적인 눈빛이었다. 화려하게 파마한 긴 머리칼 속에서 하얀 얼굴이 빛났다. 속눈썹이 짙었다. 얇고 작은 입술은 야무져 보였다. 그녀는 고개 돌려 창밖을 보다가 다시 유진을 돌아보았다. 그러고는 손에 쥔 음료수 캔을 내밀었다. 손목에 붕대가 감겨 있었다.

"학생 같아 보이는데 여긴 무슨 일로…."

그녀는 조심스레 물었다. 유진은 수면제를 먹었다고 대답했다. 그녀는 입을 다물어 미소 지었다. 요즘 파는 수면제로는 죽을 수 없다고 했다.

"우리, 다음에 만나면 말동무나 해요."

그녀는 말을 건네고 뒤돌아섰다. 환자복을 입었는데도 몸매의 선이 뚜렷했다. 그녀는 복도 가운데 여자 병실 앞까지 걸어가 안으로 들어갔다.

그 뒤로 그녀는 유진을 만날 때마다 많은 이야기를 쏟아냈다. 주로 영화에 관한 것이었다. 그녀가 꺼낸 영화는 대부분 유진이 알지 못하는 작품이었다. 그는 묵묵히 들어주었다. 그녀는 밝은 목소리로 말하다가 종종 격한 감정에 빠졌다. 남녀 간의 배신이나 증오에 관한 이야기를 할 때면 흥분하며 손을 떨기도 했다.

점심을 먹고 잠이 든 어느 날이었다. 누군가 뺨에 손을 대는 걸 느꼈다. 일어나요, 하고 말하는 목소리가 들렸다. 눈을 뜨자 그녀 얼굴이 눈에 들어왔다. 엷은 미소를 걸친 표정이 쓸쓸해 보였다.

"이렇게 자지만 말고 우리, 나가요. 외출할 수 있죠? 나, 어디로든 나갔다 왔으면 좋겠어."

서로 각자의 병실에서 옷을 갈아입고 삼십 분 뒤에 만났다. 그녀는 무릎까지 내려오는 치마에 블라우스 차림이었다. 각자 외출을 신청하고 병원을 나섰다. 그녀는 어디로 가야 할지 망설였다. 유진은 근처에 있는 교육대학교 쪽을 안내했다. 가는 길에 그녀는 슈퍼마켓에 들렀다. 밖으로 나오며 양손에 든 맥주 캔을 유진에게 들어 보였다. 교육대학은 한산했다. 그들은 등나무 벤치에 앉았다. 그녀는 캔을 잇달아 따고 하나를 유진에게 건넸다. 하늘은 맑고 투명했다. 어제 내린 비가 대기를 씻어 낸 모양이었다. 그녀는 다리를 꼬고 앉았다. 무릎이 햇볕에 빛났다. 그들은 한동안 말없이 운동장을 바라보았다. 바람이 부드럽게 불었다. 그녀는 캔을 입에 대고 길게 들이켜 마지막 모금을 비웠다.

"물어봐도 될까요? 왜 수면제를 먹었죠?"

그녀가 물었다. 유진은 잠시 생각에 잠겼다. 이유는 단순했다. 책을 읽을 수 없었다. 그러나 목적이 명확하지 않았다. 그냥 잠을 푹 자고 싶었지만, 그것이 죽음을 의미해도 상관없었다. 그는 이유만 잘라 말해 주었다.

"말도 안 돼요. 그런 이유로 죽다니. 그렇다면 이 세상 장애인들은 모두 죽어야 하게요? 걸을 수 없으니까, 말을 할 수 없으니까, 그리고 앞을 볼 수 없으니까 말이에요."

유진은 그녀의 손목을 가리켰다. 그녀가 가진 사연은 무엇인지 물었다. 그녀는 미소 지으며 운동장으로 시선을 돌렸다. 그녀의 얼굴이 차츰 굳어졌다. 유진은 날카롭게 빛나는 그녀의 눈빛을 보았다. 그녀가 말했다.

"어떤 이유로도 스스로 목숨을 끊는 일은 용납되지 않아요. 예외가 있다면 단 하나, 사랑이죠."

말하고 나서 그녀는 숨을 길게 내쉬었다. 마음을 다잡는 모습이었다. 그녀는 먼 산 쪽으로 시선을 고정하고 말을 늘어놓기 시작했다.

제 이야기를 해 드리죠. 어쩌면 이렇게 누군가에게 털어놓는 것도 마지막일 거예요. 학생은 사랑을 경험해 본 적 있나요? 일 초 일 초 타오르는 감정으로 주체하지 못하는 심정 말이에요. 숨이 턱턱 막히는데도 그 감정을 놓치면 나 자신이 그대로 증발해 버릴 것 같죠. 과거 그 어떤 쓰린 기억도 의미가 퇴색하고 말아요. 그런 건 감정의 격류 속에 휩쓸려 버리거든요. 오직 현재만이 무한히 확장된 것 같죠. 미래는 하늘 너머 멀리 숨어 있을 뿐이에요. 〈카르멘〉의 '돈 호세'처럼, 자신을 완전히 파멸시킨다는 걸 알면서도, 영원히 이루지 못한다는 걸 깨달으면서도 멈출 수가 없죠, 그것이 사랑이 가진 힘이에요. 그 어떤 시인도, 위대한 성인도 정의를 내리지 못하죠. 절절히 삶에 애착을 보이다가도 죽음마저 예찬하게 하는 이 지독한 감정을 어떻게 표현할 수 있을까요. 사랑을 잃으면 삶은 의미가 없어요. 그때는 모든 감정이 도미노처럼 차례로 쓰러져 버린 뒤죠. 사랑이 지녔던 무시무시한 힘을 하나하나 분절해, 남에게 상처 주고, 또 남의 것을 빼앗고 자신을 합리화하는 데에 쏟아붓죠. 조각난 복수로 가득 찬 인생. 그것은 이미 죽은 삶이에요.

그 사람, 타오를 듯하면서도 가늘게 불꽃을 일렁일 뿐이었죠. 만날 때마다 편지를 내게 건넸어요. 세상을 향해 열어 놓은 문은 오직 글뿐인 듯했죠. 평소에는 과묵했어요. 대학에서 강사로 일했는데, 그곳에서 쏟아붓는 말로 에너지를 소비한 까닭일까요? 꿈은 소박했어요. 자신의 책을 한 권 내는 거였죠. 무언가 사연을 가진 모습이었어요. 하지만 자신의 과거에 대해 입을 열지는 않았죠. 나는 굳이 그 사연을 묻고 싶지 않았어요. 왠지 그것을 알게 되는 날이면 그 사람을 잃을 것 같은 예감이 들었거든요.

내 책상에는 그 사람의 편지가 수북이 쌓였죠. 편지 다발의 두께가 늘어날수록 그를 차츰 더 소유했다는 기분이 들었죠. 이제껏 느껴 보지 못한 감정이 무럭무럭 자랐어요. 앞에는 오직 그 사람과 함께하는 현재만이 보일 뿐이었어요.

그 사람도 꽉 막힌 듯한 모습에서 벗어나 나를 다정하게 대했죠. 내가 아까 사랑은 그 어떤 과거 기억도 격류 속에 흘려보낸다고 했나요? 나는 그럴 줄로만 알았어요. 그 사람도 내 과거에 대해 일절 묻지 않았거든요. 그런데 하루는 내게 고백하더군요. 내용은 충격적이었어요. 자신이 써 왔던 글 전부가 가짜라고 했죠. 그건 유명 작가의 내용을 짜깁기하거나 번역되지 않은 서적을 번역한 내용에 지나지 않았어요. 모든 게 거짓임을 알았지만 나는 제게 써 준 편지만큼은 진실이라고 여겼죠. 그때는 어쩔 수가 없었어요. 설혹 그렇지 않더라도 나는 속으로 우겼을 테죠. 그 사람은 말했어요. 이제 나를 만났으니 진정한 자신의 글을 써 보겠노라 말이에요.

그때, 나는 무슨 심정에서였는지 내가 간직한 비밀도 털어놔야겠다고 생각했어요. 마땅한 직업이 없던 나는 대신 꽤 많은 돈을 쥐고 있었죠. 어디서 생긴 돈인지는 말하지 않겠어요. 그 사람에게는 모두 말했어요. 당연히 그 사람이 내 아픈 기억까지 껴안아 줄 거라 믿었죠. 그런데 그 사람이 돌변하더군요.

그 사람은 내가 모든 걸 실토하길 바랐어요. 전혀 부끄러울 일이 없는 사연까지 쏟아 내길 원했죠. 저를 믿지 못하겠다는 말이었어요. 추궁은 끝이 없었어요. 나는 꺼내기 싫은 기억을 떠올려야 했죠. 과거에 경험했던 그 아픔을 똑같이 느끼면서 말이에요. 머릿속이 발가벗겨지는 기분이 들 때까지 퍼내야 했어요. 이야기를 듣는 그 사람 눈은 무척 어두웠는데, 그러면서도 내게 더 생생한 기억을 요구했죠.

그 사람을 한동안 볼 수 없었어요. 내가 애원해도 만나 주지 않았죠. 한 달이 지난 뒤에야 나타나더군요. 내게 내민 건 그가 쓴 글이었어요. 글을 읽고 나면 만나자며 돌아갔죠. 나는 글을 읽으며 손을 부들부들 떨었어요. 내 과거 기억을 고스란히 담은 내용이었죠. 생동감 넘치는 문장들이 제 아픔을 그대로 재현하더군요. 내 마음속에 소중히 지켜 온 걸 도둑맞은 기분이었어요. 그건 너무도 큰 것이어서 마음은 한없이 큰 공백으로 뚫리는 듯했죠. 다시 만났을 때, 그 사람은 내게서 글을 뺏었어요. 그것을 불에 태워 버리더군요. 두 번 다시 글을 쓰지 않겠다고 했죠. 누군가의 경험을 담은 글은 아무에게나 보여 줄 수 없으니 무슨 소용이냐는 거였어요. 그러고는 사막으로 떠나고 싶다며 돌아섰어요.

그 뒤로 그 사람과 연락이 닿지 않았어요. 여러 차례 그 사람을 찾아보았지만 소용없었죠. 두 눈이 멀어 버린 것 같았어요. 그 무엇을 보든 어떤 생각으로도 이어 낼 수 없었어요. 머릿속에는 오로지 그 사람 글 내용이 반복될 뿐이었죠. 내 모습은 흉측하게 변해 갔어요. 더는 가꾸지 않았고 씻는 일도 귀찮기만 했죠. 침대 위에 누워 거의 하루를 그대로 보냈어요. 움직일 수가 없었어요. 덫에 걸린 짐승처럼, 꿈틀댈수록 고통만 뒤따랐죠.

내가 말이 너무 길었나요? 하지만 이 말만큼은 꼭 덧붙이고 싶네요. 누군가를 사랑하게 되면 말이죠. 현재만 바라보세요. 기억에 흔들리지도, 불확실한 앞날에 굽히지도 말란 말이에요.

유진은 그녀의 이야기를 듣는 동안 불편했다. 가까운 사이가 아닌데도 그녀는 아무렇지 않다는 듯 털어놓았다. 말을 끝내고 그녀는 그의 눈을 들여다보았다. 마치 당신의 차례라는 듯 기대하는 눈빛이었다. 무엇을 바라고 있는 것일까. 그는 자신이 겪은 일을 모두 말해 버리고 싶었다. 이미 서로 익명의 관계를 유지하자고 동의한 것과 다름없었다. 하지만 입을 열지 못했다. 말로 꺼내면, 그것은 너무 초라한 사연이 되어 버릴 것 같았다.

바람이 멎었다. 맑은 하늘은 그녀의 이야기가 토해 낸 열기를 식혔다. 부드러운 머리카락이 밀려와 그의 어깨를 쓸었다. 그녀는 고개를 기울여 그에게 기대었다. 따뜻한 기운이 파고들었다. 그녀는 가늘게 숨 쉬며 몸을 조금 떨었다. 희미한 라벤더 향이 났다.

돌아오는 동안 졸음이 왔다. 자꾸 눈꺼풀이 감겨 휘청거렸다. 거리는 몽환에 잠긴 듯했다. 그녀는 유진과 나란히 걷다가 갑자기 멈춰 섰다. 유진이 쳐다보자, 그녀가 입술을 꿈틀거렸다. 작은 소리로 속삭였는데 유진의 귀에 닿지 않았다. 유진은 그녀 뒤에 있는 건물의 간판을 보았다. 그녀는 그 앞에서 발을 떼려 하지 않았다. 그는 돌아서려 했다. 그러자 그녀는 그의 셔츠 자락을 쥐었고 놓지 않았다.

이상한 시간이 그에게 흘렀다. 잠시 졸았던가. 잠들었다면 짧은 잠이었을 것이다. 그 시간 속에서 출렁이는 공간을 향해 그는 외쳤다.

《엠마뉴엘》의 세계는 실재하리라. 천국보다 높은 곳에 있다. 그 뒤에 기다리는 지옥 같은 나락은 잊는다. 하얗게 빛나는 완전체만 바라본다. 오로지 생명으로 채워진 육체다. 그것에 뜨거운 숨을 불어넣는다. 희어져라. 더 강하게. 그 빛으로 나를 지워라. 나를 녹여 액체로 남겨라. 그것을 말리고 가루로 분해해 허공에 날려라. 흔적도 없이 사라지게 하라. 끊임없이 이어진 살의 곡선을 좇는다. 처음도 끝도 없는 굴곡을 탄다. 정점에 다다라 곧 추락해도 다시 오른다. 끝없이 솟는다. 몸이 닳아 없어질 때까지. 단 한 점의 열도 남지 않을 때까지. 검음이, 어둠이 축복인 곳에 이르리라. 부드럽게 감긴다. 긴장으로 팽팽하고 도도록한 느낌이 손에 닿는다. 이제 심장이 터져도 좋으리라. 폐에 남은 공기를 모두 내쉰다. 아무것도 끼어들지 않는다. 그 무엇도 간섭하지 못한다. 나는 살아 있다. 그러나 어디에도 없다.

껍데기만 걸친 기분으로 건물에서 나왔다. 병원 앞에서 그녀는 꽃가게에 들렀다. 손에 장미 한 송이를 쥐고 나왔다. 그것을 유진 앞으로 내밀었다. 선물이라고 했다. 자기 이야기를 들어주어 고맙다고 했다. 미소 짓는 그녀의 눈은 아름다웠다. 한결 생생한 눈빛이었다. 그녀는 자기 이름을 알려 주었다. 유진은 듣자마자 바로 잊었다.

병원에 돌아온 유진은 병실 창문 앞에 섰다. 약을 먹을 시간이었다. 약을 삼키며 습관이 된 한숨을 내쉬었다. 식도에 걸린 약을 넘기느라 침을 삼키며 잠을 기다렸다. 곧 약에 취했고 몸이 가라앉았다. 낮과 밤이 뒤섞이고 꿈과 현실이 헷갈리는 시간이 지나갔다. 끝없이 밀려오는 잠은 현재를 쉴 없이 삼켰다. 머리는 〈타란텔라〉를 잊은 듯했다. 대신 〈엠마뉴엘〉 주제곡만 흘렀다.

태풍에 대한 예보가 있었다. 하늘은 굵은 비를 뿌렸다. 빗발이 세찰수록 맞은편 중년 남자는 자주 눈물을 흘렸다. 유진은 빗방울이 떨어져 진동하는 소리가 마음에 뿌려지기를 바랐다. 속 시원히 울 수만 있다면 원이 없겠다고 생각했다. 가슴에 무언가가 자꾸 자라났다. 하지만 그냥 헛배가 부른 듯 빈 느낌이었다. 빗소리에 집중하며 사라져 버린 감정들을 불러내 보았다. 어디론가 사라졌다기보다는 몸 여기저기로 분해되어 퍼져 있는 것 같았다. 구석구석 퍼져 있는 감정 중에 긍정적인 것만 끄집어내기는 어려웠다. 혹여 나쁜 감정이 흘러나와 뭉친다면 몸을 죄어 올 터였다. 그 전에 다시 잠에 빠지는 게 그가 할 일이었다.

그는 빗방울 하나하나를 셀 듯 세밀했다가도 내리치는

벼락에 무덤덤했다. 이따금 책에 손을 내밀어 보았다. 여전히 머리가 아팠다. 그렇다고 좌절에 빠지지는 않았다. 잘 조련한 동물이 된 기분이었다. 그러다가도 잠에서 깨어나면 묵직하게 죄는 가슴을 쥐며 흥분했다. 침대 시트를 쥐어뜯고 창문을 부숴 버리고 싶었다.

그가 흥분한 기색을 띠면 옆 침대 꼬마가 다가왔다. 꼬마의 고민은 무엇일까. 어떤 상처가 이런 무기력한 장소에 꼬마를 데려왔을까. 수간호사에게 물어보았다. 수간호사는 꼬마가 조울증으로 학습 장애를 앓고 있다고 말했다. 구체적인 사연은 알 수 없지만, 증상만 놓고 보면 유진이 처한 상황과 같았다. 시련은 사람을 단련시킨다는 말은 어리석은 소리다. 한 인간을 무너뜨릴 만한 깊은 상처는 생의 가장 끝자리에 와야 한다. 맞은편에서 손을 떨며 괴상한 신음을 내는 노인보다 옆 꼬마가 더 불행해 보이는 건 그런 까닭이었다.

이곳 생활에 적응하려면 상상력이 풍부해야 했다. 잠으로 대부분을 보내기는 하나, 깨어 있는 동안은 무료했다. 그는 꾸었던 꿈을 되새기며 시간을 메웠다. 꿈이 남기는 기묘한 느낌은 오래가지 않았다. 생생한 정서를 되살리려면 다시 꿈을 꾸어야 했다. 이제 잠의 목적은 꿈이 되었다.

그것이 시들해지면 창밖을 바라보며 시간을 흘려보냈다. 창밖에는 커다란 수양버들 한 그루가 가지를 늘어뜨리고 있었다. 이파리들 사이에서 햇살이 명멸했다. 그것이 너울거리는 모습을 보고 있자면, 왠지 삶도 죽음도 덧없어 보였다.

무더운 여름을 짊어지고 퇴원하던 날, 그는 두툼한 약봉지를 쥐고 있었다. 두 달 치였다. 이해하기 어려웠다. 약을 먹어도 책을 읽지 못하기는 마찬가지였다. 그렇다고 약을 끊을 수도 없었다. 약을 먹지 않으면 이내 숨이 가빠지고 머리가 무거웠다. 의사는 설교하는 투로 기다림에 대해 말을 늘어놓았다. 시간이 해결해 줄 문제라고 했다.

6.

열차에 오른 외태는 얼굴을 찌푸렸다. 그의 좌석에 한 노파가 앉아 있었다. 어깨가 굽고 머리칼은 은색이었다. 그는 노파에게 좌석 번호를 확인해 달라고 물었다. 노파는 고개를 들어 그를 바라봤다. 검게 탄 얼굴을 덮은 주름이 꿈틀거렸다.

"학생 자리인교? 내는 입석이라예. 미안합니더."

노파는 서서히 몸을 일으켜 자리를 내주었다. 외태는 숨을 내쉬며 자리에 앉았다. 노파는 옆에 서서 앞 좌석 등받이에 손을 대었다. 외태는 가방에서 책을 꺼내 펼쳤다. 열차가 출발했다. 노파는 다른 곳으로 옮길 생각이 없는 듯했다. 그는 책에 집중할 수 없었다. 이런 상황은 질색이었다. 자리를 양보해야 하는가. 푯값을 내고도 서 있어야 한다니 얼마나 불합리한가. 그는 입술을 깨물고는 말했다.

"이 자리에 앉으세요."

몸을 일으키려 하자 노파가 손을 저었다.

"아니라예. 대구까지 빠이 안 가예."

외태는 손가락으로 다리를 두드리다가 손바닥으로 얼굴을 문질렀다. 무시하기로 했다. 호의를 거절한 사람에게 거듭 손을 내미는 짓은 어리석었다. 한 번 결정하고 나니 노파가 의식되지 않았다. 그는 책을 읽기 시작했다. 몰입하다 보니 대구역이 지났다. 노파는 보이지 않았다. 그는 책을 덮고 표제를 다시 읽었다. 《차라투스트라는 이렇게 말했다》. 잠시 시선을 고정하다가 눈을 감았다.

유진이 지내는 병원은 모든 감정이 마비된 곳이었다. 누군가 미소 짓너라도 우울을 가리기 위한 가면에 불과했다.

환자들은 백색 허공에 잠겨 시간을 보냈다. 수액과 먹는 약은 그들의 몸과 정신을 한없이 늘어뜨릴 것이다. 그럴수록 그들은 더 무력해지리라. 큰누나가 그랬듯 말이다. 병문안을 마치고 소망교회도 들렀다. 예배당에서 찬송가가 흘러나오고 있었다. 그는 멀찌감치 떨어진 버스 종점에서 건물을 바라보았다. '신은 죽었다.' 그가 읽고 있는 책에 적힌 문장 하나가 떠올랐다. 이것은 신이 없다는 뜻이 아니었다. '죽었다.'라는 표현은 원래 존재했음을 의미했다. 하지만 그에게 신은 애당초 없었다. 원죄를 지고 태어났다는 교리에 동의할 수 없었다. 오른쪽 뺨을 맞으면 왼쪽 뺨을 내밀어라. 순종하는 자가 세상을 얻으리라. 이런 가르침은 강자에 대한 두려움을 도덕으로 위장할 뿐이었다. 교회에 다녔던 이유는 단 두 사람, 선아와 유진 때문이었다.

김천역이 가까워지자, 하늘이 흐렸다. 그는 작은누나를 떠올리며 마음이 복잡했다. 누나는 반드시 와야 한다고 했다. 울먹이기까지 하며 통화했다. 사실 이번 여행 목적은 병문안보다 그녀를 만나기 위해서였다. 내키지 않았다. 그녀를 용서할 수 있을까?

아버지는 가족이 맞는 첫 경사에 들떠 있었다. 큰누나

결혼식을 앞둔 한 달 전이었다. 매형이 될 사람은 공무원이었다. 큰누나는 상업고등학교를 나와 작은 은행에 다녔다. 누가 봐도 이상할 게 없는 평범한 짝이었다. 그런데 작은누나가 반대했다. 그녀가 수상쩍은 공부를 하러 간다며 전라도 산골에 머물다 돌아온 날이었다. 표정이 얼어 있었다. 눈빛은 어느 때보다 매서웠다. 큰누나를 방에 데려가 긴 시간 대화했다. 가끔 큰 소리가 흘러나왔다. 큰누나는 붉게 달아 굳은 얼굴로 방에서 나왔다. 미친년. 그녀는 흥분하며 내뱉었다. 외태는 그녀가 그런 말을 입에 담는 모습을 처음 보았다. 작은누나는 뒤이어 그를 불렀다.

그녀의 주장은 단순했다. 일월성신의 기운과 조화되지 않는다고 했다. 집안에 몰고 올 큰 풍파를 주장했다. 큰누나는 작은누나 말을 무시했다. 작은누나는 자기 뜻을 굽히지 않았다. 틈나는 대로 끈질기게 달라붙어 결혼을 저주했다. 그때까지만 해도 가족들은 또다시 그 병이 돋았다고 생각했다. 외태는 불길한 생각에 어지러웠다. 그녀가 땅문서를 훔쳐 정체 모를 모임에 고스란히 바쳤던 일이 떠올랐다. 고향 논산에서 벌어졌던 비극이었다. 그 뒤로 가족은 빈민이 되었다. 아버지는 일거리를 찾아야 했다. 소작을 주어 술로 세월을 보내던 그가 소작농이 될 수는 없었다. 소문은 흉흉했다. 논산에서 더는 지내기 어려웠다. 멀리 떨어진 도시로 떠나야 했다.

그것은 전주곡에 지나지 않았다. 작은누나는 가족을 파멸시킬 재앙을 품고 있었다. 결혼식이 다가오자, 그녀는 짙게 화장하기 시작했다. 외출할 때면 목선이 깊게 파인 셔츠에 짧은 치마 차림을 했다. 요염한 기운이 그녀를 감쌌다. 돌아오면 술 냄새를 풍겼다. 전혀 다른 사람이 되었다. 살면서 화장한 적도 무던하지 않은 옷을 입은 적도 없었다. 술은 냄새도 맡지 않았다. 그녀가 그 남자를 만나고 있으리라곤 아무도 생각하지 못했다.

결혼식을 사흘 앞두고 그녀는 가족을 모이게 했다. 중요한 말을 해야 한다고 했다. 가족들은 탐탁지 않았다. 무슨 일인지 결혼식 후에 하는 것이 어떻겠냐고 설득했다. 그녀는 결혼식장에서 하기보단 나을 거라며 무서운 눈빛을 쏘았다. 모두 긴장했다. 그녀는 애벌레처럼 꿈틀거리던 입술을 열었다.

"들어와요."

그러자 문이 천천히 열렸다. 고개를 숙인 채 잔뜩 긴장한 남자가 몸을 밀어 넣으며 들어왔다. 결혼식에서 큰누나 옆에 서야 할 사람이었다. 그는 아버지 앞에 무릎 꿇었다.

작은누나가 그 옆으로 다가가 앉았다.

김천에 도착했다. 날카로운 바람이 불었다. 이십 분을 기다려 버스를 탔다. 삼십 분이 흐르자, 황악산 입구였다. 작은누나가 머문다는 암자까지 한 시간 넘게 올랐다.

작은누나는 앞마당에서 하늘을 바라보고 있었다. 품이 넓은 상의에 발목까지 내려오는 치마 차림이었다. 그녀는 숨을 크게 들이쉬고 입술을 오므려 휘이, 하고 휘파람을 불었다. 몇 번을 반복하다가 인기척을 느꼈는지 고개를 돌렸다. 외태는 움찔했다. 그녀의 눈빛이 심상치 않았다.

"따라오거라."

목소리가 냉랭했다. 그녀는 오솔길로 걸어가 기와지붕을 받친 암자 앞에서 문을 열었다. 그녀를 따라 들어간 외태는 어지러웠다. 펼친 상 위에 알록달록한 과일과 신칼, 무령(巫鈴), 꽹과리 따위가 가지런히 놓여 있었다. 그 뒤로 제단에 서 있는 미륵상이 보였다. 양옆에 타고 있는 촛불로 황금빛을 띠었으나 어딘가 음울한 느낌을 풍겼다. 그것이 짓고 있는 미소는 온화하기보다 간사해 보였기에 기묘한 두려움을 일으켰다. 벽을 뒤덮는 커다란 부채 속 그림이 요란했다. 용포에 관을 쓴 사람이 그림 한가운데 서 있었다. 길게 늘어진 흰 수염을 달았는데 끝이 둥글게 말려 올라갔다. 관복이나 승복을 입은 자들이 그를 에워싸고 있었다.

"절 올려라."

작은누나가 말했다. 외태는 돌아보며 물었다.

"뭐 하는 거야?"

"보살님 모시고 올게."

그녀는 대답하지 않고 방을 나갔다. 그런 뒤 붉은 무복 차림의 무녀를 데려왔다.

"기가 싸하네."

무녀는 외태를 보지도 않고 날카로운 목소리로 말했다. 그녀는 잇, 흥, 하는 소리를 내며 틱 장애가 있는 사람처럼 고개를 까딱거렸다. 외태는 작은누나를 보며 화를 담아 말했다.

"이게 다 뭐야?"

"우리 집안에 든 마를 없애는 굿이다."

"미쳤어? 난 이런 거 할 생각 없어."

"해야 해. 가진 돈 모두 들여 마련한 거야."

외태는 어이없다는 표정을 지었다. 다리에 힘이 빠졌다. 털썩 주저앉아 미륵상을 바라보았다. 무녀가 꽹과리를 치기 시작했다. 꽹과리가 깨지는 듯한 소리를 울릴 때마다 미륵상은 차츰 타오르는 것 같았다. 무령과 신칼을 흔드는 소리가 이어졌다. 그것이 그림 속 사람들을 하나씩 오려 내어 되살리는 듯했다. 외태는 머릿속이 엉망으로 뒤섞였다. 과일도 미륵상도 부채도 눈앞에서 빙글빙글 돌았다. 마음에 격앙이 쌓였다. 눈물을 흘리고 싶었다. 갑자기 작은 알맹이들이 그의 몸을 때렸다. 무녀가 뿌린 팥이었다. 그는 벌떡 일어나 꽹과리를 집어 들었다. 그것을 바닥에 패대기치고 상을 엎었다. 그만, 집어치우란 말이야. 그는 고함치며 미륵상을 노려보았다. 그것이 지은 미소가 비웃음으로 다가왔다.

서울을 향하는 동안 분을 삭이지 못했다. 난장판을 만들어 놨는데도 작은누나는 표정이 변하지 않았다. 그는 그녀에게 앞으로 가족과 연락하지 말라고 협박했다. 두 번 다시 만나는 일은 없으리라. 병동에서 벗어나지 못하는 큰누나를 떠올렸다. 큰누나를 그렇게 만들더니 이번엔 내 차례인가, 하고 생각하며 주먹을 쥐었다. 까닭을 알 수 없었다. 작은누나가 가져올 파국이 어디까지일지 상상하기 어려웠다.

서울역 앞에 전투 경찰이 진을 치고 있었다. 광장 쪽에서 구호가 터져 나왔다. 과격한 필체로 새긴 깃발이 군중 사이사이에 솟아 있었다. 역에서 빠져나가려 하자 사복을 입은 한 남자가 불러 세웠다. 경찰이라며 신분증을 보여 달라고 했다. 외태는 학생증을 꺼냈다. 남자는 그것을 받아 들여다보며 기분 나쁜 미소를 지었다. 잠시 따라오라는 말과 함께 버스 네 대가 나란히 서 있는 곳으로 데려갔다. 유리창에 철망을 덮은 버스였다. 남자는 버스에 오르라고 했다. 외태는 무슨 짓이냐고 따졌다. 남자는 공무를 집행하는 중이니 순순히 따르라며 으름장을 놓았다. 버스 안에는 학생들이 좌석을 채우고 있었다. 대부분 영문을 모르겠다는 표정이었다. 눈빛은 두려움에 잠겨 있었다. 얼마 뒤, 버스가 출발했다.

　도심 곳곳에서 시위대가 행진했다. 길이 자주 막혔다. 버스는 세 시간 가까이 달린 끝에 목적지에 도착했다. 시간이라도 끌 듯 일부러 빙빙 돌아온 것 같았다. 버스에서 내린 외태는 '서울 북부 경찰서'라고 적힌 간판을 보았다. 버스에 탔던 사람들은 모두 유치장으로 떠밀렸다. 아무도 저항하지 않았다. 유치장 문이 닫히자, 책상에 발을 걸치고 앉아 있던 남자가 일어나 말했다. 집회와 시위 현장에서 보호하는 중이니 조용히 협조하라고 했다. 유치장엔 사람들이 빽빽했다. 앉아 있을 공간도 없었다. 저녁 일곱 시까지 아무것도 할 수 없었고 서로가 분을 참느라 끙끙댔다. 허기로 지쳐 갈 무렵 도시락이 나왔다. 보리밥과 단무지 세 조각이었다. 밥은 차가웠고 단무지는 소금 덩어리였다. 외태는 그대로 뱉어 버렸다.

저녁 무렵, 유치장 문이 열렸다. 제복을 입을 남자가 외태를 불러 따라오라고 했다. 다른 사람들은 풀려났다. 외태는 조서를 작성하는 남자 앞에 앉았다. 남자는 아무것도 묻지 않았다. 침묵 속에 삼십 분이 흘렀다. 간간이 타자기를 치는 소리만 울렸다. 외태는 머리끝이 달았다. 이윽고 남자가 입을 열었다.

"아버지 이름이 정창호 맞지?"

외태는 그렇다고 대답했다. 남자는 하품을 하며 순경에게 눈짓했다. 그들은 외태를 다시 유치장에 가뒀다. 그러고는 하루가 지나도록 아무 말도 해 주지 않았다. 외태는 거의 자지 못했다. 정오가 지나자, 순경이 문을 열고 복도 깊숙한 곳으로 이끌었다. 어둠침침한 방에 정장 차림의 남자가 앉아 있었다. 그의 모습을 본 외태는 가슴이 내려앉았다. 남자는 진남색 양복에 폭이 좁은 넥타이를 매고 있었다. 논산에 살 때 집에 찾아오던 사람을 연상시켰다. 남자는 전라도 말씨로 물었다. 서울역에 왜 갔는지, 아버지는 요즘 무슨 일을 하고 있는지, 데모에 대해 어떻게 생각하는지, 읽고 있는 책은 무엇인지, 특별한 사상이나 종교를 가졌는지…. 질문은 끝없이 이어졌다.

그들은 늦은 밤에 외태를 돌려보냈다. 경찰서에서 나온 외태는 침을 뱉었다. 지하철이 끊긴 시간이었다. 제기랄, 하고 내뱉고는 걷기 시작했다. 두 시간 넘게 걸려 명륜동에 다다랐다. 자취방에 들어선 그는 맨바닥에 누웠다. 담배 찌든 냄새를 맡으며 이제야 돌아왔음을 실감했다. 방은 창문 하나 없는 지하였다. 영원한 밤에 갇힌 곳이었다. 담배를 물고 라이터를 켰다. 유진의 공허한 눈빛이 연기 사이로 떠올랐다. 차라리 만나지 않았더라면…. 그는 유진을 처음 만났던 때의 기억을 더듬어 보았다.

고상해 보이는 얼굴이었다. 같은 전학생 처지였기에 관심이 갔다. 그의 몸짓과 말투는 어딘가 조숙해 보였다. 그와 친해지자, 외태는 자신도 모르게 그와 비슷한 습관을 닮아 갔다. 주먹 쥔 채 편 엄지로 턱을 받친다든지 관자놀이에 검지를 대고 고개를 기울이는 행동이나, '했던 터라.', '맙소사.'와 같은, 예스러운 말투였다. 유진의 집은 많은 것을 갖추고 있었다. 컬러 TV는 정말 신기했다. 처음 보았다. 전축은 위압적이었다. 그것은 가슴이 울릴 정도로 대단한 음량을 쏟아 냈다. 피아노 앞에서 연주하는 유진을 보면 질투를 부리고 싶었다. 당시 피아노가 있는 집은 흔치 않았다. 그러나 보지 말았어야 할 게 있었다. 책장에 세워 놓은 액자 속 두 개의 메달, 그것이 무언지 그는 알아봤다. 하나는 무공 훈장이었다. 다른 하나에는 '공비 토벌 기장'이라는 문구가 새겨져 있었다. 그것을 본 순간, 평온하던 주위가 어두워졌다. 그 어둠에 핏빛이 스며들었다.

우리는 누리에 붙는 불이요, 철쇄를 마스는 마치라. 외태의 아버지는 술에 취하면 그런 노래를 불렀다. 어려서부터 들어 온 가사였기에 외태의 귀에 박혀 있었다. 노래를 부를 때면 아버지의 목소리와 눈에 광기가 어렸다. 그 낯선 얼굴은 왠지 시뻘겋게 보였다. 그는 항상 왼손을 주머니에 찔러 넣고 다녔다. 하지만 주머니 속은 비어 있었다. 손목 아래로는 환상 속의 손이 있을 뿐, 실제로는 잘려 나가고 없었다. 집에 가끔 한 남자가 찾아왔다. 남색 정장 차림에 야비한 인상을 지닌 사람이었다. 그는 아버지를 '논산 빨갱이'라 불렀다.

어느 날, 그가 큰누나에게 겁박이라도 줄 듯 말했다. 외태는 엿들었다. 그리고 알게 되었다. 아버지는 소년 빨치산이었다. 붙잡혀 투옥되었다가 전쟁이 끝난 뒤 풀려난 모양이었다. 전향했겠지만 허식에 불과했다. 그는 여전히 피가 고인 산골짜기에 있었다. 술에서 깨는 걸 두려워했다. 논산에서 자식들과 함께 사는 현실을 받아들이지 못했다.

아버지와 같은 사람들을 유진의 아버지가 살육했을 터였다. 그렇게 생각하자 유진이 다르게 보였다. 적의가 솟았다. 이제 유진은 뛰어넘어야 할 대상이었다. 아니, 그를 파멸시켜야 할까? 그의 아버지가 외태 자신의 아버지를 짓밟았다면 자식들은 처지가 바뀌어야 하지 않을까? 그것이 공평했다. 하지만 상황이 불리했다. 모든 환경이 열악했다. 그는 생각했다. 먼저 성적을 올려 유진이 되자. 기회가 오면 한순간에 벼랑으로 떠밀어 주리라.

쉬운 일이 아니었다. 유진은 고등학생이 된 뒤로 최상위 성적을 유지했다. 외태는 초조했다. 휴일에도 학교에서 책과 씨름했지만 부족했다. 삼 학년이 되던 해 첫날에 그런 일만 없었더라면….

그날, 학교에 일찍 갔고 유진은 아직 보이지 않았다. 책상 위에 책을 펼쳤다. 교실은 포근했고 정신이 맑았다. 글자는 한 자 한 자 선명하게 눈에 들어와 박혔다. 외부를 차단하는 기운이 그를 둘러쳤다. 기분이 묘했다. 이런 집중력이면 이루지 못할 게 있을까. 자신이 차올랐다. 그런데 발소리가 그 분위기에 금을 내었다. 복도 멀리에서 신발을 끄는 소리가 나더니 점점 커졌다. 교실 앞에 이르자 소리가 멈췄다. 탁, 하고 유리창을 치는 소리가 났다. 문이 열리고 녹색 유니폼을 입은 축구부원이 들어왔다. 얼굴이 길고 턱 끝이 밖으로 굽은 학생이었다. 그는 돈을 요구했다. 외태는 가진 돈이 없다고 답했다. 축구부원은 인상을 구기며 외태의 가방을 열었다. 속을 뒤져 사과와 우유를 꺼냈다. 외태는 언짢았다. 점심거리로 가져온 것쯤은 줘 버릴 수도 있었다. 하지만 모처럼 좋았던 흐름이 깨져 버렸다. 축구부원은 사과를 우적우적 씹고 목을 젖혀 우유를 입속에 부었다. 외태는 책을 챙겨 가방에 넣고 나가려 했다. 축구부원이 가로막으며 가방을 뺏었다. 그러고는 학습서 세 권을 꺼냈다. 가방을 뒤집어 털었고 연필과 볼펜이 나뒹굴었다. 그는 볼일이 끝났다며 그만 가라고 말했다. 그제야 외태는 알아챘다. 책을 팔려는 모양이었다. 헌책방에서도 값을 꽤 쳐주는 책들이었다. 그것을 놓고 갈 순 없었다. 축구부원의 옷을 잡고 책을 빼앗으려 했다. 순간, 주먹이 날아왔고 왼쪽 눈앞이 시커멓게 변했다. 뒤이어 다른 주먹이 턱을 올려 쳤다. 입안에서 무언가 부러지는 소리가 났다. 외태는 뒤로 넘어졌다가 손에 잡히는 물건을 쥐고 몸을 일으켰다. 그것을 휘둘렀다. 축구부원이 손으로 목을 감싸며 얼굴을 찡그렸다. 손가락 틈으로 피가 흘러나왔다. 그는 욕을 뱉으며 교실에서 나갔다. 외태는 어질러진 책과 필기구를 가방에 담았다. 손에 쥐었던 것은 커터 나이프였다. 무슨 짓을 저질렀고 무엇을 해야 할지 몰랐다. 복도에서 다시 발소리가 났다. 여러 개였고 뛰어오는 소리였다. 다른 축구부원 세 명이 들어와 외태 앞으로 걸어왔다. 세 쌍의 날카로운 시선이 외태의 눈을 파고들었다.

그 일이 일어난 뒤로 그날 가졌던 명석한 기운이 다시 찾아오지 않았다. 그들은 치료비로 큰 액수를 요구했다. 거절하면 신고하겠다며 협박했다. 외태는 물러서지 않고 한마디만 뱉었다. 좆 까라. 그러자 그들 중 하나가 외태의 커터 나이프를 쥐었다.

유진을 따라잡는 일은 허상인 듯했다. 등에 입은 상처는 아물다가 덧나기를 거듭하며 석 달간 괴롭혔다. 그런데 이상한 일이 벌어졌다. 유진의 성적이 떨어지기 시작했다. 그의 눈빛이 흐릿했다. 다른 넋을 걸친 사람처럼 보였다. 가을이 되자 오히려 외태보다 좋지 않은 성적에 머물렀다.

외태의 눈에 차가운 기운이 고였다. 유진이 쓴 원서를 보았고 같은 곳에 지원했다. 학칙을 알아보니 장학생이 되기에는 충분했다. 이제 정말 유진이 되는 것이다. 하지만 유진은 갑자기 무너져 버렸다. 그것도 너무 일찍 허무하게. 사냥감이 스스로 벼랑에 뛰어내린 꼴이었다.

7.

여름은 유진에게 뜨겁지 않았다. 무의미한 날들이 이어졌다. 하루가 끔찍이 길었다. 아바의 곡은 가사를 모두 외울 정도로 들었다. 이제 음반이 필요 없었다. 머릿속에서 생생히 재생되었다. 신경 세포 사이사이에 음표 하나하나가 박혀 있었다. 'The winner takes it all(승자가 모든 걸 가지지), The loser has to fall(패자는 쓰러져야 할 뿐).' 때로는 일부 마디만 반복되기도 했다. 가사마다 그의 삶 전부를 압축한 표현으로 다가왔다.

음악이 멈추면 비디오테이프를 틀었다. 비디오테이프는 장식장 세 칸을 채우고 있었다. 〈바람과 함께 사라지다〉, 〈카사블랑카〉와 같이 주로 고전 영화였다. 하루에 네다섯 편을 보았다. 모두 보고 나면 다시 반복해서 돌렸다. 한 달이 채 지나지 않아 장면 하나하나, 인물의 표정과 몸짓, 의상과 배경의 색감까지 떠올릴 수 있었다. 대사도 거의 외웠다. 어느 작품도 감흥을 일으키지는 않았다. 영화마다 드러내는 사연이 무디게 흘렀다. 지겨웠다. 이제 더는 무언가가 없으리라 푸념하며 텔레비전을 껐다. 영원히 틀지 않을 생각이었다.

비디오테이프를 장식장에 꽂아 넣으려 할 때였다. 의식하지 못했던 것이 눈에 띄었다. 맨 아래 칸에 제목이 없는 공테이프가 다섯 개 있었다. 그것을 가져와 차례로 틀어 보았다. 텔레비전 영상을 녹화해 놓은 테이프였다. 제시의 손을 탄 듯했다. 내용은 영화나 드라마, 뮤지션의 공연 장면 등이었다. 제시의 취향이 짐작되었기에 감회가 솟았다. 한 단편 영화는 무척 인상적이었다. 그것을 이틀 동안 연속해서 돌려 보았다. 급기야 테이프가 늘어났는지 영상에 줄이 가기도 했다. 제목은 〈정신노동 공장의 안젤라 이야기〉였다.

주인공 안젤라는 두 딸과 남편을 둔 여자다. 그들은 호숫가에서 소풍을 즐긴다. 하늘은 푸르고 잔잔한 햇살이 호

수 수면을 떠다닌다. 아이들은 잔디밭을 뛰어다니며 소리 지른다. 남편은 미소를 지우지 않는다. 그의 손은 연신 큼직한 잔에 와인을 따른다. 안젤라는 더할 나위 없이 만족한다. 남편 무릎에 머리를 얹으며 그의 눈을 바라본다. 자상한 눈이다. 완벽한 얼굴이기에 그림을 보는 것 같다. 갑자기 눈앞이 흐려진다. 남편의 얼굴이 가물거린다. 그 얼굴은 눈앞에 다가와 걱정스러운 표정을 짓는다. 하지만 곧 차갑게 굳는다. 날이 선 쇠처럼 날카로워지더니 흐물거리며 이지러진다. 그 위로 제복을 입은 한 남자 모습이 겹친다. 안젤라는 정신을 차린다. 그 남자는 화를 낸다. 그녀가 벌써 삼십 분 넘게 공상에 빠졌다며 얼굴을 붉힌다. 그녀는 주위를 둘러본다. 기계 속에 갇혀 있는 수많은 사람을 본다. 자신도 마찬가지다. 기계에서 뻗어 나온 수십 개의 전선이 머리에 연결되어 있다. 안젤라는 그제야 자신이 정신 노동자라는 걸 깨닫는다. 가족들 모습은 상상 속에서 그려 내었을 뿐이다. 그녀는 일에 집중하기 위해 마음을 다잡는다. 하지만 지친다. 얼마나 고된 시간이 다가올지 떠올리기 싫다. 얼마 버티지 못하고 또다시 가족과 함께 지내는 꿈에 빠진다. 꿈속에서 그녀는 정신노동 공장을 악몽으로 여긴다. 남편이 그녀의 머리를 쓸며 나쁜 꿈을 꾼 모양이라고 말한다. 안젤라는 웃으며 그에게 안긴다.

이 영화는 반전이 있었다. 마지막은 정신노동 공장이 쉼 없이 돌아가는 장면으로 끝났다. 안젤라가 갇혀 있던 기계에서 연기가 나며 비상벨이 울렸다. 기계 위 전광판에는 '안젤라, 영원히 꿈속에 잠들다.'라는 문구가 켜졌다. 안젤라는 고개를 떨어뜨린 채 움직이지 않았다.

어렸을 때 읽었던 공상 과학 소설에 비슷한 이야기가 있었다. 그때는 그런 이야기가 이해되지 않았다. 이 영화를 보며 그가 보았던 꿈이 어떤 가치를 가졌는지 궁금했다. 꿈 세계에서 바라보는 현실 세계는 가상 세계에 지나지 않을 것이다. 그것은 덧없고 기계적인 세계다. 이미 결말을 담고 있는 소설과 다름없다. 꿈속은 어떤가. 그 세계는 예측할 수 없고 의지대로 흘러가지 않는다. 원인과 결과 따위는 없다. 그에 반해 현실은? 현실은 딱딱한 구조처럼 답답한 면이 있다. 삶의 흐름은 수동적이지만, 지나고 나서 정리해 보면 잘 짜인 서사가 된다. 그것은 강한 의지가 이끈 과정으로 남는다. 어느 쪽이 더 극적일까. 아니, 더 자연스러운 진실에 가까울까.

제시가 이야기해 주었던 한 철학자가 떠올랐다. 그의 말에 따르면, 인간의 영혼은 영원하고 순수한 원형들의 세계에 있었다. 하지만 레테라는 망각의 강을 건너 현실계에 태어나면 그 세계를 잊는다. 절대적 미(美), 완전한 미를 동경하지만, 현실계에 그런 것은 없다. 그렇다면 꿈에서 보고 느끼는 것이 어쩌면 레테를 건너기 전의 기억은 아닐까. 자신의 세계를 상기시키려는, 신이 보낸 편지는 아닐까.

그는 소파에서 일어나 방으로 뛰어갔다. 책상 아래 쌓아둔 일기장 더미를 꺼냈다. 하나씩 뒤적이다가 그의 손이 멈췄다. 검은색 노트가 눈에 들어왔다. 그가 꾸었던 꿈을 기록한 노트였다. 표지에는 네 문장이 적혀 있었다.

우리는 아직 세상에 없다. 아직 세상은 없다. 어떤 것도 아직 만들어지지 않았다. 존재하는 이유는 찾을 수 없다.

그는 숨을 죽였다. 모호했던 문장들이 명확한 물체처럼 다가왔다. 그러고는 머릿속을 꽉 채웠다. 심호흡을 두 번 한 뒤 표지를 넘겼다.

침묵하라. 너의 언어를 찾기 전까지.

그는 첫 장에 적힌 글을 읽었다. 그런 글을 쓴 기억은 나지 않았다. 손을 떨며 다음 장으로 넘겼다. 연필로 휘갈긴 문장들이 질서 없이 쌓여 있었다. 그것을 차례로 읽었다. 한동안 자신의 정신을 의심했다. 생각은 마비되었는데, 그 사이로 감각이 깃드는 듯했다. 그는 그 자리에서 노트를 다 읽었다. 이상한 일이었다. 책을 읽으려 하면 일었던 불안한 느낌이 없었다. 머리도 아프지 않았다. 그 어느 때보다 흥미진진하고 맑은 기운이 솟았다. 꿈속에 있었던 일이지만, 그 감정들이 하나씩 되살아났다. 그러면서 그의 모든 감각을 하나하나 밝혔다. 소스라치게 두렵고 생생했다. 마지막 장에 이르자 그의 눈이 불타듯 빛났다. 그는 그 글을 또박또박 거듭 읽었다.

나는 사막 한가운데를 걷고 있었어. 태양의 굵직한 빛이 소나기처럼 퍼부었지. 뼈와 내장에 파고들 듯 강렬했어. 바람이라도 불면 내 몸은 모래알처럼 날려 흩어질 터였지. 두 눈은 초점이 맞지 않더군. 흐린 시야 앞에 부연 황갈색 모래가 끝없이 펼쳐져 있었어. 어디로 향하는지 알 수 없었지. 그냥 걸어야 했던 거야. 태양을 향해, 그 품에 안기기라도 할 듯 말이야. 태양은 서쪽에서 아래로 떨어지고 있었어. 이상한 일이었지. 태양이 지평선에 가까워질수록 점점 작아지는 거야. 내 오른손은 밧줄로 묶여 있었어. 밧줄 끝은 직사각형 나무 상자에 달려 있었지. 내 몸보다 더 큰 상자더군. 관처럼 생겼는데 안에 뭐가 있는지는 몰라. 어찌나 무거운지 끄는 내내 팔이 떨어져 나갈 것 같았지. 그래도 걸어야 했어. 태양은 점점 줄어들어 작은 점이 되어가더군. 그것이 지평선 너머로 사라지기 전에 다다라야 했어. 갑자기 이상한 기분이 들었지. 내가 향하는 곳은 동쪽이고 태양은 지평선에서 벗어나 떠오르고 있는 건 아닐까. 그건 끔찍한 일이었어. 그게 사실이라면 일몰을 향해 하루를 더 걸어야 하니까. 아니나 다를까, 지평선에 걸친 태양이 다시 떠오르기 시작한 거야. 일순간 강한 빛을 쏘더니 두 배 세 배로 자라나더군. 나를 삼키기라도 할 태세였어. 다리에 힘이 빠졌지. 나는 주저앉아 나무 상자를 열었어. 그 속에 네가 누워 있더군. 눈을 감은 채 평온한 미소를 짓고 있었지. 나는 네 옆에 누워 뚜껑을 닫았어. 참으로 안락하더군.

  유진은 눈을 감았다. 숨을 고르며 가슴을 진정시켰다. 메이비. 제시가 자주 중얼거리던 단어가 떠올랐다. 어찌면…, 우리는 꿈이라는 강을 헤엄치고 있어. 깨어 있는 우리는 아무것도 믿을 수 없지. 언젠가 제시가 한 말이었다. 인간의 생각과 행동은 기억이 지시하는데, 그 누구도 객관적인 기억을 가지지 못한다는 뜻이었다. 그녀는 말했다. 기억은 정서라는 옷을 입으면 순수를 잃지, 라고.

 유진은 침을 삼켰다. 그에게 필요한 게 무언지 잡히는 기분이었다. 그것은 표현이었다. 그것을 하지 못해 인간은 병들고 거짓 삶을 사는 것이다. 제시의 말처럼 기억이 불순하다면 진실한 표현도 불가능하다. 그렇다면 결코 실현할 수 없는 것일까. 그는 노트를 다시 펼쳤다. '너의 언어를 찾아라.' 첫 장에 적힌 글을 보며 생각했다. 현실의 언어로 내면을 표현하는 건 의미 없다. 방법은 하나뿐이다. 레테를 건너기 전의 언어, 꿈의 언어로 표현하는 것이다. 많은 말이 필요 없다. 한 문장이면 충분하다. 복잡하게 얽혀 있는 인간의 욕망은 결국 그 한 문장으로 귀결된다. 그것은 구원의 또 다른 이름일지 모른다. 그러면 어떻게 해야 할까. 답은 함축이다. 시를 쓰자. 시어가 필요하다. 그리고 종국에는 찾아내리라. 지옥에서 천국에 이르는 모든 세계를 담고 영생의 빛이 녹아 있는 마지막 문장을 말이다. 그는 노트의 마지막 장을 펼쳤다. 연필을 쥐고 또박또박 적었다.

나비를 띄우다. 여명 속으로.

서점에서 시집을 열 권 샀다. 작가 이름은 보지 않았다. 특이한 제목으로만 골랐다. 신기한 일이었다. 머리가 그 어느 때보다 맑았다. 한 편을 읽으면 그대로 외웠다. 그러고는 마음속으로 되뇌었다. 시간은 충분했다. 시집을 한 권 끝내면 머릿속에 같은 양의 시가 인쇄되었다.

어느덧 겨울이 다가왔다. 아버지가 그를 불렀다. 유진이 퇴원한 뒤로 아버지는 입대를 강요하지 않았다. 유진은 눈치챘다. 겨울이 지난 뒤의 계획을 물어 올 거였다.

"자퇴하겠습니다."

그는 망설이지 않고 대답했다. 아버지는 장식장에서 양주병과 작은 유리잔을 꺼내 탁자에 놓았다. 유진은 아버지가 그걸 마시리라고는 생각해 본 적 없었다. 술을 먹고 들어온 적은커녕 집에서도 술은 장식품일 뿐이었다.

"자퇴하고 나면 무얼 하겠다는 게냐."

"시를 쓸 겁니다."

유진의 대답에 아버지는 쓴웃음을 지었다. 수 분간 침묵이 흘렀다. 아버지는 술잔을 연거푸 들이켜고는 말을 쏟아내기 시작했다.

"인생은 경쟁이지, 경쟁은 전쟁이고. 전쟁에서는 승자가 패자가 되기도 하고, 그 패자가 다시 승자의 위치에 올라서기도 하는 법이야. 중요한 건 살아남는 거야. 하지만 너는 낙오되기 일보 전이다. 그렇다고 너를 부상병이라고는 생각하지 않는다. 나약한 정신은 돌멩이에도 핑계를 대는 법이야. 다시 일어서더라도 고작 시 나부랭이를 가지고는 전장에 나설 수 없지."

아버지는 말을 마치며 두꺼운 책 한 권을 내밀었다.《헌법학원론》. 한자로 제목이 적힌 두꺼운 책이었다. 유진은 고개 숙인 채 표지를 노려보았다. 무슨 뜻인지 알 수 있었다. 아버지 말에 대꾸하고 싶었지만, 그럴 논리가 없었다. 아버지는 그답게 상황을 정리했다. 대화는 그것으로 끝이었다.

다시 답답하고 막연한 삶이 이어졌다. 고시 공부를 하는 동안 시를 쓰며 읊는다는 건 불가능했다. 암기해 두었던 시의 낱말들은 시계 방향 또는 반대 방향으로 조금씩 틀어져 갔다. 후, 하고 불면 허물어질 듯 위태로운 형태를 유지할 뿐이었다. 입대를 연기한 조건으로 얻은 시간의 길 위에 어떤 발자국을 남겨야 할지 떠오르지 않았다. 그것이 일 년이든 이 년이든.

그는 생기를 잃은 화단을 보며 차라리 색 바래고 말라붙은 겨울나무가 되어 그곳에 박히기를 바랐다. 그럴 수 있다면, 영원한 시의 꿈에 잠긴 존재가 될 수 있으리라.

책상을 정리했다. 어지럽게 널려 있는 물건을 치우고 불필요한 것은 쓰레기통에 버렸다. 약이 떨어졌기에 집에서 나와 병원으로 향했다. 무척 오랜만의 외출이었다. 의사는 그를 반기며 시간과 용서의 의미를 설파했다. 말을 듣던 유진은 짜증이 났다. 대체 누구에 대해 용서를 하란 말인가? 두 달 치 약을 봉투에 담은 수간호사는 봉투를 내어 주려다 말고 아 참, 하며 수첩을 꺼내 펼쳤고, 봉투 뒷면에 무언가를 적었다. 유진은 억지웃음으로 그들을 맞았고 약을 받아 집에 돌아왔다.

무심코 봉투를 책상 위에 내려놓으려 할 때였다. 뒷면에 적힌 글씨가 눈에 들어왔다. 전화번호로 보이는 숫자와 '이은주'라는 이름이었다. 누굴까? 수간호사는 주의 사항 같은 걸 적은 게 아니었다. 왜지?

병원에 전화를 걸어 수간호사와 통화했다. 그녀는 이은주라는 환자가 얼마 전에 퇴원했는데, 꼭 전해 주라는 부탁이 있었다고 했다. 봉투 뒷면의 전화번호를 묵묵히 바라보던 그는 봉투를 손안에 구겼다. 그때, 돌연히 어떤 이미지가 떠올랐다. 매끈하고 투명한, 젤리 같은 반구(半球)가 이리저리 뒤섞이는 모습이었다. 아니 그건 이미지가 아니었다. 그의 손끝에 와 닿는 촉각에 가까웠다. 기억 하나가 스멀스멀 떠올랐다. 하지만 살얼음 밑으로 헤엄치는 물고기 등처럼 아련했다. 그는 구깃구깃해진 봉투를 다시 벌려 폈다.

다이얼에 검지를 끼워 적혀 있는 번호를 차례로 돌렸다. 묘한 긴장이 쌓였다. 두근거리는 가슴 속으로 신호음이 연방 파고들었다.

- 여보세요?

수화기에서 여자 음성이 흘러나왔다. 다소 침울한 목소리였다. 유진은 갑자기 말문이 닫혔다.

- 여보세요? 누구신가요?

- 사실은, 제가 물어야 할 질문 같습니다. 병원에서 받은 약 봉투에 이 전화번호가….

- 아. 당신이군요. 유진 학생 맞죠?

유진은 그렇다고 대답했다. 기억이 살얼음을 뚫고 구체적인 윤곽을 드러내기 시작했다.

- 벌써 제 이름을 잊은 건 아니죠? 당신이 퇴원할 때, 내게 인사도 남기지 않고…. 서운했어요.

여자는 원망하듯 옅은 웃음을 흘렸다. 유진은 얼굴이 붉어졌다. 갑작스럽게 이은주라는 이름과 그 아름다운 얼굴이 또렷이 기억났다.

은주는 자기 집에 방문해 달라고 했다. 자세한 이야기는 그때 하겠다며 통화를 마쳤는데 어느새 목소리가 명랑하게 바뀌어 있었다.

이튿날, 하늘엔 잿빛 구름이 끼어 있었고 안개가 짙었다. 유진은 버스에 올라 손잡이를 쥐고 창밖을 바라보았다. 해운대에 가까워지는 동안 안개는 서서히 걷혔고 왠지 짠맛의 냄새가 나는 듯했다. 부산에 살면서도 해운대에 가보기는 처음이었다.

시간이 남았기에 해변을 걸었다. 바람은 차갑지 않았다. 눈에 띄는 사람은 거의 없었다. 겨울 바다 위를 활공하는 갈매기가 떼 지어 끼룩거렸다. 달맞이 고개에 들어섰을 때, 갑자기 짙은 기시감이 밀려와 몸을 떨었다. 그 기시감이란, 현실에서 마주친 게 아닌, 어느 날 꿈에서 보았을 성싶은 느낌이었다. 늘어선 집마다 예쁘장한 소녀들이 숨어 있을 것 같았다. 은주의 집은 어렵지 않게 찾았다. 십오 분쯤 걷자 붉은 벽돌 담장이 보였다. 그녀가 설명해 준 대로 아담한 단층 주택이었다. 경사가 완만한 'ㅅ'자 지붕은 고운 모래 빛을 띠며 이국의 정서를 풍겼다. 마치 눈부신 백사장의 한 조각을 떼어 얹은 듯한 모습이었다.

초인종을 누르고 철문 창살 사이로 안을 살폈다. 현관문이 열리며 카디건을 걸친 그녀가 모습을 드러냈다. 흥분했는지 계단을 내려서다가 넘어질 뻔하기도 했다. 곧이어 환한 얼굴이 그를 맞았다. 이렇게 밝고 아름다운 모습이었던가. 바뀐 게 있다면, 병실에서와는 달리 엷게나마 화장했을 뿐이었다.

그녀는 그를 안으로 들이고 거실 유리문 앞에 놓인 탁자로 안내했다. 창밖 테라스 너머로 멀리 펼쳐진 바다가 한눈에 들어왔다. 거실은 작은 식물원이었다. 가죽 소파 양옆으로 몬스테라가 어긋 자란 잎을 늘어뜨렸고, 뾰족한 잎사귀를 세운 극락조도 천장에 닿을 듯 쭉쭉 뻗어 있었다. 맞은편 벽은 목제 선반이 뒤덮었는데, 칸마다 화분이 가득했다. 죽순처럼 말려 솟거나 넓게 벌어진 줄기, 둥글거나 길쭉한 이파리들이 얽히고 덩굴져 깊숙한 수풀을 연상시켰다. 그것이 띤 초록빛은 섬뜩하리만치 짙었다. 그 때문일까. 탁자 위 화병에 꽂힌 장미 다발은 더 농염한 붉음 속에 타올랐고, 와인에 젖은 혀처럼 살아 움직일 것 같았다.

그녀가 다가와 손에 든 찻상을 내려놓았다. 유진은 찻잔을 들고 한 모금 들이켰다. 진하게 우려낸 홍차였다. 단지 진하다고 하기에는 모자란, 혀 속에 파고드는 자극이 느껴졌다. 그녀가 재밌다는 듯 웃으며, 코냑 조금 탔어요, 라고 말했다.

서로 간단히 안부를 물은 뒤로는 대화가 이어지지 않았다. 막상 만나고 보니 할 말이 많지 않았다. 둘 다 유리문 밖을 쳐다보며 남은 차를 마셨다. 그녀는 주방으로 가서 김이 모락모락 오르는 접시를 들고 왔다. 유진은 처음 보는 요리였다. 얇게 썬 가지나 토마토, 파프리카 따위가 보였는데, 색색의 동그란 채소 조각이 겹겹이 쌓여 둥근 원을 그렸다.

"라따뚜이라고, 프랑스 요리에요."

그녀는 화병 옆에 놓인 와인병을 들었다. 유진을 향해 미소 짓고는 고개를 옆으로 살짝 까딱거렸다. 삼 분의 일쯤 꽂혀 있던 마개를 뽑더니 잔 두 개에 붉은 액체를 채웠다.

"이렇게 한번 대접하고 싶었어. 함께 마셨던 그 맥주는 내 가슴을 쓸어내리는 생명수 같았거든. 내 얘기를 들어준 보답이에요."

그녀는 잔을 들어 눈높이에 맞추고 유진을 바라보았다. 유진은 얼결에 자기 잔을 그러쥐었다. 와인을 마셔 본 적은 없었다. 입술에 차가운 유리를 대는 순간 콧속에 향이 파고들었고, 그것만으로도 취한 듯 어질어질했다. 맛은 훌륭했다. 식도를 타고 넘어간 와인은 흐르는 피에 섞여 몸을 가라앉혔다. 그때, 잔을 그러쥔 손에 그녀의 손이 얹혔다. 그녀가 물었다. 요즘 무얼 하며 사냐고, 이제 아프지는 않으냐고.

유진은 마땅히 대답할 거리가 떠오르지 않았다. 잠자코 잔 속을 들여다보고 있는데, 그녀가 손가락을 튀기며 딱, 하고 소리를 냈다.

"나, 비밀 하나 알려 줄게요."

그녀는 진지하면서도 웃음기를 잃지 않은 표정으로 그를 바라봤다.

"사실 난, 요술사야."

그녀의 말에 유진은 코웃음을 쳤다.

"그래요? 어떤 요술을 부릴 줄 알죠?"

"이미 걸어 놨어. 조금 전에. 지금 당신은 그 손에 쥔 잔을 들어 올리지 못할 거야."

그녀는 작은 소리로 웃었다. 유진도 따라 웃었다. 그러다가 갑자기 표정을 굳혔다. 정말로 팔에 힘이 들어가지 않았다. 그녀는 새하얀 이를 드러내며 고개를 끄덕거렸다.

"푹 잠들게도 할 수 있는데…. 잠든 거나 다름없지만 깨어 있기도 한 그런 잠. 당신은 그때, 사실 많은 얘기를 해주었어. 가슴 속에 꽁꽁 뭉쳐 두었던 응어리를…."

그녀가 다시 손가락을 튀겼다. 유진은 다시 팔을 움직일 수 있었다. 무슨 일이 벌어지는 것인지 알 수 없어 고개 숙인 채 눈을 감았다. 갑자기 화가 났다. 와인을 따라 연거푸 두 잔을 목에 털어 넣었다. 이 여자의 정체는 무얼까. 대체 무엇을 원하는 걸까. 그는 고개에 힘을 주고 말했다. 나는 자신을 들여다보지 못하는 사람이라고. 왜 당신이 관심을 가지는 거냐고.

"당신은 격정적인 사람이야. 용암처럼 뜨거운 열정을 삭이며 살고 있어. 지금 같은 그런 모습은 싫어. 고통에 충분히 시달렸다면 이젠 그만 아파도 되잖아?"

그녀는 갑자기 목소리를 높여 애원하듯 말했다. 유진은 빈 병을 집어 들었다가 다시 내려놓았다. 다른 병을 쥔 그녀의 손이 테이블 위에 미끄러지며 스르르 다가왔다. 유진은 맥주를 마시듯 와인을 삼켰다.

눈앞에 붉은색이 깃들었다. 강렬하던 초록빛은 숨을 죽

이고 붉은 기운의 흐름에 순응했다. 천장이 붕 떠서 멀리 날아가는 것 같았다. 현실에 대한 인식은 모호해지고 몸이 허공으로 솟다가 가라앉기를 반복했다. 나는 누구지? 어떤 모습을 가진 자일까. 선생님이든 목사님이든 누구의 말도 잘 들어왔다. 하지만 정작 내게 자유라는 것은 가능한가?

욕망이 부풀었다. 무엇이든 집어삼키고 싶은 감정이었다.

그때였다. 그에게 하얀 나신의 기억이 떠올랐다. 절대자처럼 위엄 있고 성녀처럼 신성한 그 모습은 그의 살을 샅샅이 파고들며 감각을 일깨웠다. 그건 꿈이 아니었던 걸까. 설마 그때도 그녀가? 그는 팔을 흐느적거렸다. 팔뚝에 근육이 돋고 몇 가닥 힘줄이 꿈틀거렸다. 팔을 벌려 그녀의 어깨에 감고 힘을 주었다. 그녀는 비명을 지르다가 흥분에 찬 호흡을 가다듬었다. 유진은 손을 위로 미끄러뜨려 그녀의 양 볼을 감쌌다. 그래. 이 여자였군. 내 꿈속에 뒷모습만 보였던 소녀가 이렇게 성장한 거야. 그럴 리가. 그건 선아였는데…. 그는 유리알처럼 빛나는 그녀의 눈동자를 바라보고 또 바라보았다. 그 속에 빨려 들어갈 수만 있다면…. 그러나 그 눈에는 곧 맑은 액체가 고였다. 그의 눈도 촉촉해지며 눈앞이 아른거렸다. 그는 자신도 모르게 한쪽 팔을 거둬 그녀의 가슴에 대었다. 그러자 그가 느꼈던 모든 환희가 진동을 울리며 심장으로 퍼졌다. 기억은 완성되었다.

그 순간, 그는 손을 아래로 떨구었다. 눈앞에 마주하고 있는 이 여인은 누구일까. 걷잡을 수 없는 의문 속에서 그는 힘을 주었다 풀며 그녀를 몇 번이고 끌어안았다. 이상한 일이었다. 목각 인형을 안는 느낌이었다. 현재의 그녀에게선 향이 겉돌았고 그 향은 그녀를 과거의 감촉으로 이끌었다. 이건 아니야. 그는 고개를 세차게 흔들었지만, 그녀를 밀쳐 낼 순 없었다. 다시 그녀의 얼굴을 들여다봤다. 이미 그녀는 눈을 감은 채, 저항할 의사를 보이지 않았다. 그는 살짝 벌어진 꽃잎 같은 입술에 입을 맞추었다. 흥분이 그의 숨을 멎게 했고, 몸은 한없이 넓어졌다. 그대로 함께 마룻바닥에서 몇 번을 굴렀다.

그때였다. 그가 살짝 뜬 눈꺼풀 사이로 천장의 화원이 쏟아졌다. 수십 수백이 넘는 장미였다. 살아 있지 않은, 바싹 말려져 낙엽처럼 바래진 장미였다. 그런 장미가 거꾸로 천장을 빽빽이 메우고 있었다. 그 사이로 음이 하나 튀어나왔다. E? 물론 그다음은 A, 그리고 한 옥타브 낮은 A 연타. 왼손은 이미 Am 코드를 짚고 있다. 흑갈색 털로 덮인, 독에 절은 손가락들이 거미 다리처럼 건반 위를 유영한다.

안 돼. 그는 마음속으로 외쳐 보지만, 그 선율을 막을 순 없다. 〈타란텔라〉가 흐른다. 통곡의 레퀴엠이자 피폐의 언어다. 말린 장미잎 사이로 두 눈의 형상이 배어들더니 차츰 또렷해진다. 선아의 눈빛이다.

8.

그해 가을엔 하늘이 짙푸르고 맑아 에메랄드빛으로 펼쳐진 바다를 뒤집어 놓은 것 같았다. 캠퍼스는 노란빛으로 물들었다. 선아는 도서관 뒤편 길을 따라 걸었다. 은행나무가 끝없이 줄지어 서서 하늘하늘 노란 낙엽을 날렸다. 그녀는 그 길을 좋아했다. 길을 따라 걸으면 캠퍼스를 한 바퀴 돌 수 있었다. 사람은 거의 다니지 않는 둘레 길이었다. 이공 계열 대학이 있는 이곳 캠퍼스는 수원에 있었다. 동네 이름을 따 율전(栗田) 캠퍼스라고 불렸다. 서울에 있는 명륜동 인문 사회 계열 캠퍼스에는 매달 두 번씩 갔다. 주말마다 양 캠퍼스 합창단이 모여 연습 시간을 가졌다. 매주 번갈아 가며 양 캠퍼스를 오고 갔다. 지금은 가을 축제를 앞두고 공연 준비가 한창이었다. 오늘은 명륜 캠퍼스

팀이 내려올 차례였다.

  산책을 마치고 학생회관으로 돌아왔다. 동아리 방에 들어가자, 태호 선배가 어두운 표정으로 물끄러미 쳐다봤다.

"오늘 연습은 취소됐어."

그는 말하며 피아노 앞에 앉았다. 선아는 무슨 일이냐고 물었다.

"노동자 대회가 여기서 열려. 내일."

"그럼, 선배님도?"

"응. 오늘 모이기로 했어. 전야제 무대에 설 거야."

  태호는 악보를 꺼내 보면대에 올렸다. 선아는 그의 뒷모습을 바라봤다. 그는 아버지 같은 느낌을 주는 사람이었다. 무엇이든 이해하고 진지하게 대답했다. 너그럽고 수더분한 사람이었다. 그런데 가끔 날카롭게 신경이 서 있을 때가 있었다. 그럴 때면 안경 속에 슬픔이 고였고 그것은 그녀에게 친숙한 누군가의 모습을 닮아 있었다. 그는 합창단 동아리 회원이었는데, 유명한 노래패에서 활동하기도 했다. 큰 집회가 있을 때마다 빠지지 않았다.

"보고 싶어요. 선배님이 집회 무대에서 노래하는 모습."

"오늘은 위험해. 큰 집회거든. 곧 몰려올 거야. 밤부터 캠퍼스가 봉쇄돼. 전야제에 경찰이 칠지 몰라. 캠퍼스에 남앉다간 빠져나갈 수도 없어."

 태호는 건반 위에 손을 올리고 연주하기 시작했다. 그가 자주 불렀기에 귀에 익은 곡이었다. 깨어라, 노동자의 군대. 굴레를 벗어던져라. 선아는 그런 가사를 들으면 까닭 모를 두려움이 솟았다. 태호는 노동이나 계급, 착취 같은 말을 꺼내기도 했다. 동아리 회원들은 그런 이야기를 좋아하지 않았다. 선아는 그의 연주가 끝나기 전에 동아리 방에서 나왔다.

 도서관에는 학생들이 띄엄띄엄 앉아 있었다. 그녀는 빈 탁상에 자리를 잡고 책을 내려놓았다. 태호가 읽어 보라며 빌려준 책이었다. 주인공의 아버지를 난쟁이로 비유한 소설인데, 자식들 시점에서 바라본 이야기였다. 내용이 공감 가기도 했지만, 무엇보다 문장이 간결하고 분위기가 실감 났다. 문장 하나가 다음 문장을 끌어당기듯 호흡이 빨랐다. 막내딸 이야기 편에 접어들어 책장을 넘기며 한창 빠져들 때였다. 갑자기 밖에서 웅성거리는 소리가 났다. 창밖을 내다보니 중앙 십자로에 사람들이 몰려들고 있었다. 여러 무리가 깃발을 따라 캠퍼스를 돌았다. 구호와 노랫소리가 쩌렁쩌렁 울렸다. 도서관에 남은 학생은 거의 보이지 않았다. 선아는 다시 책에 시선을 묻었다. 오늘 밤은 도서관에서 지새울 생각이었다. 캠퍼스가 난장판이 될지도 모르지만, 경찰이 도서관을 건드리는 법은 없었다. 성역과 같기에 수배자가 은신처로 삼기도 하는 장소였다.

어둠이 깔렸다. 선아는 3층 열람실로 자리를 옮겼다. 밤새 불이 꺼지지 않는 곳이었다. 남아 있는 분량을 모두 읽었다. 멀리서 마이크를 탄 음성이 울렸다. 십자로는 비어 있었다. 동산 너머에 있는 대운동장을 집회 장소로 쓰는 모양이었다. 연설하는 목소리와 구호를 외치는 소리가 끊이지 않았다.

아 참, 그곳이 있었지.

그녀는 문득 떠오른 생각에 자리에서 일어났다. 학군단이 쓰는 건물 옆으로 샛길이 있었다. 거기서 밤나무 숲으로 들어가면 체육관 옥상으로 통하는 길이 나왔다. 옥상에 오르면 운동장을 통째로 볼 수 있었다. 그녀는 책을 덮고 도서관에서 나와 학생회관 뒤편 동산 방향으로 걸었다. 운동장이 가까워질수록 함성이 커졌다. 숲을 지나 체육관 옥상으로 올라갔다. 운동장을 바라보다 낮은 소리로 숨을 내쉬었다. 사람들이 파도처럼 출렁이고 있었다. 그들은 일제히 주먹 쥔 손을 뻗으며 구호를 외쳤다. 그것은 메아리가 되어 운동장에 울렸다. 그녀는 그대로 서서 지켜보았다.

그들은 밤이 깊어지자 더 선명한 목소리를 냈다. 사회자가 노래패를 소개했다. 박수가 쏟아져 나왔다. 임시로 설치한 연단이 붉은 조명에 잠겼다. 빨간 머리띠에 자주색 셔츠를 입은 사람들이 올라왔다. 태호도 끼어 있었다. 멀리서도 큰 키가 도드라져 보였다. 그들은 마이크를 쥐고 세 곡을 불렀다. 마지막 곡은 〈인터내셔널가〉였다.

공연을 지켜보는 내내 선아는 얼어붙었다. 동아리 합창단이 섰던 무대와 달랐다. 그들의 낯선 용어가 굵직하게 다가왔다. 손에 잡히는 실체처럼 무게가 있었다. 그들은 목소리를 모아 선명한 정서를 표현했다. 다양한 색을 섞어 빚는 합창단과 달랐다. 노래패는 처음부터 한 가지 색으로 벼리고 또 벼렸다. 묵직하게 파고드는 기이한 정서를 느끼며 그녀는 두려움에 빠졌다. 낯선 두려움이었다.

9.

아버지는 넉넉한 용돈을 보냈다. 하숙해도 될 만큼이었다. 유진은 그 돈으로 풍족하게 누릴 생각은 없었다. 하숙집은 대개 방 하나를 두 명이 썼다. 그는 모르는 사람과 지낼 자신이 없었다. 도서관 뒤편 쪽문에서 한참 떨어진 곳에 방을 얻었다. 옥탑방이었다. 부엌과 화장실이 딸려 있었다. 개강하기까지 그곳에서 머물 생각이었다. 캠퍼스에는 가지 않았다.

삼단 책꽂이를 샀다. 책을 분류해 꽂았다. 전공 서적과 사법 고시 교재가 각각 한 단씩 차지했다. 윗단에는 시집이 자리 잡았다. 책을 꺼내면 빈자리에 어둠이 고였다. 그것의 농도가 미래를 말하는 것 같았다. 먹을 것에 낭비하지 않았다. 소박하게 먹었다. 사흘마다 외출해 반찬거리를 사고 서점에서 시집을 골랐다. 술과 담배는 손댈 생각이 없었다. 가득 찬 책꽂이를 바라보며 생각했다. 한 단만 남기고 나머지는 태워 버리리라.

단을 오르내리며 책을 뽑아 펼쳤다. 여전히 머리가 무거웠다. 그래도 약이 듣는지 그럭저럭 읽을 만했다. 사법 고시 교재로는 손이 잘 가지 않았다. 그것은 곧 포기했다. 집중해서 읽어도 다음 날이면 아무것도 기억나지 않았다. 암기 능력이 의심스럽게 변했다. 시는 잘 외웠으나 법과 관련한 문장은 머릿속에 새기지 못했다. 전공 서적도 잘 읽히지 않았다. 영어는 웬만큼 했다. 영문학과를 선택한 이유도 가장 만만해 보였기 때문이다.

시간이 많아 여유롭다는 생각은 없었다. 약은 항상 긴 잠을 먹어 치웠다. 정오 무렵이 되어서야 깼다. 잠에서 깨어도 한동안 멍멍했다. 맑지 않은 정신 탓에 꾸준한 독서가 이어지지 않았다. 쉬이 피로가 쌓였다. 개강을 앞둔 하루 전, 시집을 뺀 나머지 책을 모두 불살랐다.

캠퍼스는 봄기운을 두르기 시작했다. 사람들 표정에 활기가 차올랐다. 인생으로 비유하면 봄이라 부르는 나이에 한껏 취할 법했다. 그러나 그의 마음은 얼어붙어 있었다. 그는 고민했다. 봄이라는 계절을 생략할 순 없을까. '슬픔의 봄'이 그를 둘러쌌다. 어느 시인의 표현처럼 '찬란한 슬픔'도 아니었다.

꽃이 피어나기 시작했다. 만개할수록 그의 눈에는 시들고 져 버릴 모습이 겹쳤다. 나비는 화려한 날개에 이미 죽음을 실었고, 말라 쪼그라들 미래를 향해 퍼덕였다. 포근한 봄볕마저 뜨겁게 내리쬐는 여름 태양의 잔혹함으로 다가왔다.

"참 낭만적이군. 도서관에서 시집을 읽다니."

도서관에서 외태를 만났다. 안경을 끼고 있었기에 처음에는 몰라봤다. 방학 동안 전국을 돌며 돈을 번 모양이었다. 한두 차례 더 마주친 뒤로 그는 유진의 방에 자주 들렀다. 항상 담배 연기를 자욱이 남기고 갔다. 하루는 소주 두 병을 들고 찾아왔다. 안주는 시커멨는데 문어나 오징어 다리를 말린 것 같았다. 그것을 질겅질겅 씹으며 책상 옆 책꽂이를 둘러보았다. 시집만 있을 뿐, 나머지 단은 비어 있는 모습이 재밌다는 표정이었다. 그는 시집 한 권을 뽑아 들었다.

"이것이야말로 진정한 삶이지."

말을 꺼내고는 펼쳐서 소리 내어 읽었다. 독법이 독특했다. 사악한 사람이 속삭이듯 쉰 소리를 냈다. 시 한 편을 읽고 나면 담배에 불을 붙였다. 깊이 빨아들인 뒤, 입을 빠끔거려 링처럼 둥근 연기를 뿜고는 남은 숨을 뱉어 그것을 날려 버렸다.

"살아가기 위한 모든 행위는 무의미한 거야. 종국에는 죽음을 맞아야 하잖아? 짧든 길든, 선명하든 희미하든 무슨 소용이겠어. 무엇이든 남겨야 해. 그것은 이름이 아니야. 꿈이지. 꿈은 현실과 달리 모든 인류가 공유하거든. 개인의 현실은 필멸이지만, 꿈은 순환하는 공간이고 시간을 초월해. 한마디로 불멸이야. 몽상가야말로 진정한 가치를 생산하는 존재 아닐까? 물론 시인은 최고의 몽상가지."

유진은 말을 들으며 놀랐다. 자신이 알던 외태와 달랐

다. 말투가 냉정하고 자신이 넘쳤다.

"이야, 이거 좋은 기타로군. 피아노 대신인가?"

그는 책상 옆에 놓인 기타를 그러안았다. 가볍게 줄을 튕기더니 고개를 갸웃거렸다. 음을 조율하는 모습이 세심했다. 작은 차이마저 잡아내려 했다. 그는 코드를 잡고 여섯 줄을 한 번에 쓸었다. 꽤 정교했다. 연주하는 동안 근사한 소리가 울렸다. 유진은 긴장했다. 자신이 연주할 때의 음색과 달랐다. 외태의 손은 면도칼로 베듯 예리하게 움직였고 리듬은 격정을 일으켰다. 애드리브는 없었고 연주 마디마디가 정확했다. 발산하는 진동이 공기를 희석하고 갈기갈기 찢어 놓는 것이었다. 연주는 잔인한 면이 있었다. 음표 하나하나까지 지배하려는 광기의 독재자처럼. 하지만 어딘지 모르게 아름답다는 느낌을 주었고, 마디마다 통제된 흐름이 마음을 애달프게 찔러 오는 긴장을 쌓았다.

그의 손이 멈췄다. 클라이맥스에서 손바닥을 줄에 대고 음을 차단했다. 그의 가슴이 들락날락했다. 눈꺼풀에 작은 경련이 일었다. 유진은 그 연주를 통해 외태가 걸친 정서를 이해했다. 완전한 파괴를 이루기 전에 느끼는 전율. 그것을 갈구하는 모습이었다.

다음 날, 문을 두드리는 소리가 났다. 유진은 겨우 일어나 문을 열었다. 외태가 서 있었다. 그는 어서 가자고 했다.

"어딜?"

유진이 묻자, 외태가 고개를 한쪽으로 기울였다.

"어디긴, 산이지."

유진은 옥상 바닥을 보았다. 밤새 비가 내렸는지 젖어 있었다. 흐린 날씨였다. 안개도 깔려 우중충한 분위기가 감돌았다. 갑자기 왜 산에 가자고 하는지 유진이 물었다. 외태는 웃으며 말했다.

"가고 싶다고 했잖아."

"내가?"

유진은 지난밤을 떠올렸다. 밤늦게 졸음이 왔다. 외태가 도봉산 이야기를 꺼냈고 유진은 무심결에 고개를 끄덕였다. 약속을 어길 순 없었기에 그는 외태를 따라나섰다.

산에 들어서자, 외태는 무섭게 오르기 시작했다. 앞서 나아가더니 곧 모습을 감췄다. 유진은 숨이 차 쫓아가기 어려웠다. 기다리던 외태는 따라붙은 유진을 보고는 다시 앞을 향했다. 그러기를 되풀이했다. 유진은 고개 들어 산을 바라보았다. 얼키설키 바위가 끝없이 이어져 있었다. 다시 외태가 보였을 때 유진은 그의 목소리를 겨우 알아들었다.

"여기서부터 바위 구간이야."

외태는 숨 돌릴 틈도 주지 않고 바위를 타기 시작했다. 유연하고 막힘없는 움직임이었다. 홈을 정확히 찾아내어 팔다리를 내밀었다. 유진은 외태를 지켜보며 따라 했다. 내리는 가랑비에 젖은 바위가 미끈거렸다. 집중해야 했다. 정상 가까이 이르렀을 때 커다란 바위가 앞을 가로막았다. 경사가 깊고 매끈한 바위였다. 외태는 바위에 쳐진 밧줄을 잡았다. 동작이 능숙했다. 꼭대기에 오른 그는 유진에게 손짓했다. 유진은 간신히 올랐다. 아슬아슬했고 발이 자꾸 미끄러졌다. 무릎과 팔뚝이 긁혀 쓰렸다.

정상에 올라 숨을 몰아쉬었다. 비와 땀에 젖은 몸이 축 처졌다. 외태가 너럭바위에 앉아 물통을 건넸다. 그는 담배를 꺼내 물고 한 손으로 비를 가렸다.

"세상이여, 어찌 이리 추한가."

그는 납빛으로 덮인 도시를 내려다보며 말했다. 그러고는 경멸하듯 담배꽁초를 던졌다. 세상의 꼭대기에 서 있기라도 한 자세였다. 그는 유진 옆으로 다가와 안경을 벗고 소매로 닦았다. 다시 도시를 향해 바라보며 입을 열었다.

"비틀어 버리고 싶지 않아? 저 썩어 빠진 세상을 말이야."

그는 날카로운 음성으로 말하고는 다시 물었다.

"선라이즈(Sunrise)와 선셋(Sunset)은 무슨 차이일까?"

그의 질문에 유진은 대답하지 못했다.

"둘 다, 빛의 경계, 어둠과 빛이 교차하는 마법 같은 시간이야. 본질은 같지. 황혼의 시간에 지구를 멈춰 세워 반대로 돌릴 수 있다면, 그것은 여명의 순간으로 바뀌지. 그래서 말인데…."

그는 돌아서서 유진에게 또렷한 눈짓을 하고 말을 이었다.

"지난 한 해, 비틀린 거라면 무엇이든 관심이 가더군. 그러다 깨달았어. 세상이 원래 어그러져 있다는 사실을 말이야. 나는 생각했어. 그것을 한 번 더 비틀면 어떨까. 그러면 곧게 펴질지 아니면 그대로 허물어질지 궁금한 거야."

"왜 그런 말을 하지?"

유진이 물었다. 외태는 다시 담배를 꺼내며 말을 이었다.

"난 착한 사람이 아니야. 노력해 봤지만 소용없었지. 어려운 문제였는데 답을 찾았어. 궁극에 이르면 종국에는 한 점에서 만난다는 사실이지. 완벽한 악은 완벽한 선과 다르지 않아. 완전체는 그 무엇으로도 표현할 수 없거든. 그리고 어떤 논리에서도 자유로워야 해."

유진은 외태가 무서운 면을 가졌다고 생각했다. 그런데

그 생각에 끌리기도 했다. 그 까닭은 알 수 없었다.

마감일에 수강 신청서를 냈다. 눈에 띄는 대로 과목을 골랐다. 수업을 들을 일은 없었다. 유진은 마음을 굳혔다. 우선 옥탑방에서 반지하방으로 옮겼다. 밝은 곳에서 지내기 싫었다. 빛 속에 드러난 명확한 현실을 보기 싫었다. 불투명하고 모호한 세계에 갇히고 싶었다. 작은 불꽃을 표현하려 했다. 그것이 횃불보다 강렬해지려면 단 하나가 필요했다. 절대 어둠이었다. 손끝에서 흘러나오는 글도 그런 면을 닮아 갔다. 묵직하고 암울한 배경 속에 반짝이는 시어 하나를 박아 넣었다.

잠에서 깨면 해는 꼭짓점에 걸려 있었다. 간소하게 밥을 먹고 시집을 읽다가 늦은 오후엔 캠퍼스로 향했다. 학생들이 삼삼오오 빠져나가는 시간이었다. 봄 내내 캠퍼스는 시끄러웠다. 대학 재단 비리 문제가 터진 뒤로 학생회관 앞 잔디 광장에 연일 집회가 열렸다. 율전 캠퍼스 학생들이 올라와서 함께하기도 했다. 밤이 되면 그곳은 술판으로 변했다. 잔디밭은 막걸리 냄새로 찌들었다.

그는 사회 과학 대학이 쓰는 건물을 이용했다. 캠퍼스 구석 외진 곳이었다. 창덕궁과 가까웠다. 문과 대학 건물은 피했다. 그를 알아보는 학과 학생이 있을지도 몰랐다.

빈 강의실이 보이면 들어가 노트를 펼쳤다. 시를 쓰는 순간이면 가슴이 또렷이 뛰었다. 머리도 맑았다.

시 한 편이 마지막 구절을 남기고 있었다. 강의실에서 며칠에 걸쳐 씨름했다. 썼다 지우기를 반복했다. 단숨에 써내려 왔는데 종결부에 이르자 손이 멈췄다. 묘사 대상은 장미꽃이었다. 떨어지는 빗방울에 꽃잎을 떨며 선명하게 붉어지는 장면이었다. 통각과 시각을 동시에 불러일으키고 슬픔과 카타르시스를 함축한 표현을 그려 내고 싶었다.

억지로 쓰지는 않았다. 글이 막힌다고 타협할 생각은 없었다. 마음에 쌓인 감정이 표현을 향해 밀도를 높이도록 기다렸다. 하루 한 구절, 아니 한 낱말만 써도 좋았다. 종이는 백지로 남는 날이 많았다. 그러면 하루든 이틀이든 내버려두었다.

마침내 시를 완성했다. 닷새가 걸렸다. 검은 늪에서 마지막 시구(詩句)를 끄집어 올렸다. 그는 여러 번 읽어 보았다.

"오호."

누군가 휘파람을 불었다. 유진은 고개를 들었다. 머리가 갈기처럼 풍성한 남자가 옆에 서 있었다. 몸집이 호리호리했다. 안경 속 눈빛은 날카로웠다. 그는 노트를 집어 들고 들여다보았다. 유진은 그것을 뺏기 위해 손을 내밀었다.

남자는 유진을 막으며 돌아섰다. 빠른 속도로 소리 내어 시를 읽었다. 그는 노트를 돌려주며 유진을 바라보았다. 눈가에 힘이 들어 있었다. 눈빛이 반짝였다.

"좋은데? 어때, 같이 해 보지 않겠나?"

유진은 노트를 접으며 고개를 저었다.

"누군가가 읽기를 바라고 쓰는 건 아닙니다."

남자는 손가락으로 책상을 두드렸다. 그는 생각이 있으면 찾아오라고 했다. 그러면서 자신을 소개했다. 86학번이고 이름은 장기우, 중앙 동아리 '꼬박'의 회장이었다.

두 주 뒤, 유진은 꼬박을 찾아갔다. 시 짓기 활동을 하는 동아리였다. 사람들과 관계를 맺거나 울타리 안으로 들어갈 생각은 없었다. 그런데 마음을 돌려 꼬박에 가입하기로 한 것은 묘한 사건 때문이었다. 기우가 먼저 유진을 찾아왔다. 손에 학보를 쥐고 있었다. 그것을 읽기 좋은 크기로 접어서 내밀었다. 시가 담긴 난이었다. 익숙한 제목이 유진의 눈에 들어왔다. 유진은 기우의 눈을 노려보았다. 기우는 담담히 시선을 받아들였다. 유진은 학보에 가명으로 실린 자신의 시를 읽었다. 한 글자도 틀리지 않았다. 놀라웠다. 두렵기도 했다.

중앙 동아리라고 하기엔 초라했다. 회원은 모두 열한 명이었다. 그러나 이름뿐인 회원이 많았다. 모임에 모습을 비추는 사람은 서넛이었다. 동아리명이 예뻤다. 꼬박은 물레에 올리는 잘 이긴 흙덩어리를 뜻했다. 기우는 시상(詩想)을 강조했다. 넘치도록 생각이 익었을 때 가슴으로 시어를 건져 내라고 했다. 우리가 가진 무기는 물레가 아닌 좋은 흙이라고 주장했다. 의외로 치열했다. 기우의 지적 한마디에 시를 적은 종이가 각자의 손에서 찢겼다. 물레로 빚은 흙을 도로 뭉개는 것과 같았다. 가마에 넣어 초벌구이할 기회도 얻지 못했다. 냉정했다. 유진은 이해하기 어려웠다. 취미로 즐길 따름인 동아리가 아니었다.

모두 기우를 따랐다. 그럴 만했다. 회원들 이야기에 따르면 그는 무서운 사람이었다. 누구나 아는 조간지에 시로 등단한 신분이었다. 다들 그를 천재라 불렀다. 문예 잡지사에서 원고 청탁이 온다는 말도 있었다. 시집을 내면 문단을 평정하리라는 기대를 받았다.

회원 한 명은 같은 영문학과 동기였다. 이름이 민호인데 자신을 민(Mean)으로 불러 달라고 했다. 물론 처음 보는 얼굴이었다. 그는 특이하게 영어로 시를 썼다. 허세를 부리려는 건 아니었다. 왠지 한국어 표현이 어렵고 오히려 영어가 명확하다고 했다.

유진이 처음으로 시를 발표하는 날이었다. 합평을 위해 넷이 모였다. 모두 기우가 오기를 기다리고 있었다. 유진은 시를 복사한 종이를 돌렸다. 시를 읽는 회원들 표정이 무거웠다. 기우가 들어왔다. 유진은 시를 낭독하기 시작했다. 반을 읽다가 그의 입이 멈췄다. 회원들은 그를 쳐다봤다. 영문을 모르겠다는 표정이었다. 유진은 입을 열지 못했다. 손에 힘이 들어갔다. 머리가 조였다. 땀이 이마에 솟았다. 그는 기우를 향해 고개 돌렸다. 기우의 눈이 차가운 기운에 잠겨 있었다. 유진은 들고 있는 종이를 반으로 찢었다. 조각난 종이를 탁자 위에 놓고 일어섰다. 마음이 쓰렸다. 자신이 쓴 시가 아니었다. 아니, 그의 손이 썼으나 낯설었다. 막상 소리 내 읽으니, 무엇을 썼는지 알 수 없었다. 그는 문을 열고 나왔다.

 학생회관에서 나와 잔디 광장으로 갔다. 계단석에 앉아 있는데 누군가 손짓하며 불렀다. 잔디밭 한쪽 구석에 대여섯 명이 둘러앉아 있었다. 가운데 쌓아 놓은 막걸리병이 제법 되었다. 몇 개는 쓰러져 있었다. 손짓한 사람이 커다란 막걸리병을 들고 다가왔다. 가로등이 비춘 외태의 얼굴이 드러났다.

 외태는 술을 권했다. 유진은 고개를 흔들었다. 우리는 빈 그릇을 지을 뿐이야. 그 속에 무언가를 채우려는 게 아니야. 기우가 했던 말이 떠올랐다. 무(無)를 담은 미(美). 그런 시를 지을 수 있을까. 그는 술병을 노려보다가 그러쥐었다.

입에 병을 대고 고개를 젖혔다. 밤하늘을 눈으로 안았다. 어둠 한 점을 삼키며 별이 하나둘 나타났다. 별처럼 반짝이는 시를 쓰고 싶었다. 검은 바탕이 필요한 이유였다. 그것은 어두운 시점으로 자아내는 분위기가 아니었다. 비우고 비워서 아무것도 남지 않아야 했다.

별빛이 흔들렸다. 감각은 물러나고 의식은 움츠러들었다. 기억으로 옮길 여백은 없었다. 주위 건물이 휘청거렸다. 그는 외태에게 말을 꺼냈다. 긴 이야기였는데 무슨 내용을 말하는지 알 수 없었다. 말을 끝내자 긴 침묵이 흘렀다. 그것을 깨뜨리며 외태가 말했다. 한두 달 율전에 있을 거야. 아직 말하지 않은 게 있는데….

10.

외태는 서울역에서 1호선 전철로 갈아탔다. 수원행이었다. 노선도를 살펴보고 빈 좌석에 앉았다. 한 시간은 가야 했다. 유진에게 빌린 시집을 펼쳤다. 베르톨트 브레히트. 흥미로운 시를 쓰는 작가였다. '타란델라'라는 단어가 유진의 필체로 적혀 있었다. 그는 시집마다 겉장 안쪽에 그렇게 적어 놓는 버릇이 있었다. 자신의 책이라고 표시한 듯했다.

마음은 복잡했다. 단일할 줄 알았던 총련에 일치하지 않는 생각이 자라고 있었다. 어긋난 궤였다. 그 탁류가 율전 캠퍼스에도 흘러들었다. 그것은 본류가 되어 명륜 캠퍼스를 넘봤다. 율전에 스며든 '여명'이라는 물줄기를 끊어야 했다. 외태는 총학생회 간부로 임명받고 신뢰를 쌓아 왔다. 재단 퇴진 운동으로 양 캠퍼스가 협조해야 하는 상황이었다. 그는 동력이 떨어지고 있는 율전을 지휘하겠다고 자청했다.

총학생회는 총장실과 부총장실을 점거했다. 부총장실은 율전 캠퍼스 도서관 1층에 있었다. 여명이 주도해 근거지처럼 이용했다. 외태는 고개를 갸웃거렸다. 이미 궁리는 해 놓았지만 이런 일을 맡기는 처음이었다. 곧 그는 편하게 생각하기로 했다. 단단한 무리로 보일수록 개개의 논리는 의존적인 법이었다. 그들은 이론이 빈약했다. 하나씩 끌어내 그들이 가진 모호함을 파헤치면 되었다. 그러면 스스로 모순을 느끼고 돌아설 것이었다.

 즐거운 생각도 들었다. 그곳에 가면 선아를 언제든 만날 것이었다. 작년 가을 축제에 그녀는 합창단원으로 공연했다. 명륜동 잔디 광장 무대에 선 그녀를 외태는 단번에 알아보았다. 삼 년 만에 보는 얼굴이었다. 외모가 거의 변하지 않았다. 마지막으로 본 지 하루가 지났을 뿐이라 해도 믿을 수 있었다. 서글서글한 눈매가 활기에 젖어 있었다. 한층 건강해 보였다. 성숙한 인상은 매력이 넘쳤다. 공연을 보던 남학생들이 그녀를 가리키며 관심을 보였다. 그날 공연이 끝난 뒤, 외태는 합창단 동아리를 찾아갔다. 선아는 눈을 동그랗게 뜨며 기뻐했다. 거의 그를 껴안을 뻔했다. 둘은 캠퍼스 근처 맥줏집에서 대화를 나눴다. 두서없는 말이 오갔고 감정을 추스르기 바빴다. 그것은 오래가지 않았다. 잠시 말이 끊기자 긴 침묵에 빠졌다. 외태는 마음에 무언가 걸렸다. 그녀는 궁금한 게 따로 있다는 듯 표정이 부자연스러웠다. 애써 꺼내지 않으려는 모습이었다. 외태는 갈등했다. 유진에 관한 이야기를 먼저 꺼내야 할까. 설명하기 어려운 일이었다. 유진은 대학에 다니지도, 새로 입시를 준비하지도 않는 처지였다. 사실, 그런 생각은 핑계였다. 선아가 품은 온기를 온전히 느끼고 싶었다. 유진이라는 그늘이 드리우지 않길 바랐다.

1986년 가을, 동네 골목길에서 그녀를 처음 보았을 때였다. 어둡고 칙칙한 골목이 환하게 밝아 올랐다. 그곳에 계단이 있다는 것도, 계단 앞에 전봇대가 있다는 것도 그제야 깨달았다. 너저분하고 낡은 골목 풍경이 세세하게 다가왔다. 그 동네에 서린 우울함이 걷히고 있었다. 그런 느낌은 처음이었다.

유진을 따라 교회 수련회에 갔다. 밀양에서 바로 알아챘다. 수련회 내내 유진과 선아가 서로 의식하고 있었다. 외태는 이상한 기분에 빠졌다. 쓸쓸함이나 외로움 같았지만, 그것보단 언짢음에 가까웠다. 떨치기 어려운 감정이었다.

수련회를 마치고 며칠 지나 골목길 계단에서 다시 선아를 보았다. 그녀는 의식을 잃고 있었다. 외태는 그녀를 업었다. 그녀의 몸과 팔이 그의 등에 달라붙었다. 반죽한 밀가루 덩어리 같았다. 그 말랑한 느낌은 곧 사라졌다. 차츰 차갑고 딱딱하게 굳어 갔다. 무언가 등을 톡톡 두드렸다. 그녀 가슴이 쏟아 내는 박동이었다. 뭉툭했다. 그는 두려웠다. 눈앞이 캄캄했다. 골목 입구에 고인 빛을 보며 뛰었다. 택시가 잡히지 않았다. 가슴이 타들어 갔다.

율전 캠퍼스는 더없이 화사했다. 곳곳에 꽃이 흐드러지게 피었고 나무는 싱그러웠다. 외태는 교문 근처 공중전화 부스로 들어갔다. 통화를 마치고는 대로를 따라 걸었다.

부총장실에서 점거 농성하는 사람들을 만났다. 그들은 표정이 밝고 생각이 낙천적이었다. 낮에는 씨름 따위를 하며 시간을 보냈고 붓으로 대자보에 글을 쓰고 캠퍼스 곳곳에 붙였다. 때론 삼삼오오 모여 민중가요를 부르며 결의를 다졌다. 그럴 때는 율동을 곁들이기도 했다. 북한에서 유행하는 가요에 맞춰 춤을 추다가 밤이 되면 어김없이 술자리를 벌였다. 외태는 밤새 토론하고 술을 마셨다. 취하지는 않았다. 냉정한 시선으로 한 명씩 관찰했다. 사소한 습관부터 심리까지 파악했다. 그들이 자주 쓰는 용어와 주장을 놓치지 않고 새겼다. 약한 고리를 찾아야 했다. 급히 얻은 개량이 튼튼한 고리로만 이어졌을 리 없었다.

농성장의 리더는 '최인'이라는 자로서 전자공학과 학생회장이기도 했다. 그는 점거 과정에서 한쪽 무릎을 다쳐 목발 신세를 지고 있었다. 그자만 포섭하면 이 임무가 쉬이 처리될 것 같았다. 외태는 그에게 호감을 얻기 위해 이것저것 시도해 봤지만, 쉽지 않았다. 그는 술을 전혀 입에 대지 않았고 논리적인 토론을 싫어했다. 남은 것은 오로지

실천뿐이라며 논쟁의 핵심을 피했다. 한편으로는 과격해 보이지만 감상적인 면도 있었다. 가끔 자신이 지은 시를 농성장에서 읊었는데 모두 자연스레 감탄사를 연발했다. 그것은 술자리를 달콤한 취기로 적셔 주는 좋은 안줏거리이기도 했다. 외태는 그들의 모습을 눈여겨보며 때를 기다렸다.

점심시간이면 선아를 찾아갔다. 그녀는 항상 도서관에 있었다. 함께 식사하고 캠퍼스를 돌았다. 그녀는 매번 무슨 말을 하려다가 곧 입을 닫아 버렸다. 그럴 때면 밝아 보이는 얼굴이 가면을 쓴 듯 어색했다. 벤치에 앉아 먼 곳을 하염없이 바라보기도 했다. 외태는 보았다. 그녀의 눈은 복잡한 감정에 엉겨 있었다. 담담하다가 그리움에 빠지고, 희망이나 기대로 물들기도 했지만 결국 쓸쓸한 여운에 묻혔다.

하나씩 걷어 내어 주자. 외태는 생각했다. 선아의 가슴에 그림자를 친 게 무엇인지 알고 있었다. 그녀는 그가 먼저 소식을 알려 주길 바라는 눈치였다. 외태는 그러고 싶지 않았다. 유진은 넋을 잃고 빛바랜 삶에 허덕이고 있었다. 미래가 투명하지 않았다. 그에 비해 외태 자신은 명확한 이상과 단단한 목표를 가진 삶의 주체였다.

지난겨울, 그는 전국에 있는 주요 대학을 돌아다녔다. 낮에 막일하고 근처 캠퍼스에서 기거했다. 겉보기엔 평범한 대학생으로 보였다. 하지만 반년 가까이 준비해 온 일이었다. 여름이 시작되기 전, 그는 '참일꾼'이라는 동아리에 가입했다. 그곳에서 한 선배와 가까이 지냈다. 그 뒤로 동아리 방에서 땀을 흘렸다. 수업은 잊었다. 선배는 가혹하리만치 학습시켰다. 마르크스 자본론을 시작으로 한국 해방 전후사, 러시아 혁명사, 역사적 유물론, 변증법적 유물론, 빨치산의 역사까지 끝이 없었다. 외태는 묵묵히 소화했다. 매일 새로 깨어나는 기분이었다. 가을 학기를 마치자, 선배가 한 조직의 이름을 언급했다. 전위 혁명 조직이었다. 아무나 일원이 될 수 없으니 신뢰할 만한 삶을 보여야 한다고 했다.

그는 전라남도에서 그들과 선이 닿았다. '누벨 빠티(Nouvelle Partie)'라 불리는 사람들이었다. 그들은 외태를 지켜보았다며 몇 차례 만나 이야기를 나눈 뒤 받아들였다. 토론이라기보다는 사상 검증에 가까운 만남이었다. 조직은 전국에 망을 가졌으나 엘리트 소수에 불과했다. 머리만 있는 셈이었다. 팔다리가 되어 줄 구체적 힘이 필요했다. 그들은 총련을 노렸다. 총련은 그들이 구상한 그림과 비슷한 노선을 보였다. 그런데 복병이 나타났다. 그것이 여 녕이었다. 여명은 총련을 따랐으나 철학적 관점이 달랐다. 그것은 위험했다. 총련이 분열하는 일은 없어야 했다.

혁명의 심장은 거세게 뛰고 있었다. 자양분은 충분했다. 이미 겨울이 지나기 전에 두 야당이 집권당과 손을 잡았다. 괴물 같은 정당이 모든 이슈를 삼켰다. 그것에 맞서려면 단결은 생명이었다. 비슷한 옷을 입었다고 해결될 문제는 아니었다. 주먹을 맞부딪쳐야 했다. 물론 한쪽은 피를 흘릴 터였다.

열패로 얼룩진 시절은 지났다. 아버지의 잘린 손목이 토해 낸 피는 굳지 않았다. 그 피를 짜내던 자들이 목을 내밀 순간이었다. 거리낌 없이 베어 버리리라. 반쪽의 나라에서 채워진 핏빛 웅덩이에 그들을 묻어야 했다. 외태는 가족이 겪은 모든 모순을 아버지 탓이라 생각했었다. 지금은 달랐다. 그에게 혁명은 자명해 보였다. 오히려 동토에 갇혔던 자신의 삶이 훈장으로 다가왔다. 그는 태양을 바라보며 생각했다. 아무리 밝아도 하나에 불과했다. 그것이 내뿜는 빛에 가려진 수많은 별은 얼마나 신음을 흘렸던가. 태양을 삼키리라. 곧 찬란한 밤의 세계가 열린다. 셀 수 없는 별이 스스로 눈을 떠, 같은 밝기로 빛날 것이다.

아무도 예측하지 못했다. 기습이었다. 캠퍼스를 친 경찰은 죄인을 비롯해 다섯 명을 끌고 갔다. 외태가 새벽까지 술집에서 총학생회 간부들과 격론에 휩싸이는 동안 벌어졌다. 이틀 동안 뉴스가 터져 나왔다. 용공 조직을 검거했다는 보도였다. 율전 총학생회는 정문에 바리케이드를 쳤다. 화염병과 최루탄을 주고받고 캠퍼스에 깔린 보도 벽돌이 파헤쳐졌다. 교내에 프락치가 있다는 말이 돌았다. 불신의 그늘이 자랐다. 외태를 대하는 총학생회에 불편한 시선이 돌았다.

외태는 대자보를 보며 쓴웃음을 지었다. 연결 지을 만한 명단이 아니었다. 맥락도 떠올릴 수 없었다. 노선도 성향도 다른 사람들이었다. 이럴 리가 없었다. 허술했다. 경찰의 표적은….

공중전화로 달려갔다. 발신음이 여섯 번 울리자, 전화가 연결되었다가 바로 끊어졌다. 다이얼을 다시 돌렸다. 마찬가지였다. 여섯 번째 신호가 마지막이었다. 그는 수화기를 쥔 팔을 떨어뜨렸다.

누벨 빠티가 위험했다. 외태는 고립되었다. 그는 매뉴얼을 떠올렸다. 수없이 암기했던 수칙이었다. 조목을 하나씩 생각해 냈다. 하지만 순서가 잡히지 않았다.

도서관에서 선아를 불러 뒤편 잔디밭 벤치에 갔다. 가로등이 눈꺼풀을 띨듯 깜빡였다. 외태는 의연한 모습을 보이리라 마음먹었다. 하지만 첫마디가 잘 나오지 않았다.

"무슨 생각 하길래 그리 골똘해?"

선아는 목소리를 가라앉히며 물었다. 외태는 잘못을 들킨 것처럼 움찔했다. 마땅한 대답은 떠오르지 않았다. 선아의 표정이 무거워졌다.

"떠나야 해."

외태가 말을 꺼냈다. 선아는 그의 얼굴을 들여다보다가 도서관을 향해 시선을 돌렸다.

"명륜 캠퍼스로 말이야?"

"아니. 조금 먼 곳으로."

"언제 돌아오는데?"

외태는 입이 떨어지지 않았다. 언제? 그런 것은 없었다. 커피를 뽑아 오겠다고 말하며 일어섰다. 커피를 내려 양손에 종이컵을 들고 돌아가다가 멈췄다. 선아가 고개 숙인 채 꿈쩍하지 않았다. 손에 든 책에 시선을 묻은 모습이 청동 동상처럼 파르스름해 보였다. 유진에게 빌린 시집을 보는 것 같았다. 선아야. 외태는 나직이 불렀다. 그녀는 움직이지 않았다. 외태는 다가가 그녀 앞에 섰다. 시집 겉장이 넘겨져 있었다. 그녀는 손가락을 떨었다. 그 사이로 점멸하는 빛이 낱말 하나를 비추었다. 〈타란텔라〉. 짧은 기억이 외태의 머리를 스쳤다. 유진이 연주하던 특이한 곡이었다.

"어디서 났어?"

선아는 고개를 들지 않고 물었다.

"선아야."

"어디서 났냐고."

흥분이 찬 목소리가 울렸다. 암묵으로 지켜 온 금기가 깨지는 순간이었다. 여름은 한 발짝 앞에 놓여 있었다. 누군가에게는 봄의 시작이었다.

이반의 편지 4

친애하는

제인 박사께,

 세계는 나날이 발전합니다. 새로운 물결이라 부르는 혁명적 변화는 갈수록 주기가 짧아져 갑니다. 근대 산업 혁명 시대는 봉건제로 다스렸던 시기보다, 그것은 또 노예가 있던 농경제 사회보다 짧았습니다. 과학으로 국한하면 더욱 급격한 경사를 그립니다. 페니실린을 개발한 지 백 년도 지나지 않았습니다. 스코틀랜드의 생물학자가 그 푸른곰팡이의 효능을 발견하기 전, 의학은 미개한 수준이었습니다. 세균 감염에 의한 죽음은 자연스러운 일이었죠. 현재의 상식으로는 상상하기 어려운 죽음입니다. 지금은 유전자 복제도 가능해졌습니다. 철학적 해석이 남아 있지만 분명, 과학적으로 진일보한 것입니다.

 세대별로 인식과 상식이 달랐던 근대 이전을 생각해 보니다. 그 시대에는 한 생애에 대한 예측이 어느 정도 가능했습니다. 살아가는 동안 세상이 변하더라도 충분히 받아들일 만한 속도였죠. 변화라고 해 봐야 미미한 수준에 불과했습니다. 우리 세대는 어떤가요? 급변한 과학기술을 수차례 겪었습니다. 이전에는 몇 세대에 걸쳐야 가능했던 일입니다. 당장 이십 년 전을 떠올려 봅니다. 인터넷이 상용화되기 전입니다. 저는 어렸을 때, 타이프라이터를 가진 사람을 거의 보지 못했습니다. 지금처럼 전자적 신호로 글을 쓰고 메일을 보낸다는 건 더더욱 꿈도 꾸지 못했죠. 컴퓨터는 필수품이 되었고 인터넷은 새로운 문명을 열었습니다. 누구나 모바일 폰을 쓰고 각자의 수명은 늘어 갑니다. 우리 앞에 놓인 이십 년은 또 어떤 변화를 불러올지 예측조차 어렵습니다. DNA 개조로 원하는 육체를 가지고 태어나는 일도 가능할 겁니다. 나날이 발전해 가는 AI는 신인류가 될지도 모릅니다.

인류는 불치병과 노화를 극복할 것입니다. 머지않은 미래에 영생이라는 옵션은 상식이 되겠죠. 삶과 문화는 그 본질부터 달라질 겁니다. 개인적으로 저는 확신하지만, 이에 관한 담론은 논쟁이 될 수 있기에 생략하겠습니다.

우스갯소리지만 사회주의 혁명을 일으킨 러시아는 독특한 사회였습니다. 저 역시 그 세계를 살아 봤죠. 그러나 우리 자식 세대는 상상조차 하지 못합니다. 하나의 서사로 여길 뿐입니다.

 미래 세대는 한 생애에 여러 문명을 겪게 됩니다. 그중 어떤 것을 건너뛰더라도 고립되지는 않습니다. 저는 사회주의와 자본주의에서 차례로 살아 보았습니다. 하지만 현재의 삶에 불편함은 없습니다. 인간은 과거를 까맣게 잊는 존재입니다. 적응력은 무궁무진하죠. 모든 진화와 역사의 과정은 책 한 권으로 요약할 수 있습니다. 미래의 인류는 특정 기억을 선택하고 자신만의 역사를 이루어 갈 것입니다. 원할 때 멈추거나 건너뛰기가 얼마든지 가능하겠죠. 앞서 편지에서 설명했다시피 과거는 매일매일 새롭게 탄생합니다. 이러한 이유로 우리가 연구하는 '냉동 보존'과 '죽음의 미결화'라는 개념이 새로운 의미를 지닙니다. 물론 역사와 문명에 후퇴가 없다는 가정을 해야 합니다. 철학적 결단이 필요합니다. 인간에게 내일은 불확실성으로 가득 찬 미래입니다. 그래도 내일을 예측하고 수십 년을 설계해서 현재를 살아갑니다. 이제 죽음에 대한 정지 역시 그 설계 속에 관리될 것입니다.

당신의 벗,
이반 알렉세이
2010년 9월 14일

제인의 다이어리

2011년 6월 8일

밤이 갈라져 어둠을 쏟아 내고 있단다. 어둠은 상대적이야. 아무리 엷은 어둠이라 할지라도 섬찟하고 두려울 수 있지만, 첩첩이 쌓인 암흑 속에서 오히려 안락을 느끼기도 하지. 낯섦과 익숙함의 차이가 낳는 결과야. 네 어둠은 어떤 종류일까.

네가 알아야 할 게 있어. 엄마는 평생 의학을 연구했단다. 의학은 무얼 추구하는 것일까. 연구를 거듭할수록 한계가 드러났지. 의학은 죽음에 대항한 싸움이란다. 그것은 실패한 역사였어. 패배가 뻔히 보이는 항거였거든. 우리는 그 과정을 묵묵히 받아들일 뿐, 항상 죽음이라는 큰 벽 앞에서 절망으로 떨었지. 나는 그런 모습이 나약하다고 생각했단다. 엄마는 의학계에서 이단으로 바라보는 길을 택했어. 통증으로 고생하는 환자에게 실험 약물을 투약한 거야. 후회는 없었어. 그런 환자가 겪는 가장 큰 두려움은 죽음이 아니있거든. 그들이 밝은 미소를 지을 수 있다면, 내 영혼이라도 내줄 수 있었지. 그들은 단 하루라도 평온함 속에 숨 쉬길 바란 거야.

오늘 하는 이야기를 슬프게 듣지 말아라. 엄마에게 죽음으로 이끄는 병이 찾아왔단다. 내 난소를 암세포가 삼켜 버리고 말았어. 얼마나 남았을지 모르겠구나. 내가 보았던 수많은 죽음에 섞일 뿐이기에 덤덤하단다. 하지만 너를 생각하면 마음이 쓰리구나.

엄마는 모든 방법을 써 보았단다. 부질없다는 생각도 했지. 네가 긴 잠에서 깨어나더라도 네 삶이 어떻게 빛날지 그릴 수 없었어. 한 가지 희망은 있었지. 세월이 흐를수록 과학과 기술은 가파르게 발전한 거야. 모든 연구를 멈추고 네가 깨어날 길을 찾으려 파고들었지. 하지만 엄마는 점점 작아졌단다. 대체 내가 아는 건 무엇이고 무얼 연구한 걸까.

엄마는 '보류'라는 말을 떠올렸단다. 현재의 지식으론 판단할 수 없는 영역도 있겠지. 그렇다면 겸손해져야 해. 네 상태는 난해한 경우야. 불치병도, 그렇다고 평범한 병도 아니니까.

이야기가 길어졌구나. 엄마에게 시간이 부족해. 다른 생각도 해 보았지만, 그것 역시 어려운 일이란다. 네 의사를 물을 수 없으니까 말이야. 엄마가 네 숨을 멈추더라도 오해하지 말아라. 잠시 심장을 멈춰 세울 뿐이야. 차갑겠지만 용서해다오. 캡슐 속에서는 꿈도 없는 잠을 자겠지. 하지만 네 영혼은 끊임없이 자라며 공간을 넓혀 갈 거야. 그리고 네 육신은 길게 뻗은 미래에 아름다운 청년으로 눈을 떠 영원히 반짝일 거야.

IV. 납나비

———— 너는 달라. 아직 변태하지 못한 애벌레에 불과해. 꿈만 꾸고 있는 거야. 너에게도 봄이 찾아오겠지. 그래. 그런 날이 오면 하루살이가 아닌 나비로 태어나라. 눈부신 날개로 봄을 가득 안아라.

1.

 네 흙은 거칠어. 그런데 손이 너무 고와. 꼬박을 다루기엔 말이야.

 유진은 생각에 잠겼다. 기우가 하던 말이 뇌리에서 떠나지 않았다. 지난여름은 열기로 불탔다. 세 명이 꼬박에 모여 땀에 젖었다. 그 땀방울에 시어를 담금질했다. 더위를 느낄 틈도 없었다. 기우의 시는 볼수록 놀라웠다. 언어로 썼다는 생각이 들지 않았다. 음악처럼 다가와 심상을 그렸다. 시를 읽는 동안, 문자라는 매개는 인식할 수 없었다. 그의 시는 숨 쉬는 개체였다. 동시에 완벽한 관념이었다.

시를 짓는 일은 즐거웠다. 고통이 달콤한 맛으로 다가왔다. 유진은 캐비닛에 꽂혀 있는 책도 틈틈이 보았다. 다양했다. 마르크스, 엥겔스 같은 저자의 글은 흥미로웠다. 캠퍼스와 거리를 달구는 학생들이 무엇을 원하는지 알 수 있었다. 가장 인상적인 책은 미셸 푸코가 쓴《광기의 역사》였다. 광인을 격리한 사회를 언급하며 여러 담론을 펼쳤는데, 유진 자신의 어긋나고 외톨이 같은 삶에 맞닿아 깊숙한 동감을 일으켰다.

여름은 끝자락을 보이며 물러갔다. 단 하루를 보낸 기분이었다. 하지만 수십 일을 하루에 녹인 듯 영원과 같은 시간이었다. 여름을 태우던 태양은 가물거리는 그림자만 늘어뜨렸다.

단 하룻밤 사이였다. 다시 떠오른 태양은 차가운 빛을 뿌렸다. 기우는 쪽지를 남기고 사라졌다. 꼬박은 해체되다시피 했다. 동아리 방을 지키는 사람은 유진뿐이었다.

유진은 전날, 밤늦게 동아리 방을 찾았다. 기우가 머리를 쥐어뜯으며 시를 쓰고 있었다. 그는 표정을 일그러뜨리며 종이를 뭉쳐 던졌다. 유진은 살그머니 나가려 했다. 이리 와. 기우가 말했다. 유진은 발걸음을 돌려 다가가 앉았다.

"넌 왜 시를 쓰려 하지?"

유진은 잠시 생각하다 대답했다.

"그냥 떠오르는 것을 표현할 뿐입니다."

"무언가 주장하려 함은 아니고?"

기우의 물음에 유진은 멈칫했다. 주장 없는 표현이 가능할까. 유진은 대답했다.

"주장을 의식하고 글을 쓰진 않습니다."

기우는 너털웃음을 터뜨렸다. 손가락을 머리카락 속에 집어넣어 한 움큼 잡아당기고는 말했다.

"개념 없는 직관은 맹목이고, 직관 없는 개념은 공허하다."

유진은 기우의 말이 어려웠다. 들어 본 말이었으나 뜻은 생각나지 않았다. 기우는 말을 이었다.

"시가 없는 현실, 그리고 현실을 잊은 시. 둘 중 어느 쪽이 불행할까?"

유진은 고개를 숙였다. 천재 시인은 뜻밖의 고민을 하고 있었다.

"내 손에 총 한 자루가 들어왔어. 탄환에 담긴 명분은 분명하지. 너라면 방아쇠를 당길 텐가?"

"주저할 이유가 있나요?"

유진의 말에 기우의 표정이 굳었다. 하지만 곧 누그러졌다.

"약속하겠어? 시 쓰는 일을 어떠한 경우라도 멈추지 않겠다고 말이야. 나는 이만 접으려 해. 맞지 않는 옷이었어."

유진은 기우의 눈을 보며 시선을 거두지 않았다. 기분이 이상했다. 기우를 다시 보기 어려울 것 같은 직감이 들었다.

"저도 함께할게요. 불꽃 같은 삶을 살고 싶습니다."

"불꽃 같다니, 그게 무슨 말이지?"

"캐비닛에 있는 책을 모두 읽었습니다."

기우는 입을 벌리고 한동안 닫지 못했다. 그는 담배에 불을 붙였다. 순식간에 한 개비가 타들어 갔다.

"안 돼. 넌 시를 써. 아프더라도 눈 감지 마. 집요하게 바라보는 거야. 핵에 숨은 핵을 건져 내라. 넌 할 수 있어. 나와 결이 달라. 시인은 시를 써야 해."

"꼬박은 어떻게 하죠?"

"네가 있잖아. 덕분에 난 자유로워졌어."

"저는 좋은 시를 쓰지 못합니다."

기우는 창문 앞으로 다가가 밖을 바라봤다. 유진을 등진 채 말했다.

"두 눈으로 소리를 들어. 코로 맛보고 귀로 냄새 맡는 거지. 그걸 마음의 손으로 네 심장에 담아야 해. 하나하나 촉감을 새기면서 말이야. 상념에 가둔 건 잊어버려. 그런 다음 기다리는 거야. 몇 시간이든, 며칠이든, 몇 달이 걸리든.

암흑이 다가올 거야. 절망으로 숨이 막히겠지. 하지만 반드시 온다. 무언가 반짝이는 순간이 말이야. 문장이 스스로 꿈틀거리기 시작하지. 심장은 밀도 높은 감정을 쏟아낼 거야. 그것을 긁어내야 해. 그러면 맑은 결정이 걸러지지. 그걸 언어에 담는 게 시야."

그것은 그해, 유진이 들은 기우의 마지막 말이었다.

빛나는 그릇이 필요한 시대가 아니다.
붉은 가슴으로 흙을 이기자.
밥 한술이라도 담을 그릇을 빚자.

유진은 쪽지에 적힌 글을 다시 읽었다. 손을 창가로 가져갔다. 쪽지 위로 뿌려진 햇살은 먼지 낀 창문처럼 지저분해 보였다. 또다시 잿햇살인가. 그대로 주먹을 쥐었다. 창문 밖 단풍나무에서 붉은 기운을 띤 이파리가 흔들렸다. 조각난 빛이 그 사이로 힘없이 파고들었다. 밋밋했다. 반짝이지 않았다. 눈에 잿더미라도 들어간 기분이었다.

추석 연휴에도 캠퍼스에 남았다. 적요에 휩싸인 공간을 거닐었다. 낙엽이 하나씩 발밑에서 부스러졌다. 그럴 때마다 마음에 금이 갔다. 까치 울음이 파고들어 그 틈을 휘저었다. 구석구석 돌아다니다 지치면 텅 빈 잔디 광장에 드러누웠다. 가방에는 항상 술병이 들어 있었다.

취기가 오르면 태양을 바라보았다. 태양은 하늘을 빙글빙글 돌렸다. 도도히 걷는 태양이여. 내 눈을 짓밟아라. 나를 범해도 좋으리. 멈추어 너를 증명하라. 서쪽 하늘은 저 멀리 있지 않은가.

명절이 지나고 캠퍼스에 사람들이 몰려들었다. 유진은 동아리 방에서 창밖을 내다보며 시간을 흘려보냈다. 학생회관에서 사람들이 쏟아져 나왔다. 붉고 파란 의상에 노란 띠를 걸친 모습이었다. 각자 북, 장구, 소고를 들고 잔디 광장을 돌았다. 둥글게 진을 친 그들은 꽹과리 음에 맞춰 군무와 같은 동작을 펼쳤다. 묵직하게 울리는 징 소리가 모든 음을 꿰었다. 희롱하듯 다가오는 꽹과리를 일정한 장단에 맞춘 쇠가죽 소리가 얼랬다. 그 소리에 빠져 있던 유진은 떠올렸다. 완벽한 구상, 완벽한 표현, 완벽한 파괴, 완벽한 침묵이란 어쩌면….

2.

 선아는 입술을 깨물었다. 가슴에 손을 대고 더듬었다. 박동하는 리듬이 좋지 않았다. 여름 내내 그랬다.
 무언가 어긋났다. 한번 틀어진 감정은 제자리로 돌아오지 않았다. 유진이 같은 대학에 다닌다는 이야기를 들은 뒤부터였다. 차라리 당장 달려가 만났더라면…. 용기가 나지 않았다. 그가 어떤 모습으로 그녀를 바라볼지 알 수 없었다. 그것을 확인하고 싶지 않았다. 외태는 유진이 약을 먹고 있으며 수업에 관심을 두지도 않는다고 했다. 지금 그녀가 모습을 보이면 혼란 속에 무너질 거라며 걱정했다. 삼 년 전, 교회에서 우연히 마주친 유진의 모습이 떠올랐다. 낯선 표정이었다. 그의 눈빛은 반가움과 거리가 멀었다. 왜 바로 돌아섰을까. 그에게 그녀는 떠올리고 싶지 않은 기억이었을까.
 수원에서 세 번의 여름을 보냈다. 이번 여름은 길었지만, 무덥지는 않았다. 그녀는 방에만 머물렀다. 대지에 내리쬐는 햇볕을 몸에 묻히기 싫었다. 그녀의 마음을 읽은 안 집사는 자주 한숨 쉬며 애가 닳았다.
 할머니가 세상을 떴을 때, 안 집사가 선아의 손을 잡아

주었다. 선아는 생각할 겨를이 없었다. 안 집사가 이끄는 대로 따를 뿐이었다. 안 집사는 젊은 목사와 결혼해서 수원에 작은 교회를 열었다. 그 목사의 고향이었다. 선아는 그들 부부와 살며 고등학교를 졸업했다. 가까운 곳에 있는 대학에 합격하자 안 집사는 기뻐했다. 선아는 아쉬웠다. 아버지의 뜻대로 의과 대학에 가고 싶었다. 하지만 그것을 고집할 처지는 아니었다.

누구에게도 하지 못한 마음속 이야기가 있었다. 유진에 관한 오해였다. 그 일이 벌어진 뒤, 교회에는 온갖 소문이 돌았다. 유진은 사탄의 유혹에 빠진 자로 낙인찍혔다. 교인들 마음에 배신으로 찢긴 상처가 들어섰다. 설마, 그 아이가? 그렇게 보지 않았는데. 소문은 꼬리를 이으며 그릇된 상상을 낳았다. 그의 눈빛이 원래 음흉했다거나 정신이 이상했다는 말이 퍼졌다. 그의 모든 행적은 어두운 유리 너머의 금기처럼 기억되었다. 선아는 그들에게 자신의 솔직한 마음을 말하지 못했다.

잊자. 잠시 흔들렸을 뿐이야.

창가에서 흘러나온 햇살이 늘어져 책상 위를 덮었다. 탁상시계에서 찰각거리는 소리가 그 속에 하나씩 박혔다. 그녀는 일어섰다. 캠퍼스에 발을 디딜 때가 되었다. 옷장을 열었다. 옷을 골라 본 적은 없었다. 되는대로 입을 뿐이었다. 목선에 레이스가 달린 원피스가 눈에 띄었다. 그녀는 손을 내밀었다. 순간, 무언가가 눈을 스쳤다. 그녀는 무시하고 시선을 되돌리지 않았다. 옷장 문을 닫고 옷을 벗었다. 거울 앞에 서서 가슴에 진 수술 흉터를 살펴보았다.

그녀는 눈을 감았다. 이렇게 흉한 모습을 누가 어루만질 수 있을까. 두 번째 수술을 받던 기억은 가물가물했다. 그녀는 한동안 그대로 서 있었다. 손으로 레이스를 만지작거렸다. 거울 속에 깃든 잔상 하나가 떠나지 않았다. 기분이 그랬을 뿐이다. 눈에 보이는 건 없었다. 하지만 신경 쓰였다. 그녀의 머리에 이미지 하나가 떠오르며 가슴이 뛰기 시작했다. 흉터가 꿈틀거리는 것 같았다. 그녀는 뒤돌아 다시 옷장에 다가갔다. 입술이 떨렸다. 옷장 손잡이를 잡고 서서히 열었다. 그녀는 보았다. 구석에 놓인 트렁크였다. 이불 사이로 드러난 작은 부분이 반들거리고 있었다.

손을 떨며 부엌으로 갔다. 찬장에서 와인병을 꺼냈다. 꽂혀 있는 코르크 마개를 뽑으려 했다. 손이 자꾸 미끄러졌다. 힘을 주자 마개가 부러졌다. 그녀는 병을 놓고 방으로 돌아왔다. 크게 숨을 쉰 다음 회색 트렁크를 꺼냈다. 침대 위에 놓으니 묵직한 바위처럼 보였다. 치워야 해. 어딘가로. 마음이 외쳤다. 하지만 어느새 손이 트렁크 위로 올라갔다. '0, 4, 0, 7'. 비밀번호가 또렷이 떠올랐다. 그녀는 번호를 하나씩 맞추었다. 트렁크가 활짝 열렸다. 오래 버텼다는 듯 속을 훤히 드러냈다.

사 년간 지켜 왔던 침묵이 깨졌다. 신문지로 덮어 놓았지만, 그 아래에 무엇이 있는지 잘 알고 있었다. 그녀는 체념하며 신문지를 걷어 냈다. 붉은 라벨이 붙은 카세트테이프가 나왔다. 여기서 멈춰야 할까? 아무 일 없었다는 듯 닫아 버리고 옷장에 넣어야 할까? 생각과 달리 손이 움직였다. 카세트테이프를 쥐고 책상 위에 올려놓았다. 눈물 같은 햇살이 그것을 적셨다. 오랫동안 묵혔던 감정이 솟았다. 오후의 흐름은 무거웠다. 그녀는 라벨에 적힌 글을 멀뚱히 보았다. 곡을 들으면 심장이 어떻게 반응할지 알 수 없었다. 그녀는 카세트플레이어 입구를 열었다. 잠시 망설이다가 검지로 플레이 버튼을 눌렀다.

잡음이 섞인 음향이 흘러나왔다. 짧았던 겨울의 추억이 밀려왔다. 유진의 눈매가 떠올랐다. 그 눈빛 속에서는 따뜻했다. 그리고 마음이 가벼웠다. 동백은 철쭉처럼 화사했다. 그 순간만큼은 봄이었다.

곧 음악이 시작되겠지. 〈목소리를 위한 아리아〉, 〈나무와 아이〉 그리고 〈서쪽에서의 춤〉이 차례로 이어지겠지.

마음은 음악을 담기 위해 비워졌다. 〈목소리를 위한 아리아〉가 재생되는 동안 손가락을 여러 번 정지 버튼에 갖다 댔다. 거기까지였다. 힘이 들어가지 않았다. 〈나무와 아이〉로 곡이 바뀌었다. 손에 일던 떨림이 멈췄다. 가슴을 채웠던 무거움이 허공을 향해 쏟아져 나왔다. 느슨해진 동공은 유리창에 흘러든 빛을 무력하게 흡수했다. 그것은 그녀의 모든 경계를 허물었다. 그녀는 눈을 감았다. 세 번째 곡 〈서쪽에서의 춤〉은 귀에 들어오지 않았다. 가슴 한복판에 〈나무와 아이〉의 선율이 가득 차 끝없이 반복되었다.

3.

가을 학기도 끝나 가고 있었다. 유진은 시를 한 편도 쓰지 못했다. 커다란 외침인 동시에 침묵을 나타내는 표현이 떠오르지 않았다. 수많은 시구가 힘을 잃고 사라졌다. 손가락 끝에서 짜낸 글은 곧 시들었다. 상했다. 빛나지 않았다. 그것은 죽은 문장이었다.

기우는 일주일 전에 캠퍼스로 돌아왔다. 꼬박에는 모습

을 비추지 않았다. 유진은 캠퍼스 한가운데에 뻗은 대로에서 그를 보았다. 정장 차림이었다. 머리를 짧게 깎았고 얼굴이 훤했다. 흰색 유니폼을 맞춰 입은 무리가 그의 뒤에 서 있었다. 표정들이 밝았다. 장난스럽기도 하고 자유로워 보였다. 그들은 '육백 년의 저항'이라는 캐치프레이즈를 외쳤다. 이십여 미터 걸어가자 다른 일군이 노래하고 있었다. 검은 셔츠에 형광처럼 번뜩이는 팔띠를 두르고 절도 있는 율동으로 대로를 휘저었다. 모두 눈빛에 날이 서 있었다. 노랫말도 과격했다. 검은색 두루마기를 입은 남자가 그 앞에서 팔을 힘껏 내질렀다. 양측은 결승선에 목을 내밀듯 외쳤다. 그 소리가 캠퍼스를 울리며 모든 걸 삼켰다.

유진은 대자보에서 기우의 사진을 보았다. 총학생회장 후보였다. 그는 캠퍼스 여기저기에 모습을 비췄다. 말끔한 코트를 입고 늘 두어 명을 거느리고 다녔다. 눈빛이 무언가로 불타고 있었다. 빛나던 천재 시인은 낫을 들었다.

꼬박은 여전히 냉랭한 공간이었다. 그곳에 펼쳐진 햇살마저 차가웠다. 어느 날, 누군가 문을 벌컥 열고 들어왔다.

"여기 있었군."

민호가 숨을 몰아쉬며 다가왔다. 손에 편지 한 다발을 들고 있었다. 그는 탁자 위에 그것을 펼쳐 놓았다.

"다 네 거야. 학보함은 확인하고 살아라."

학생회관 1층에 학보함이 있었다. 다른 대학 친구와 서로 학보나 편지를 교환하는 사서함 같은 것이었다. 우편은 무료였다. 유진은 의아했다. 자신에게 편지를 보낼 만한 사람은 없었다.

"고뇌에 찬 시인도 가슴에 여백을 가지는 법이지."

민호는 편지 한 통을 손에 들며 놀리듯 말했다. 그러고는 유진의 눈앞으로 가져가 흔들었다. 유진은 편지를 낚아챘다. 봉투를 보며 눈을 크게 떴다. 발신자 이름이 선아였다. 그는 자리에서 일어나 탁자 위 편지봉투를 하나씩 살폈다. 전부 선아가 보낸 편지였다. 여덟 통이었다. 그는 그것을 모아 쥐고 문을 열었다.

창덕궁으로 이어지는 작은 길을 지나 야산 깊숙이 들어갔다. 커다란 상수리나무 밑에 앉아 편지봉투를 열었다. 주위는 어둑했다. 그는 나무 사이로 비친 태양을 바라보며 눈동자를 달궜다. 지는 해였지만, 이제 막 떠오르는 듯한 모습으로 보였다. 새들의 지저귐, 바람에 서로 부딪히는 나뭇잎 소리, 그리고 그의 숨소리가 뒤섞였다. 어디에 있는 것인지 혼란스러웠다. 한 발은 분명 현재에 딛고 있었다. 나머지 한쪽은 먼 과거에 묻힌 것일까. 그 틈은 백지장처럼 무의미해 보였다. 압축해서 억눌렀던 기억이 스르르 떠올랐다. 이상했다. 고등학생 시절이 어제 일인 듯 선명했는데, 캠퍼스에서 지낸 생활은 아득한 기억처럼 가물거렸다. 편지지에 선아의 시선이 배어들었다. 앞을 향해 길을 걷다가 돌고 돌아 시작점으로 돌아온 셈이었다.

글자는 그녀의 음성으로 다가왔다. 그의 곁에서 그녀가 속삭이는 듯했다. 읽고 있는 것인지 듣고 있는 것인지 알 수 없었다. 편지를 보는 내내 기억이 무수히 확장되었다가 오그라들었다. 의식은 나무 사이를 오가며 한 꺼풀씩 흩어졌다. 나무는 각자 눈을 떴다. 편지지를 향한 시선으로 숲을 채웠다. 그 안에서 바람 한 점, 소리 하나 새어 나가지 못했다.

그는 글씨를 윤곽으로 읽어 내며 시선을 떼지 않았다. 어두워 침침했으나 글이 스스로 눈에 빨려 들어 박혔다. 마지막으로 보낸 편지는 여러 번 읽었다. 모두 읽은 뒤 하늘을 바라보았다. 숲이 밤에 잠길 때까지 그대로 앉아 있었다. 밤하늘에 낱말과 구절이 떠다녔다. 그는 캠퍼스에 돌아와 빈 강의실로 갔다. 연필을 들었다. 가슴에 담아 두었던 생각과 기억이 쉼 없이 흘러나왔다. 시적이거나 아름답게 쓸 생각은 없었다. 꾸미지 않은 날것 그대로 감정을 옮겼다. 편지지가 쌓이며 두툼해졌다.

4.

 선아는 잠을 이루기 어려웠다. 지난 두 달 동안 매주 편지를 썼다. 답장은 없었다. 편지를 보낼 때마다 주저했다. 그것이 유진에게 혼란을 주지 않을까. 그에게 그녀에 대한 기억과 감정은 어떤 의미로 남아 있을까. 어쨌든 그 사건이 오해였음을 알려야 했다. 유진에게 솔직한 마음을 전하고 싶었다. 용기를 내어 글에 담았다. 기대게 해 주어 따뜻하고 고마웠다고.

 유진이 그녀를 살린 것일 수도 있었다. 한 의사의 수술로 그녀의 심장은 다시 뛰었다. 의문이 모두 풀리지는 않았다. 후원자는 신원을 밝히지 않았다. 왜 자신에게 그런 일을 베풀었는지 알 수 없었다. 안 집사는 하나님의 은혜라는 말만 되풀이했다.

 그녀는 서랍을 열었다. 약통을 꺼내 티스푼으로 가루를 떴다. 바리움(Valium)이었다. 약국에서 아르바이트하는 같은 학과 선배에게 얻었다. 그것에 의존하지 않고는 잠을 잘 수 없었다.

 큰 대회를 앞두고 마음이 무거웠다. 묵은 슬픔이 고개를 들었다. 가슴은 더 두근거렸다. 오래전, 크리스마스 공연을 준비하던 때와 같았다. 왠지 이번이 마지막 무대라는 생각이 들었다. 그녀는 가방 속에 짐을 챙겼다. 모레부터 열리는 합숙 훈련만 생각하기로 했다. 전국 합창 경연 대회가 코앞이었다. 본선에 오른 합창단에 가시가 될 수는 없었다.

  태호에게서 전화가 왔다. 그는 한 달 전부터 매일 전화했다. 대검찰청으로 불려 가 사흘간 조사받은 뒤로 그는 명석한 눈빛을 잃었다. 노래패 활동을 접었고 그가 부르던 과격한 노래는 입에 담지 않았다. 시위하는 사람들을 비난하기도 했다. 그는 선아에게 여전히 따뜻했고 큰 힘이 되어 주었다. 그와 함께 있으면 마음이 편했다. 그가 선아에게 고백했을 때 그녀는 솔직한 마음을 알렸다. 누군가에 대한 기억이 심장과 함께 뛰고 있다고 털어놓았다. 태호는 그곳에 자신이 들어서겠다며 문만 열어 놓아 달라고 했다. 유진의 답장을 기다리는 동안 선아는 지쳐 갔다. 포근한 요람이 있다면 그대로 몸을 묻고 싶었다.

5.

 태호는 얼굴을 찡그렸다. 제약학과 학보함에서 시선을 떼지 못했다. 두툼한 봉투가 눈에 들어왔다. 주위를 둘러보았다. 아무도 없었다. 봉투를 들어 수신인을 확인했다. 선아에게 온 편지였다. 가로로 접는 봉투였고 삼각 모양 윗면 끝 뾰족한 부분에 작은 유리 테이프가 붙어 있었다.

 그는 손가락으로 편지봉투를 툭툭 쳤다. 주위를 다시 한번 살폈다. 봉투를 노려보던 그는 테이프를 손톱으로 긁어 떼었다. 편지지 뭉치가 봉투를 꽉 채웠기에 잘 빠지지 않았다. 봉투가 상하지 않도록 조심스럽게 빼낸 뒤 재빨리 눈을 굴리며 글을 훑었다. 놀라운 글이었다. 가슴에 묵직한 기운이 고였다. 서사시 형식으로 쓴 글이었는데 생생하고 애절했다. 읽는 내내 두려움이 밀려왔다. 마지막 편지지를 넘기며 눈을 감았다. 초라함으로 작아져 바닥에 내려앉는 기분이었다.

6.

 동아리 방에서 나온 선아는 1층으로 내려갔다. 학생회관 밖으로 발을 내딛다가 물렀다. 자신도 모르게 학보함실로 향했다. 이상한 예감이 스쳤다. 잘못된 길에 들어선 기분이었다. 그녀는 학보함 안을 들여다보다가 손을 넣었다. 편지봉투를 손에 쥐고 손가락에 힘을 주었다.

 집으로 돌아가 책상 위에 편지를 올려놓았다. 접힌 부분에 종이칼을 밀어 넣고 갈랐다. 가슴에 손을 대고 숨을 내쉰 뒤 봉투를 벌렸다. 그녀는 입술을 일그러뜨렸다. 봉투 속은 비어 있었다.

 창문을 열고 창턱에 손을 올렸다. 어둠에 젖은 바람이 그녀의 뺨을 쓸었다. 쌀쌀했다. 그녀는 주저앉았다. 두 손에 얼굴을 묻었다. 작게 일던 감정이 커다란 파도로 다가와 그녀를 감아쥐었다. 그녀는 울었다. 밤새 이어질 듯 긴 울음이었다.

7.

 연필을 깎다가 손가락을 베었어. 피가 흐르는 검지를 물컵 위에 올렸지. 떨어진 피가 잉크처럼 번지더라. 아름다웠어. 선홍색 가닥들은 곧 엷어지며 가물거리기 시작했지. 물은 다시 색을 잃고 투명해졌어. 아무도 알지 못할 거야. 그곳에 녹아 있는 피 한 방울을 말이야. 그건 내 가슴 깊숙한 곳에서 끌어올린 추억의 결정이야.
 답장 고마웠어. 빈 편지봉투가 무엇을 의미하는지 알겠어. 물에 번진 핏방울을 다시 건져 낼 순 없겠지. 네 뜻을 존중할게.

 유진은 이해할 수 없었다. 거듭 읽어 봐도 소용없었다. 빈 봉투라니 무슨 뜻일까. 자신이 쓴 장문이 속 빈 내용이라는 걸까. 그는 답장에 적었던 글을 떠올려 되짚어 보았다. 오해할 만한 표현은 없었는지, 난해한 문장이나 공감하기 어려운 생각을 담았는지…. 더듬어 볼수록 머릿속은 엉망이 되었다. 선아를 만나야 했다.
 수원행 열차를 타고 가는 동안 긴 터널을 지나는 기분이었다. 역에서 내리자 휑한 대로가 나왔다. 미지의 세계를 걷는 듯했다. 교문을 지나 캠퍼스를 거닐며 그는 조금 놀랐다. 사방이 탁 트인 평지가 시야를 채웠다. 곳곳에 서 있는 나무는 수채 물감으로 그린 듯 서정이 넘쳤다. 은행나무가 인도를 따라 끝없이 줄지어 있었다. 노란 낙엽이 덮은 거리는 거대한 정원 같았다. 그는 학생회관 뒤편 동산에서 후박나무 아래에 앉아 고개를 젖혔다. 갈색을 띠고 곧 떨어져 내릴 것 같은 잎사귀들이 가지 사이에서 흔들렸다.

마지막 강의 시간이 끝나 갈 즈음이었다. 그는 자리에서 일어나 약학대학 건물로 걸어갔다. 제약학과 학생회실은 쉽게 찾았다. 안에서 기타 소리가 흘러나왔다. 그는 노크하고 들어갔다. 금테 안경을 쓰고 얼굴이 동글동글한 남학생이 그를 쳐다봤다.

"아, 선아요? 아마 도서관이나 동아리 방에 있을 거예요."

유진은 도서관으로 향했다. 1층부터 3층까지 열람실을 살폈다. 두 번씩 돌아보았으나 선아와 닮아 보이는 사람은 없었다. 학생회관으로 건너가 3층 복도를 걸으며 문에 붙은 동아리 명패를 차례로 확인했다. 합창단은 가장 끝 쪽 방을 쓰고 있었다. 그는 문을 두드리고 손잡이를 돌렸다. 잠겨 있었다. 옆 방에서 누군가 나왔다. 눈이 크고 키가 작은 여학생이었다. 유진이 다시 문을 두드리자, 그녀가 말했다.

"기긴, 합숙 훈련 갔어요. 내일이나 돌아올 건데."

유진은 동산으로 돌아갔다. 잔디밭에 누워 하늘을 멍하니 바라보았다. 흩날리는 낙엽이 하나씩 몸에 쌓였다. 어둠이 밀려와 그를 삼켰다.

해가 뜨고 새가 울었다. 지는 해가 뿌린 듯 힘없는 빛이 그의 눈을 찔렀다. 그는 일어나 캠퍼스를 돌았다. 낯설었다. 아무도 모르는 공간에 박힌 것 같았다. 이곳이 어디인지 떠올릴 수 없었다. 꿈속처럼 아련했다. 잿햇살이 다리에 엉겼다. 시간은 손에 잡힐 듯 묵직하게 흘렀다. 정오 무렵, 학생회관 앞으로 학생들이 모였다. 연단에 선 사람이 목청을 높여 연설했다. 유진은 그 광경을 바라보다가 시선을 멈췄다. 보랏빛 뜨개옷을 입은 여학생이 눈에 띄었다. 목덜미가 유난히 희었다. 갑자기 그의 의식이 먼 과거를 향했다. 모든 것이 그림자로 변하고 그 목만 하얗게 빛났다.

학생들은 구호를 외치며 교문 쪽으로 이동했다. 유진은 여학생을 좇아 걸었다. 교문이 열렸다. 캠퍼스는 학생들을 거리에 토했다. 돌멩이가 날아들고 화염병이 춤추었다. 유진은 시야가 좁아졌다. 초점은 흔들렸다. 여학생의 목이 뿌연 공간 속에 너울거렸다. 그는 그 모습을 놓치지 않았다. 그것은 하얗게 드러났다가 점점 희미해지며 사라지려 했다. 여학생이 향하는 곳에는 검은 형체의 사람들이 방패를 든 채 일렬로 서 있었다. 그들을 홀깃 바라보다가 유진은 여학생을 놓쳤다. 이제 자신이 어디로 걷고 있는지 몰랐다. 한순간 다시 하얀 목이 눈에 들어왔다. 그는 손을 뻗으며 무언가 외치려 했다.

그때였다. 삐액, 하고 호루라기 소리가 나더니 천둥 치듯 우르릉거리는 소음이 이어졌다. 학생들이 뒤돌아 뛰어오기 시작했다. 여기저기 작은 원통이 빙그르르 돌며 가스를 뿜어냈다. 흰 연기가 거리를 뒤덮었다. 여학생은 시야에서 사라졌다. 유진은 그대로 서 있었다. 방향을 잃었다. 어디로 움직여야 할지 몰랐다. 연기를 뚫으며 검은 헬멧을 쓴 사람들이 다가왔다. 각목을 든 학생들이 그들을 향해 달려들었다. 검은 헬멧은 시커먼 곤봉으로 학생들을 내리쳤다. 비명과 구호, 함성, 둔탁한 소리가 뒤섞였다. 유진은 아수라장이 된 거리에서 코밑을 손으로 문지르며 기침을 했다. 흰 가스가 눈을 사포로 문지르는 듯 따가웠고 흘러나온 눈물로 앞을 가늠하기도 어려웠다. 귀도 먹먹했다. 학생들은 방패나 헬멧, 방독면을 빼앗으며 사력을 다해 싸웠다. 그대로 사거리까지 밀어붙이는 동안 커다란 불꽃이 일었고 불길 사이로 파출소가 보였다. 다시 호루라기 소리가 울렸을 때였다. 갑자기 방패 사이로 총대처럼 생긴 물건이 튀어나왔다. 펑, 하는 소리가 났다. 무언가 유진의 왼쪽 눈을 번쩍이게 했다. 그의 몸이 뒤로 젖혀졌다. 순간, 공중에 뜨는 것 같더니 곧 바닥에 나동그라졌다.

"씨팔, 직격탄이야."

누군가 마스크를 벗어 던지며 외쳤다. 흥분한 목소리를 들은 학생들이 유진의 주위로 몰려들었다. 유진은 눈을 가늘게 뜨고 있었다. 왼쪽 눈에서 피가 흘러나왔다. 하늘에 쌓인 구름이 점점 붉게 물들었다. 그의 머리에 붕대가 감기는 동안 의식은 가물거렸다.

8.

선아는 믿을 수 없었다. 대자보에 적힌 이름을 여러 번 확인했다. 눈을 비비고 다시 봐도 마찬가지였다. 영어영문학과 89학번 홍유진. 가슴이 내려앉았다. 심장은 묵직하게 뛰었다. 망치로 찧는 듯했다. 그가 왜 이곳에, 그것도 시위 현장에 있었을까.

택시를 잡았다. 병원 이름을 대고 주먹을 쥐었다. 가로수 그늘이 차례로 다가와 앞 유리창에 달라붙었다가 미끄러져 나갔다. 세상이 깜빡거렸다.

병실은 차분한 빛에 잠겨 있었다. 그녀는 침실로 다가갔다. 잠든 유진을 보았다. 얼굴을 감은 붕대에 가려 한쪽 눈만 드러내고 있었다. 한층 여윈 모습이었다. 그가 견뎌야 했던 아픔은 어떤 것이었을까. 그의 눈을 보고 싶었다. 마지막으로 보았던 그의 눈빛이 더 맑은 모습으로 이어져 있기를 바랐다.

병실에 차가운 기운이 쌓였다. 그녀의 손도 차가웠다. 묵묵히 앉아 유진의 얼굴을 살폈다. 눈앞에 있는데도 그리움이 가시지 않았다. 그녀는 몸을 스르르 굽혔다. 유진의 가슴에 손을 대었다. 그의 심장에서 뛰는 맥박이 손바닥에 울렸다. 그녀는 눈을 감았다.

창밖은 어둑해지고 있었다. 유진은 여전히 깨어나지 않았다. 선아는 자리를 뜨지 못했다. 밤이 새도록 곁을 지키고 싶었다. 차도를 지나는 자동차가 하나둘 헤드라이트를 켤 때였다. 병실에 누군가 들어왔다. 풍채가 다부지고 근엄한 표정을 지닌 남자였다. 그는 한동안 선아를 바라봤다. 눈매가 매서웠다.

"너였군."

남자가 말했다. 신아는 아무 말도 하지 못했다.

"언젠가 너를 다시 보리라 생각했지. 아이러니하게도 이런 상황에서일 줄이야."

그는 선아에게 다가왔다.

"물론, 그러지 않기를 바랐다. 네 할머니와 약조한 사항이기도 했고. 왜냐고는 묻지 말아라. 자식에게 닥칠 비운을 보고만 있을 부모는 없단다."

선아는 긴장한 눈으로 그를 바라봤다. 그가 유진의 아버지라는 사실을 곧 알아챘다.

"그만 돌아가거라. 이제 다시 보는 일은 없도록 하자꾸나."

선아는 그가 무슨 말을 하는지 이해할 수 없었다. 물어봐야 했다. 이대로 물러날 수 없었다.

"왜 그런 말씀을 하시는 거죠?"

남자는 고개를 끄덕이며 목소리를 낮춰 말했다.

"너도 성인이 되었으니 알고는 있어야겠구나. 내 아내였던 사람이 네 심장을 열었지. 어떻게든 살려야 했다. 내 아들이 평생 죄책감에 짓눌려 살 수는 없지 않겠니. 정상적인 방법으로는 어려운 수술이었다. 만일 평범한 수술을 했다면 네가 지금 여기에 서 있는 일도 없었겠지. 그런데…"

남자는 잠시 말을 멈추고 생각하다가 입을 열었다.

"그 뒤로 어떤 진료를 받아 보았니? 안타깝게도 얼마 남지 않았을 텐데. 네 심장이 뛸 수 있는 날이 말이다."

9.

의화와 제인은 밤늦게 병실에서 나왔다. 제인은 아들이 한쪽 눈을 잃었다는 사실을 받아들이기 어려웠다. 유진을 더는 보지 않겠다는 조건은 무너졌다. 의화가 아버지 구실을 못 한 탓이었다. 유진의 진료 기록을 보며 아이를 망쳐 놨다는 생각마저 들었다. 유진은 아직 검증이 불분명한 향정신성 의약품을 처방받고 있었다. 그런 약을 먹고 제대로 된 생활이 가능할지 의문이었다. 한 달간 입원한 적도 있다는 사실은 그녀의 가슴을 찢어 놓을 듯했다.

"이젠 당신에게 맡기지 않겠어."

제인이 말했다. 카페에 있는 사람들이 쳐다볼 만큼 큰 목소리였다. 의화가 대꾸했다.

"그건 약속 위반이야."

"그렇게 만든 건 당신이잖아."

"훈육은 내가 결정하는 거야."

"애가 아파. 심각해. 약을 먹고 있는지는 알고 있어?"

의화는 표정 하나 바꾸지 않고 제인의 눈을 보았다. 제인이 따졌다.

"앞으로 어쩔 참이야? 애 미래는 생각해 봤어?"

의화는 눈을 한 번 껌뻑이고 대답했다.

"소코 카라 하지메루(底から始める). 밑바닥부터 다시 시작하는 거야."

제인은 붉힌 얼굴을 손으로 문질렀다. 의사 면허를 복구해 주는 조건으로 이혼을 받아들였다. 유진과 연락을 끊으라는 협박에 무릎 꿇을 수밖에 없었다. 후회가 밀려왔다. 이혼은 어쩔 수 없었다. 의화가 모든 사실을 알아 버렸다. 더구나 그는 제시를 유진 곁에 두겠다고 했다. 하지만 유진을 포기한 건 잘못이었다. 어떻게든 지켜봤어야 했다. 무서운 비밀을 유진이 안고 살더라도 말이다.

10.

호텔에 돌아온 의화는 술병 뚜껑을 열었다. 방 안에 냉기가 차 있었다. 조명은 켜지 않았다. 창밖 밤거리는 아른거리는 불빛으로 어지러웠다.

이튿날, 비행기를 타고 부산으로 내려왔다. 정오가 지나고 있었다. 장식장을 둘러보다가 시바스 리갈을 꺼내고 글라스에 술을 가득 채웠다. 두 잔을 연거푸 마시고 전화기에 손을 올렸다. 단축 버튼을 누르고 기다렸다. 한참 후에야 연결되었다. 그는 통화를 마치고 쾅, 소리가 나게 수화기를 내려놓았다.

빌어먹을 자식. 그는 내뱉으며 다시 술을 따랐다. 박 의원은 모호한 말을 흘렸다. 이번 사건으로 일이 어렵게 되었다는 투였다. 기사를 최대한 막아 보았다고 했다. 하지만 워낙 큰 사건이었다. 일부 언론까지 손쓰기가 어려웠을 터였다. 유진이 반정부 시위에 가담했다가 한쪽 눈을 실명했다는 보도는 결국 TV 방송까지 탔다.

그는 다시 한 잔을 따랐고, 이번에는 한 모금씩 나눠 삼켰다. 술에 손을 대게 한 것도, 끊었던 술을 다시 찾게 된 것도 유진 때문이었다. 모두 용서해 왔다. 휴학했을 때도, 위조한 성적표를 들이밀 때도, 시 따위에 빠져 허튼 감상에 빠졌을 때도 스쳐 지나갈 뿐이라고 여겼다. 하지만 아니다. 아들이 정신과 치료를 받고 약에 의존할 때부터 꿰

뚫어 보았어야 했다.

왜지?
왜 아들은 단순하고 명쾌한 삶의 원리를 따르지 못할까. 그 나약함이 가져올 참혹한 미래를 보지 못할까.

그는 아들에게 많은 것을 바라지도 않았다. 인내와 침묵, 성실함을 유지하기만 하면 주위의 모든 권위에 순응하리라 생각했다. 프로테스탄트의 삶으로 강요한 이유였다. 그러면 반드시 기회가 올 것이고, 의화 자신과는 다른 삶을 살 거라고 기대할 수 있었다. 아들만큼은 피비린내 없는 문민의 터전에서 싸워 이기길 바랐다.

하지만 왜 그는 계집아이처럼 여릴까. 경쟁에서 뒤처져 사회의 열매를 움켜쥐지 못할까.

거기까지는 이해할 수 있었다. 하지만 아들이 산다는 자취방을 둘러보며 얻은 충격은 어떻게 설명해야 할까.

공산주의자, 세계의 혁명가에 관한 서적까진 좋았다. 완전히 빠져들지 않는 한, 요즘 시대에 대학생이 호기심으로 읽는다고 한들 눈감아 줄 법했다. 하지만 붉은 표지로 둘러싼 책 한 권이 그의 가슴에 섬뜩한 파문을 일으켰다. 《빨치산의 역사》라는 책이었다. 이건 다른 문제였다. 그에게 절대로 떠올라서는 안 되는 오랜 기억 속의 소년이 아들의 모습과 겹치는 것이었다.

제인의 손에 맡기는 수뿐일까···.

그는 장식장 앞으로 다가갔다. 무공 훈장이 들어 있는 액자를 쥐고 한동안 바라보았다. 그는 손가락 끝으로 유리를 쓸다가 제자리에 놓았다. 장식장 서랍에서 필기장과 만년필을 꺼냈다. 교자상을 펼치고 앞에 앉아 만년필을 쥐었다. 훈장을 수여할 때 받은 기념품이었다. 그는 뚜껑을 열었다. 서걱거리는 소리가 종이를 스치며 파란색 글씨를 쏟아 냈다.

밤새 잠들지 못했다. 그가 밟았던 험로가 새록새록 되살아 다가왔다. 머릿속은 먹빛으로 물들었다. 두려움이 일었다. 전쟁이 끝난 뒤로 처음 느끼는 감정이었다.

아침 일찍 차를 몰아 공장에 도착했다. 공장 앞에는 헬기 한 대가 눈부신 햇빛을 맞으며 서 있었다. 그의 기술이 이루어 낸 신형이었다. 검회색이 뿜어내는 위용은 당장이라도 하늘 위로 치솟을 듯했다. 그는 헬기에 다가가 구석

구석 손으로 매만졌다. 마지막 작품이었다. 회사는 계약을 연장하지 않았다. 부사장은 다른 이로 내정되어 있었다.

"안녕하십니까? 이사님."

일찍 출근한 이 과장이 인사하며 다가왔다. 의화는 그의 눈을 유심히 보았다. 이 과장은 시선을 받아들이기 부담스러운지 눈을 내리깔았다.

"키를 주게."

의화가 말했다. 이 과장은 눈을 굴리며 어쩔 줄 몰라 했다.

"네? 무슨 말씀인지…."

"키 말일세."

"그건…."

"내가 직접 운전해 보겠네."

"말도 안 됩니다. 이사님."

의화는 눈을 부릅뜨고 이 과장을 노려보았다. 무시무시한 눈빛에 이 과장이 얼어붙었다. 이 과장은 키를 꺼내 들었지만 차마 내줄 수 없다는 듯 손가락에 힘을 주었다. 의화는 강제로 빼앗다시피 잡아채 주먹을 쥐었다.

헬기 문을 열고 운전석에 올랐다. 키를 꽂고 시동을 걸자 윙윙거리는 소리와 함께 회전 날개가 돌았다. 속도가 차츰 빨라지며 굉음을 내뱉었다. 그는 그대로 십여 미터를 이륙해 잠시 멈췄다. 그러고는 수직으로 올라갔다.

아침 태양이 고개를 들었다. 강렬한 빛줄기가 거대한 팔처럼 뻗어 나왔다. 세상을 휘감으려는 기세였다. 그는 헤드폰을 고쳐 쓰고 트랜스폰더를 켰다. 무선 주파수는 모두 확보했다. 계기판을 차례로 확인한 뒤 조종간을 당겼다. 충분한 높이에 이르러 조종간과 페달을 시험했다. 매끄럽게 작동했다. 그는 태양을 정면으로 바라보며 전진했다. 태양은 샛노란 빛을 흘리며 이글거렸다. 그는 고도를 높였다. 솟아라. 태양보다 높이.

전쟁을 마치자마자 공군에 입대했다. 파일럿이 되어 한없이 오르고 싶었다. 피비린내 진동하던 계곡은 지긋지긋했다. 그곳은 죽음이 삶보다 평범한 곳이었다. 그는 땅을 밟고 살 수 없었다. 항상 누군가 그의 등 뒤에서 창을 겨누는 것 같았다. 높이 올라서야 했다. 만인을 무릎 꿇리고 종결을 선언하고 싶었다. 태양을 품기 위해 수없이 날아 보았다. 아무도 손대지 못하는 불볕으로 타오를 것이었다. 그러나 닿을 수 없었다. 태양은 그 누구에게도 바라만 봐야 하는 대상이었다.

11.

 유진은 오른눈을 깜빡였다. 왼눈 속은 송곳이 박힌 듯 쑤셨다. 의식을 찾은 순간부터 다른 세상이 펼쳐져 있었다. 다시 바라본 세상은 평면처럼 보였다. 멀고 가까운 거리감을 구분할 수 없었다. 걸음도 어색했다. 한쪽 발이 허공을 밟는 기분이었다. 이해하기 어려운 일도 많았다. 어머니가 팔 년 만에 모습을 보였다. 매일 병실에 들러 돌봐주었다. 앞으로 같이 살자고 했다. 머리맡에는 카세트테이프가 놓여 있었다. 곰곰이 생각해 보니 옛날에 선아에게 주었던 물건 같았다. 그 무엇보다 의문인 건 아버지의 죽음이었다. 헬기 사고라고 했다.

 퇴원하던 날, 한 남자가 찾아왔다. 안경 속 눈이 영리해 보이는 사람이었다. 자신을 변호사라고 소개했다. 변호사는 상속 절차를 간단히 말했다. 다시 찾아오겠다며 잘 회복하라는 말을 남겼다.

 어머니는 서울 외곽 일산에 살고 있었다. 빌라 2층이었고 방은 두 개였다. 아담하고 조용한 곳이었다. 유진에게 안방을 내주었다. 어머니는 서재로 사용하는 방에 작은 침대를 놓고 지냈다. 거실에는 피아노가 있었다. 어릴 적 보앉던 모습 그대로였다. 세월이 남긴 흔적은 보이지 않았다. 피아노 앞에 다가가자, 흥분이 일었다. 칠 수 있을까? 그것은 의문이었다. 하지만 쓸데없는 걱정이었다. 선아와 자신이 가졌던 소중한 기억이 새롭게 돋아났다. 악몽을 꾸었을 뿐일까. 왼손으로 Am 코드를 눌렀다. 그러자 그의 머릿속에 잠들었던 곡이 깨어나기 시작했다. 난잡하게 흩어진 음표들이 질서 있는 리듬을 타며 물결을 그렸다.

변호사가 집으로 찾아왔다. 작성해야 할 서류에 대해 꼼꼼히 설명했다. 유진은 오래 고민하지 않았다. 모든 재산을 처분해서 통장 하나에 넣어 달라고 했다. 변호사는 유품은 어떻게 하면 좋을지 물었다. 유진은 자기 방에 있는 물건만 남기고 나머지는 알아서 처리해 달라고 부탁했다.

절차가 끝나고 통장을 확인했다. 큰 금액이었다. 그는 그것을 어머니에게 넘겼다. 자신에게 정말 필요한 일이 생기면 써 달라고 했다. 변호사가 상의할 일이 남았다며 다시 연락했다. 다음 날, 유진은 변호사를 만나러 근처 카페에 갔다.

"유진 군. 한 가지 문제가 있네. 아버지께서 소유한 땅이 있는데 상속에 특별한 조건을 붙이셨네. 그리고 이건…. 유품을 정리하다가 발견했네. 자네에게 전해 주어야 할 것 같더군."

그는 서류봉투를 내밀었다. 유진은 그것을 받고 헤어졌다. 침대에 앉아 서류봉투를 열었다. 무공 훈장이 보관된 액자와 필기장 한 권이 들어 있었다. 그는 필기장을 펼쳤다. 정갈한 필체로 낱말들이 이어져 있었다. 그는 한 장씩 넘겨 훑어보았다. 글씨를 이룬 곡선과 직선이 호흡을 잃고 무질서하게 변해 갔다. 낱말마다 크기가 제각각이었다. 페이지가 넘어갈수록 행간을 구분하기 어려웠다. 글이 촘촘했다. 그는 첫 장으로 넘겨 읽기 시작했다.

사람은 태어나는 순간부터 서쪽을 향해 걷는다. 누구나 안다. 그 끝에 무엇이 기다리고 있는지. 하지만 아무도 의식하지 않는다. 잠시라도 뒤돌아보지 마라. 삶에 동쪽은 없다. 살기 위해 몸부림치는 모든 노력은 사실 죽음을 향해 한 걸음 더 다가가는 행위다. 태양을 보며 살아야 하는 까닭은 두려움을 잊기 위해서다. 서쪽에서 기다리는 두려움 말이다.

이 글을 네가 언제 읽게 될지는 모른다. 아마 내 앞에 더 걸을 서쪽이 남아 있지 않을 때겠지. 이제부터 내가 적은 글을 잘 읽어라. 그런 뒤에 판단하거라. 아버지의 삶이 어떤 것이었는지, 네게 강요했던 모습이 타당했는지.

석가헌(夕佳軒). 저녁이 아름다운 집을 짓고 싶었다. 내 태양은 떠오를 때부터 핏빛을 머금고 있었지. 어서 해가 지기를 바랐다. 한낮에도 태양은 수없이 피를 토해 냈으니 말이다.

이야기는 1937년 제주도에서 시작한다. 내 나이 겨우 일곱 살 때였지. 내 어머니는 거짓말처럼 행방을 감추었다. 일본인을 따라 해협을 건넜다는 소문이 돌았다. 아버지, 그러니까 네게 할아버지인 분은 제주 토박이로 사셨다. 남의 말이나 소를 몰며 풀을 먹였지. 거기서는 그런 사람들을 '테우리'라 불렀다. 배운 거라곤 없었으니 겨우 먹고사는 형편이었다. 어촌 사람들은 물고기를 잡아 생계를 유지했다. 커다란 방어를 잡으면 큰돈을 쥐었지. 참다랑어가 잡히면 잔치를 벌였다. 보기 드문 귀한 생선이었지. 일본인들이 좋아했다. 그들은 날것으로 먹었지. 말을 기르는 사람은 점점 줄어 갔다.

그해, 우리 마을에 큰불이 났다. 그 과정에서 많은 약탈이 있었지. 네 할아버지는 그 뒤로 일본에 건너가자고 했다. 경비를 어떻게 마련했는지는 말하지 않더구나. 나는 싫지 않았다. 그는 돈을 많이 벌 거라며 학교에도 보내 주겠다고 했지.

봄이 되자 우리는 섬 남쪽에 있는 항구에 갔다. 나는 아버지의 손을 꼭 잡고 있었지. 한참이 지나 항구 입구에서 남자가 걸어왔다. 그의 얼굴을 보며 나는 몸을 부르르 떨었지. 광길 삼촌이라고 불리는 사람이었다. 머리를 짧게 깎고 콧수염을 기르고 다녔다. 조선인이 입는 옷차림이 아니었지. 흰색 셔츠에 멜빵바지 차림이었다. 우리와 시선이 닿자, 미소를 짓더구나. 날씨가 우중충해서일까. 그의 표정이 일그러진 빛에 잠겼지. 그는 한쪽 무릎을 접고 내 어깨를 쥐었다. 그러더니 셔츠 주머니에서 무언가를 꺼냈지.

우리 의화, 이걸로 먹고 싶은 거 다 사 먹거라.

내 손에 쥐여 준 건 지폐였다. 그것을 보며 순간 놀랐다. 아버지를 쳐다보았는데 그냥 고개를 끄덕이더구나. 그날 장을 돌아다니며 엿이란 엿은 종류별로 다 샀다. 종일 씹다 보니 저녁 무렵에는 이가 뽑혀 나갈 듯 아팠지. 그래도 또 엿을 입에 넣었다. 평생 맛보아야 할 달콤함이 그 하루에 녹아 있었지.

밤에 우리는 배를 탔다. 나는 돈을 몽땅 써 버린 터였지. 아버지는 내게 계속 잠을 자라고 했다. 정작 본인은 눈을 붙이지 못하더구나. 나는 멀미로 속이 뒤집혔고 낮에 삼켰던 엿을 모두 토했다.

오사카항에는 등불이 유령처럼 떠다니고 있었다. 조선에서 건너온 사람들은 떼를 지어 누군가를 기다렸지. 지프를 타고 온 사람이 이름을 불렀고 호명된 사람들은 트럭에 실려 떠났다. 여러 번 트럭이 다녀가는 동안 아버지 이름은 나오지 않았지. 우리는 항구 앞바다에 떠오르는 태양을 바라보며 두려움에 젖었다. 바다는 썩은 하수처럼 시커먼 파도를 뱉어 냈지.

그 뒤로 어떻게 보냈는지 모를 일주일이 흘렀다. 아버지와 내 등에는 커다란 바구니가 매여 있었지. 온종일 거리를 돌아다니며 유리병이나 종이, 헝겊 따위를 주워 담았다. 그걸로도 끼니를 때우기 어려웠지. 밤에 몰래 항구를 돌아다니다 보면 썩은 생선이 바닥에 나뒹굴고 있었다. 우리는 그걸 줍기도 했지. 일본인들은 우릴 마주칠 때마다 냄새나고 더러운 조선인 넝마주이라며 침을 뱉더군.

그렇게 일 년을 보냈다. 우연히 알게 된 한 조선인이 아니었다면 우린 그대로 상한 생선처럼 버려졌겠지. 다행히 아버지는 허름한 공장에서 일하게 되었다. 생선 비린내, 썩은 내음, 그리고 찌든 기름 냄새로 숨도 쉬기 어려운 곳이었다. 아버지는 밤늦게 돌아왔다. 항상 손수건에 먹을 것을 싸 왔지. 오뎅이라고 부르는 그 음식이 얼마나 입에 달라붙던지, 아버지가 돌아올 시간만 기다리게 되더구나.

 그 무렵 학교에 다녔다. 내게 말을 거는 아이는 아무도 없었지. 그들의 코는 신기한 유전자를 지녔는지 조선인 냄새를 기막히게 맡더군. 냄새가 난다며 나를 멀리했다. 이지메는 하루도 빠짐없었고 때론 목숨을 위협받기도 했다. 그때부터 나는 유도를 배우기 시작했다. 물론 유도반에 들어가기가 쉽지는 않았지. 한 학년 동안 청소 일과 심부름을 도맡았고 연습 시간에 더미(Dummy)가 되어 주었다. 그들은 나를 와라(わら)라고 불렀지. 지푸라기를 뜻한다. 내 이름을 알지도 못했지. 수없이 매다 꽂히면서도 나는 그들의 동작과 힘쓰는 부위를 머릿속에 새겼다.

 이 년이 지난 뒤, 나는 처음으로 연습 시합 상대가 되었다. 상대방은 한 학년 위 상급자였고 실력이 꽤 있었지. 둘러앉은 아이들이 킥킥거리더군. 그런데 나는 단 한 번의 동작으로 그를 엎어 넘겼다. 그러자 정적이 흘렀지. 놀라운 일이 벌어졌다. 자리에서 일어난 상대가 허리를 깍듯이 굽혀 인사한 거야. 나는 그 순간 깨달았다. 적어도 나에게 있어 삶의 법칙은 명료했다. 강자가 되자. 살고 싶다면.

학업도 소홀히 하지 않았다. 어려운 책을 밤새 읽었지. 사전이 너덜거리도록 뒤졌다. 일본인보다 더 일본 말을 잘하고 싶었지. 중학생이 되자 나는 처음으로 수석을 차지했다. 그러자 그 누구도 나를 조선인으로 보지 않았지.

태양을 바라보아라. 그것이 흔들림 없는 빛을 꾸준히 쏟아 내는가? 그건 그것을 바라보는 자의 마음에 달려 있다. 강한 자의 눈동자엔 강한 태양이, 약한 자의 그것엔 달처럼 미미한 태양이 담겨 있지.

일본은 국호에 어울리지 않게 황혼에 젖더구나. 순식간이었지. 해방 후 우리는 제주에 돌아왔다. 변한 모습이라곤 없었다. 오히려 유례없는 흉작으로 사람들이 배를 곯았지. 그곳에서 나는 깨달았다. 인간이 지닌 독특한 유전자를 말이야. 동물에겐 없는 것이지. 그건 바로 이념이다.

갈라진 나라처럼 사람들 마음도 다른 색깔을 드러내고 있었다. 단 두 가지 색인데, 이것은 논리나 정당성과 관계없지. 원래 가지고 태어날 뿐이야. 백지처럼 보여도 물을 부어 보면 알 수 있지. 리트머스지 같은 거야. 반론하고 싶을 테지만 진실이다.

  1948년, 제주의 봄은 이두었다. 찬란하게 쏟아진 햇살이 들판마다 가득해도 이내 먹빛이 몰려왔지. 삼일절에 경찰이 주민에게 총을 쏜 뒤로 그 암울한 빛이 시작되었다. 아니야. 그때부터 그것은 핏빛을 띠었지. 그해 흐드러진 유채꽃은 유난히 커 보였다. 사람 피가 비료였다는 말이 돌기도 했지. 죽음은 삶의 끝자락에 있지 않았다. 사람들 마음에 품은 색깔로 이미 삶과 죽음이 결정되어 있던 거야. 내 마음속은 어떤 빛깔이었냐고? 당연히 강한 자가 가져야 할 색이었지.

  일본에 있을 때, 많은 공산주의자를 보았다. 그들이 주장하는 논리는 하나같이 기계적이었고 내겐 일종의 신앙처럼 보였다. 그들은 분노를 더 큰 분노로 타오르게 하는 독특한 기술을 발휘했지. 밤이면 몰려다니며 부잣집을 약탈하고, 술을 마시며 혼숙하는 건 다반사였다. 서로 상간하기도 했지. 무엇보다 그들은 별것 아닌 것으로 다투다가 질투에 말려 동료를 고발하기도 했다. 그렇게 잡혀간 사람들은 자신의 신념을 곧바로 버리고 천황을 위해 싸우겠다며 전쟁터에 자원했지. 나는 그런 자들과 엮이지 않으려 수없이 피해 다녔다.

우리 마을은 중산간 동쪽이었다. 한라산과 멀지 않았지. 대부분 밭농사를 짓는 농부였다. 아버지는 근처 감귤밭에서 품삯을 받고 일했지. 언젠가 그런 밭을 가져 보는 게 소원이셨다. 밤에 광길 삼촌을 자주 만나더구나. 일본에서 제주로 막 돌아왔을 때, 광길 삼촌을 본 아버지는 식칼을 들었지. 거의 죽일 기세였다. 그러나 나를 보며 칼을 놓았지.

광길 삼촌을 만나고 온 날이면 아버지는 눈에 독기 같은 걸 담아 왔다. 나는 심상치 않은 일이 벌어지고 있다고 직감했지. 그 무렵, 뭍에서 경찰들이 건너왔다. 그들은 청년단이라 일컫는 무리를 앞세워 이 마을 저 마을 점령군처럼 드나들었지. 섬사람들과는 주로 일본어로 대화했다. 제주 방언을 알아듣지 못하더군. 주민들은 어느 정도 일본말을 했지만, 아버지만큼은 아니었지.

참극이 일어난 그날, 아버지 눈에 어린 독기는 광기에 가까웠다. 나더러 오늘 밤은 절대 밖으로 나오지 말라 당부하며 말끔한 차림으로 집을 나섰지. 나는 집에 남아 있을 수 없었다.

감귤밭에 마을 사람 열댓 명이 나란히 서 있었다. 그 뒤로 커다란 입을 벌린 구덩이가 보였지. 청년단 우두머리가 경찰들 앞에 서서 눈을 부라리더군. 산에 갔었던 사람이 누구인지 밝히겠다며 으름장을 놓았다. 그는 횃불을 밝혀 한 사람씩 얼굴을 비췄지. 시커먼 얼굴에 박혀 공포에 젖은 눈이 하나씩 반짝거렸고, 그때마다 아버지는 고개를 끄덕였다. 멀찌감치 떨어진 곳에서 광길 삼촌이 그 모습을 바라보고 있었다. 타다당, 하고 총소리가 났지. 순식간에 마을 사람들이 쓰러지며 서로 뒤엉켰다. 청년단 우두머리는 밭에 횃불을 던지며 떠났지. 그리고 난 보았던 거야. 광길 삼촌이 아버지에게 문서 같은 걸 건네더군. 아버지는 시체를 하나씩 끌어다가 구덩이에 밀어 넣었다.

그 뒤로 사나흘 큰 전투가 벌어졌다. 산에서 내려온 유격대가 경찰에 맞서 치열하게 싸웠고 경찰은 흩어졌지. 이제 횃불은 유격대의 손에 들려 있었다. 아버지는 나를 데리고 도망치려 했지. 챙긴 건 문서 한 장이었다. 멀리 가진 못했다. 마을을 벗어나기 전에 유격대에 포위되었지. 아버지는 내 눈을 지그시 바라보며 문서를 쥐여 주었다. 뭍으로 가라는 말을 남기며 유격대 앞으로 혼자 걸어갔지. 유격대원 세 명이 아버지를 죽창으로 찔렀다. 그러자 마을 사람 한 명이 새끼도 있다고 외쳤지. 나는 사흘 동안 바위틈에 숨어 지냈다. 배고픔보다 혹독한 것은 두려움이었지.

뭍으로 겨우 도망친 나는 곧바로 입대했다. 총을 들지 않는 한 두려움이 사라지지 않을 것 같더구나. 전쟁은 이미 시작되고 있었다. 인민군이 탱크를 앞세워 밀고 오기 전부터 말이다. 나는 매일 사람을 죽이는 일에 단련되어 갔지. 물론 붉은 가슴을 품은 자들을 말이다. 그것은 일상이 되어 버렸지. 목수가 나무를 깎는 일과 같았다. 내가 쏜 총탄은 지리산 구석구석을 날아다니며 피를 뽑아냈지. 하지만 그 무엇도 내가 본 마지막 피처럼 생생하지 않았다.

겨울이었다. 무척 추웠지. 빨치산에게 죽임을 당하기 전에 얼어 죽을까 봐 더 두려웠다. 산을 덮은 눈은 피를 머금고 있었지. 그 피의 온기로 진달래가 피어날 것 같기도 했다. 낮은 밤을 찢었고 밤은 낮을 삼켰다. 낮과 밤에 꽂힌 깃발이 매번 바뀌었지.

지리산은 밤낮없이 흐르는 피로 통곡했다. 마치 거대한 짐승이 울부짖는 듯했고 그 울음엔 사람들의 비명이 섞여 들었지. 아군도 적군도 그 짐승에 사정없이 총탄과 칼날을 쑤셔 넣었고 짐승은 하나의 괴물로 변했다. 그래도 멈추지 않았다. 수많은 시신이 그 괴물의 먹잇감이 되어 널브러진 것이야.

내 앞엔 최후의 전투가 기다리고 있었다.

나는 실수를 하고 말았다. 빨치산 대원 한 명을 추격했고 마침내 그의 등에 총탄을 꽂았다. 가까이 다가가다가 놀랐지. 열서너 살쯤 되었으려나. 새파랗게 어린놈이었다. 소년은 쓰러진 채 내 눈을 노려보더군. 나는 총구를 겨누고 말했다. 왜지? 피를 입에 문 소년이 답했다. 너희는 보지 못한 것을 우린 보았다, 라고. 나는 총을 내리고 돌아서려 했지. 그때였다. 오른 무릎이 휘청였고 뜨거운 불에 타들어 가는 듯했지. 내려다보니 죽창이 꽂혀 있었다. 소년은 무시무시한 눈빛을 내뿜었지. 나는 보았다. 그 눈에서 뻗어 나오는 붉은 광선을. 그것은 심장의 언어였다. 나는 태양을 바라보았지. 태양의 언어로 외쳤다. 그제야 모든 두려움이 사라지더군. 총신이 반동했다. 소년의 두개골을 가른 탄환이 내 전쟁의 마침표였다.

유진은 필기장을 덮었다. 그 위에 액자를 올렸다. 훈장 하나에 담긴 무시무시한 의미는 무덤덤하게 다가왔다. 그것이 무엇이든 남은 것은 작은 쇳조각이었다. 피 한 방울,

말 한마디 없는 미물이었다.

 겨우내 시를 멀리했다. 언어가 하루하루 어렵고 멀게 느껴졌다. 한 낱말에 수많은 표현을 담을 수 있다지만, 수백이 넘는 어휘를 엮어 봐도 작은 울림조차 솟지 않았다. 단지 음절을 모래알처럼 섞어 놓은 것과 다름없었다. 머릿속을 헤엄치던 느낌을 막상 문자로 옮겨 놓으면 곧 바래졌다. 날갯짓을 잃은 나비처럼 잠시 파르르 떨고는 납빛으로 굳어 버렸다.

 빠르게 봄이 왔다. 이슬비가 내리던 날, 그는 캠퍼스에 가서 잔디 광장을 거닐었다. 이 년 전, 처음 마주했던 모습과 달라진 건 없었다. 아직 아무것도 깨어나지 않았다. 봄을 잃어버린 자에게는 겨울의 끝도 봄의 시작도 없었다.

 종로까지 걸었다. 레코드 가게가 있는 큰 건물로 들어갔다. 가게는 지하에 있었고 무척 넓었다. 카세트테이프가 진열된 곳을 둘러봤다. 아바의 앨범은 가장 앞쪽에 꽂혀 있었다. 알파벳순이었다. 그는 손가락으로 하나를 짚었다. 그것을 꺼내 곡 목록을 봤다. 모두 들어 본 적 없는 곡이었다.

 집으로 돌아와 속지에 적힌 소개 글을 읽었다. 제시가 말한 아바의 마지막 정규 앨범이었다. 제시는 그것을 국내에서 구하기 어렵다며 아쉬워했다. 그룹 멤버인 두 부부가 각자 이혼한 뒤에 발표한 앨범이었다. 그는 침을 삼키며 한 곡씩 차례로 들었다.

기분이 이상했다. 경쾌하지도 간결하지도 않았다. 곡마다 슬픈 멜로디를 담고 있었다. 가사 역시 쓸쓸했다. 아바가 이런 노래를? 하지만 그의 심정에 어울렸다. 이제껏 표현하지 못한 감정을 정리해 주었다. 그날, 밤을 새우며 음악을 듣다가, 마지막으로 한 곡을 계속 되감아 들었다. 제목이 〈I Let The Music Speak(나는 음악이 말하게 해요)〉였다. 'I'm hearing images, I'm seeing songs(이미지를 듣고 노래를 본다).'라는 가사로 시작하는 독특한 곡이었다. 그는 주먹 쥔 손에 힘을 주었다.

아침이 밝았을 때, 그는 어머니에게 말했다. 음악을 배우고 싶다고 했다. 단, 이 나라가 아닌 곳이기를 바란다고 덧붙였다. 제인은 아쉬워했지만, 그의 뜻에 반대하지 않았다.

사월 말, 그는 원서에 이름을 적고 서명했다. 영문학과 사무실로 가자, 학과장을 만나라고 안내했다. 서로 본 적 없는 교수와 학생의 면접은 형식적이었다. 그는 교수의 서명을 받아 교무처에 제출했다. 들어가기 위해 수없이 공을 들여야 하는 곳이 대학교라지만, 자퇴 절차는 간단했다.

교문을 나오면서 돌아보지 않았다. 다시 오는 일은 없을 터였다. 지하철역을 향하다가 좁은 골목길 앞에서 멈췄다. 그는 골목으로 꺾어 들어갔다. 외태의 지하방은 여전했다. 연기가 자욱했다. 그것은 스펙트럼을 이루듯 층층이 쌓여 있었다. 한 달 전에 출소한 외태는 그곳에 누워 담배만 피웠다. 기관지병이 들어 콜록거리면서도 담배를 놓지 않았다.

"오늘 냈어. 곧 떠나."

유진은 멀뚱히 쳐다보는 외태를 향해 말했다.

"마음 굳힌 건가? 어디라고 했지?"

"노스웨스턴."

"선아한테는?"

"아니. 알리지 않았어."

"내가 말해 줘야 하는 건가?"

"아니. 그러지 마."

외태는 담배를 새로 물고 불을 붙였다. 유진이 일어서려 하자 손짓하며 불러 세웠다.

"잠깐, 그 전에…. 이런 이야기를 할 기회가 지금뿐이겠군."

그는 여러 차례 목을 가다듬고 말하기 시작했다.

잔인하게 들릴지 모르지만, 나는 네가 큰 시련에 부딪힐

거라고 예감했지. 기억하려나? 네가 처음으로 술에 취한 날이었지. 나도 술을 걸친 뒤였어. 그래도 정신은 또렷했지. 네가 했던 고백을 한 마디도 놓치지 않았거든. 나 자신이 부끄럽더라. 그래서 나도 모든 걸 털어놨지. 그러다 격한 말싸움을 벌인 거야. 후회했어. 너는 완전히 추락했는데, 그것마저 밟아 뭉지른 꼴이었으니.

이상한 일이었어. 너와 관계가 끝났으리라 생각했는데 넌 아무 일 없었다는 듯 나를 대하는 거야. 기억을 못 하는 건지, 아니면 알고도 모르는 척하는 건지 도무지 알 수 없었어. 나는 후자가 아니길 바랐지. 그럴 경우라면 나를 더 작아지게 하는 셈이니까. 그러다가 확신했지. 이 친구가 꿈이라는 관념에 빠져 있구나, 하고 말이야. 나는 네가 선아와 다시 만나는 일은 없어야 한다고 생각했어. 선아는 누구보다 평범하게 살고 있었으니까.

그래. 시작점은 선아야. 구체적으로 말하자면 성탄절 공연이 있던 날이지. 너희가 다정히 앉아 연기하는 마지막 장면이야. 나는 무대 뒤에서 묵묵히 지켜봤어. 누가 보더라도 어울리는 짝이었지. 그 순간 내 눈에서 불타오른 게 뭔지 너는 모를 거야. 끝까지 인정하기 싫었던 것을 확인하는 순간이었어. 하기야, 나 같은 놈이 어찌 교회를 다녔는지 네 눈은 눈치채지 못했으니까.

나는 모든 걸 내려놓으려 했어. 네가 다음 해부터 썩은 나무처럼 말라가기 전까진 말이야. 다시 흥미로워지더군. 무언가 평범하지 않은 일이 네게 닥칠 것 같았지. 말수 적은 어린 학생이 생각은 깊지, 그것도 복잡하지, 그러니 한순간에 허물어진 거야. 그런 사람일수록 커다란 외침과 함께 비극에 쓸리는 법이니까. 머릿속으로 한없이 깊은 사랑을 그려 봤자 현실에서는 좀체 실현되지 않아. 어설프고 실수가 잦지. 그래서 사랑은 대부분 연기로 끝나.

그다음부터는? 그게 어려웠어. 도저히 네 성적을 따라잡기 어렵더라고. 그런데 맙소사. 너는 삼 학년부터 완전히 얼이 빠져 버렸어. 틀림없이 무슨 일이 생겼구나, 하고 짐작했지. 네가 입원했을 때 오히려 허탈했어. 나는 무언가 파괴하는 일에 익숙해져 있었거든.

네가 시를 쓴다는 사실을 알고 나서 나는 또다시 무서운 감정에 휩싸였어. 눈부시게 아름다운 비극이 비로소 시작되었다고 생각했지. 하루는 우리가 처음 만난 날에 관한 이야기를 나눈 적이 있었어. 나는 네가 놀라운 능력을 갖추고 있다는 걸 깨달았지. 너는 그 오래전의 기억을 입체적으로 기억하고 있더군. 그래. 내가 입고 있던 누더기 같은 옷의 색깔이라든지 더러운 소매, 뜯어진 가슴팍에 바느질한 보습까지, 넌 내 기억에도 가물가물한 것을 기억해 내었지. 그것뿐만이 아니야. 하늘에 구름이 낀 정도라든지, 교정에 있던 나무들의 모습, 그리고 그 나무와 하늘이 자아내는 이상한 정서도 잊지 않았더군. 나는 생각했어. 넌 천생 시인으로 살아야 한다고. 마침내 누구나 우러러보는 시인이 될 거라고.

네가 지은 시를 읽으면 그런 생각에 확신이 찼지. 넌 그 작품들에 만족하지 못했어. 그렇기에 내 가슴에 불바람이 이는 것 같았지. 위대한 시인으로 살아갈 네가 부러웠거든. 내겐 불가능한 삶이었어. 현실이라는 흙 위에 발 딛기를 거부하고, 꿈이나 다름없는, 스스로 창조한 세계에 몸을 담는 건 인간이라면 누구나 가진 최상의 욕망이잖아.

교도소에 있을 때였어. 선아가 두 번 찾아왔어. 네가 사고를 당하기 전후로 말이야. 올 때마다 다른 계절에 서 있는 사람 같았지. 출소하고 선아를 찾아갔어. 얼굴이 창백하고 곧 쓰러질 듯 힘이 없었지. 합창단을 그만두었더군. 집에서도 나온 모양이었어. 곧 서울에 있는 성당에 갈 거라고 했지. 수녀의 삶을 살며 성모 마리아 곁에 머물고 싶다는 거였어. 개종했다니 믿기지 않았어. 그녀가 이렇게 말하더군.

 하나는 대리석으로 빚어진 영원, 나는 그 옆에서 살아 숨 쉬는 헌신으로 흰 백합처럼 고요한 기도를 피워 올리면, 은은한 촛불은 침묵 속에 시간을 멈추겠지.

 놀라운 일이었어. 선아 또한 대단한 시인이었을 줄이야.
 맞아. 너도 선아도 엉뚱한 곳에서 답을 찾고 있었어. 너희의 진실이 맞닿은 순간 멈춰야 했지. 공연이 끝났을 때 각자의 위치로 돌아갔다면 어땠을까? 너희 둘은 끝까지 부인했어. 아직 무대 위에 서 있다고 생각했지. 현실보다 더 생생한 연기에 빠져 버린 거야.
 하루살이 눈보라를 본 적 있어? 내 고향에 가면 개천이 있는데, 밤이 되면 수많은 하루살이가 눈처럼 떨어져 내려. 교미에 성공했든 실패했든 한없이 가벼워진 몸으로 수면에 얹히지. 하루살이는 유충으로 일이 년을 물속에 숨어 지내다가 날개가 돋으면 단 하루를 날아. 그 하루가 비 내리는 날이라고 생각해 봐. 세상을 질척거리고 어두운 곳으로 여길 거야. 태양처럼 밝은 세상을 꿈꾸며 인내로 버텨 온 게 물거품으로 돌아가지. 인정할게. 네가 부러워. 내가 가지고 태어난 세상은 여전히 차갑거든. 나는 겨울에 태어난 나빙과 같아. 너는 달라. 아직 변태하지 못한 애벌레에 불과해. 꿈만 꾸고 있는 거야. 너에게도 봄이 찾아오겠지. 그래. 그런 날이 오면 하루살이가 아닌 나비로 태어나라. 눈부신 날개로 봄을 가득 안아라.

12.

 그해 봄에는 갓 피어난 꽃에서도 죽음이 보였다. 사월 말, 서대문 근처 대학에서 한 학생이 죽었다. 사건은 명쾌히 밝혀지지 않았다. 목격한 학생들은 사복을 입은 경찰들이 쇠 파이프로 마구 내리쳤다고 주장했다. 연희동 대학가에서 학생들은 밤을 잊었다. 불과 돌과 쇠와 가스, 그리고 직선으로 뻗는 물이 거리를 메웠다. 광주의 한 대학생이 그 사건을 규탄하며 몸을 불로 태웠다. 상황은 걷잡을 수 없었다. 마치 신호탄이라도 터진 듯 분신과 투신이 이어졌다. 죽음의 불꽃은 학생과 노동자를 가리지 않았다. 종교단체마저 거리에 나서자 1987년이 재현되는 듯했다. 어느 쪽이든 한쪽은 끝장을 봐야 할 기세였다.

무엇이 그들을 서쪽 끝에 서게 했을까. 유진에게는 곧 떠날 나라였다. 하지만 들려오는 소식에 마음이 불편했다. 그들과 함께 석양을 맞고 있다고 생각했다. 차이는 단 하나, 저녁이 아름다운 집을 가지고 있는가였다.

신문 기사를 읽으며 유진은 무언가 마음에 걸렸다. 수원의 한 교회 목사가 구속되었다. 목사는 감옥에서 단식으로 맞서다 의식을 잃었다. 신부 두 명이 이 사건에 대한 성명을 발표했고 수도권 곳곳에서 기독교인들과 천주교 사제들이 평화 행진을 이었다. 명동 성당에서는 매일 시국 미사를 열었고 학생과 시민이 참여하며 세를 불렸다. 집회는 점점 과격하게 변해 갔다.

텔레비전 뉴스는 기우의 모습을 자주 비췄다. 그는 서울의 많은 집회와 시위를 주도했다. 표현할 수 있는 마지막 말이 그에게 남아 있다면, 그는 어떤 문장을 쓸까. 아무도 봄날의 꽃이 풍기는 아름다움을 말하지 않았다. 그런 찬양이나 감탄은 모든 억압에 침묵하는 것으로 여겼다. 유진은 그 생각에 동의했다. 번쩍이는 빛으로 타올라 한마디 외치고 어둠에 묻힐 생각도 해 보았다. 그러나 그들의 분노와 결이 달랐다. 그들이 부러웠다. 그들은 적어도 심장은 붉으리라. 흘리는 피와 땀에서 삶의 생명력을 생생히 느끼리

라. 그것을 직접 맛보고 냄새 맡겠지.

 오월로 접어들자, 거리는 숫제 전쟁터가 되었다. 십일 년 전에 희생된 자들이 되살아 나는 듯했다. 손에 쥐여 준다면 누구든 총을 마다하지 않을 태세였다. 저항은 죽음을 부르고 그 죽음이 봄을 뒤덮었다. 싸움이 과격해질수록 유진은 움츠러들었다. 더는 발을 디딜 땅이 없었다. 그때까지 생각조차 떠올리지 못했다. 진정으로 연극을 끝낼 검은 장막이 너울대며 내려오고 있으리라곤….

 기묘한 날이었다. 잠에서 깨자, 꿈이었음을 깨닫고 한숨 쉬었다. 한낮이었다. 그러나 곧 주위가 회색 어둠에 잠겼다. 그는 다시 알아챘다. 여전히 꿈속이었다. 그것이 되풀이되었다. 영원히 깨어나지 못할 것 같은 악몽이었다. 그러는 중에 전화벨이 울렸다. 그는 손을 뻗으려 했다. 그러나 팔이 꿈쩍도 하지 않았다. 온 힘을 기울여 팔에 집중했다. 손가락만 꿈틀거릴 뿐이었다. 전화벨 소리는 점점 커졌다. 정신이 가물거렸다. 더 깊은 잠에 빠질 듯 무력했다. 그는 악을 썼다. 간신히 수화기를 쥐었다. 그 속에서 외태의 목소리가 흘러나왔다. 병원이라며 누군가 죽었다고 했다. 유진은 꿈속인지 현실인지 분간할 수 없었다. 외태에게 되물었다. 누구라고? 외태는 울먹이며 말했다. 선아야.

이반의 편지 5

친애하는
제인 박사께,

 다시 한번 말씀드리지만, 사망이란, 온전히 몸을 소생시키는 것이 현재 알려진 수단으로는 불가능한 경우입니다. 언제까지나 '현재의 수단'입니다. 우리의 냉동 보존 프로그램은 소생이 가능한 기술이 탄생하기까지 죽음을 보류합니다.

 사망 진단이 내려지면 한 시간 내에 진행합니다. 편의상 시신이라 지칭하겠습니다(저희는 그 용어에 동의하지 않습니다). 시신은 급속 냉동되어 영하 190도 이하에서 보존됩니다. 우리는 어디까지나 임상사를 전제로 합니다. 법률이 허락하는 범위입니다.

 박사님의 고민이 클 것으로 생각합니다만, 어디까지나 당신의 아들은 사망한 경우가 아닙니다. 코마 상태에 빠진 환자는 우리에게도 난처한 판단을 요구합니다. 물론 박사님의 병환을 고려했을 때, 현재 상황에 대한 명확한 정의는 쉽지 않은 일입니다.

그렇습니다. 우리는 이익을 위해 냉동 캡슐을 운영하고 한 인간의 사망을 지연시킵니다. 그것은 종교에서 말하는 부활과 같은 뜻이 아닙니다. 오랫동안 박사님과 의견을 나누며 우리 연구소도 성장하고 배우고 깨우침을 얻었습니다. 하지만 저희는 종교적 절대성을 주장할 순 없습니다. 자신의 비극을 성화(聖化)한 베토벤이 22세기에 다시 태어난다면 그 마성이 넘치는 교향곡을 다시 쓸 수 있을까요? 우리는 22세기에 깨어나 신세계를 누릴 삶을 제시하지만, 그 미래의 모습을 완벽하게 예측할 수도 그려 볼 수도 없습니다. 지금의 상식이 아닌 그 어떤 일반적 논리하에서 인류가 살아갈지는 미지수입니다.

원칙적으로 본인의 서명이 들어가야 합니다. 박사님의 경우는 특수한 상황이기에 저희가 여러 방도를 고민해 보았습니다. 물론 불치병에 걸려 고통에 지친 환자가 안락사를 결심하고 서명하는 사례는 많습니다. 하지만 박사님과 아들은 이런 사례에 해당하지도 않습니다. 저희도 처음 접한다는 것을 알려 드립니다. 박사님의 사후에라도 아들이 코마에서 깨어난다면 축복할 일이겠지만, 박사님의 결정과 당신 아들의 생각이 일치할지 아무도 모릅니다.

저희는 어디까지나 과학자일 뿐, 철학자가 아닙니다. 박사께서 처한 모든 상황과 질문에 현명한 답을 드리지 못해 아쉽습니다.

계약서에 옵션을 넣었습니다. 박사님의 사정을 안타깝게 생각합니다. 부디 기적이 일어나 아들이 깨어나는 모습을 보길 기도합니다.

당신의 벗,
이반 알렉세이
2012년 5월 6일

제인의 다이어리

2012년 5월 10일

며칠 동안 주사기를 손에 들었어. 삼십 분 만에 심장을 멎게 하는 약물이 들어 있었지. 타살 흔적은 전혀 남기지 않는단다. 몇 번이나 네 팔에 갖다 대었지. 그때마다 푸른 혈관이 꿈틀대는 듯했어. 나는 엄지에 힘을 넣을 수 없었지.

엄마는 곧 죽는단다. 두렵지는 않아. 너를 남겨 두고 떠나야 하는 사실이 괴로울 뿐이야. 그 후의 네 삶을 고민했단다. 선택을 내려야 했어. 남은 돈을 병원에 맡겨야 할지, 아니면 가능성이 보이는 미래에 기댈 것인지. 나는 미래의 과학을 믿어 보기로 했어. 너를 단번에 깨울 기술이 올 날에 전부를 걸려 했던 거야.

오늘 하는 말은 어려운 고백이야. 힘든 일이지만 죽기 전에는 꼭 이야기하려 했어. 너는 제시의 유전자를 지니고 태어났단다. 당시에는 허용되지 않았어. 실험으로만 가능한 일이었지. 네 아버지와 나는 오래 노력했지만, 아이를 갖지 못했어. 엄마의 난자에 문제가 있었지.

미시간에서 제시를 처음 만났단다. 엄마가 박사 과정을 밟기 위해 미국으로 건너갔을 때였지. 거주할 곳을 찾다가 혼자 사는 그녀를 알게 되었어. 그녀는 같은 대학에서 음악을 공부하고 있었지. 나보다 한참 어린 나이였단다. 무척 아름다웠지. 매혹적인 얼굴이었어. 나는 그녀에게 빠져들었단다.

어느 날, 어떤 불량배가 내 방 창문을 깨뜨리고 달아났어. 날씨는 추웠고 나는 오들오들 떨고 있었지. 그녀는 자신의 방에서 같이 자자고 했어. 나는 고마워하며 그녀의 침대에 누웠지. 그런데 그녀가 옷을 벗고 알몸으로 침대에 오른 거야. 평소 습관이라며 개의치 말라 했지만 나는 긴장했단다. 그러고는 밤새 잠들지 못했어. 가슴이 마구 뛰었지. 그녀가 몸을 뒤척이다 내게 팔을 올리면 내 몸은 얼어붙고 말았어. 내가 가진 본능이 무엇인지 확신하는 밤이었지.

한국으로 돌아온 뒤에도 그날 일을 잊지 못했어. 미국에서 세미나가 있을 때마다 그녀를 찾았지. 때론 세미나 핑계를 대고 비행기에 오르기도 했단다.

네 아버지는 무서운 사람이야. 마침내 모두 알아냈어. 네 생물학적 어머니가 제시리는 사실도, 내가 남자를 사랑할 수 없는 몸으로 태어났다는 사실도 말이야.

그는 허탈해했지. 두 번 다시 너를 만나지 말라고 했어. 다른 건 상관없었지. 하지만 그 조건만은 받아들일 수 없었어. 그런데 곧 고개를 숙이고 말았지. 그는 협박했어. 따르지 않으면 나에 대한 모든 걸 너에게 말하겠다고 했거든. 나는 네가 혼란 속에 방황할 모습을 떠올릴 수 없었어. 다행히 그는 나와 제시의 관계는 알지 못했지. 그래서 그가 제시를 네 곁에 둔 거야.

언젠가 너는 다시 눈을 뜰 거야. 십 년 후든, 수백 년 후든 말이야. 그 순간이 오면 이것만은 기억해 주렴. 너와 함께한 시간이 진실이었음을, 너는 엄마에게 참된 기쁨이었음을….

V. 서쪽에서의 춤

───── 땅거미가 지기 시작했다. 서쪽 하늘에 희미한 달빛이 솟았다. 그는 무덤에 기대 어둠을 맞았다. 풀벌레 우는 소리가 사방에서 울렸다. 눈을 뜬 별이 하나씩 동공에 파고들었다. 그러고는 이른기렸다. 산 자의 세계도 망자의 세계도 아니었다. 꿈속에 있는지 상상하고 있는지 아니면 환각에 빠진 것인지 알 수 없었다.

유진아.

그 음성은 아주 오래전부터 들렸지만, 왠지 환청처럼 느껴졌다. 유진아, 하고 무한한 어둠 속에서 울릴 때마다 그쪽을 향해 고개 돌려 봐도 진흙탕 같은 이미지만 눈앞에 펼쳐졌다. 질척질척한 흙에 박혀 명쾌한 음절을 이루지 못하고 그 속에서 힘겹게 손짓할 뿐이었다. 반복되는 호명에 그는 지쳤다. 차츰 흐려지던 그 음성은 그의 귀에 리타르단도처럼 다가왔다. 여운이 아닌 절망의 노래였다.

세상은 멀미에 갇힌 모습이었다. 그가 경험했던 취기 속에서 바라보는 풍경과 같았다. 코앞에 있을 듯싶어 손을 내밀면 그것은 어지럽게 맴도는 공간 속으로 멀어져 갔다.

그러면 그의 의식도 알 수 없는 늪에 빠져 버렸다. 그 늪에는 척박한 기계음이 울렸고, 코를 찌르는 매캐한 냄새가 차 있었다.

다시 무언가를 생각할 수 있는 때가 오면, 기존의 이미지들을 연상시킬 수 있는 실마리를 잡았다. 그것이 선명하게 떠오르기를 기다려 하나씩 기억을 이었다. 그러나 어느 정도 윤곽을 이루었다 싶으면 스르르 허물어져 버렸다. 좌절은 사치였다. 그는 낭떠러지 끝에 달린 기억의 파편을 건져 올렸고, 우중충한 하늘 아래 휘몰아치는 바람에 맞서 하나씩 맞추었다. 그러면 사람의 형상이 완성되었다. 그것이 전부였다. 분명 아는 얼굴인데, 그게 누구인지, 그와 어떤 관계인지 떠오르지 않았다.

시간은 끝없이 늘어졌다가 순식간에 수축했다. 그럴 때마다 정지한 채 흐르지 않았다. 다시 이름을 불러 줄 때까지 미로에 갇혀 있어야 했다.

유진아.

포기하려는 순간마다 목소리가 되살아나 울렸다. 그 소리는 허물어진 기억의 탑을 비추었고 그가 아직 존재한다는 걸 증명했다. 하지만 소리가 나는 곳으로 향할 방법은 없었다.

 어느 순간이었다. 너울거리는 그림자 떼 속에서 한 줄기 빛이 그의 의식을 관통했다. 그러고는 점점 자라났다.

 태양 한가운데를 바라보는 기분이었다. 왜 이리 밝을까. 빛은 사그라지지 않았다. 눈을 감을 필요는 없었다. 부시거나 쓰리지 않았다. 오른쪽 눈동자는 끊임없이 빛을 빨아들였다. 그것이 생각을 하얗게 적셨다.

 하나만 기억하면 돼. 단초가 될 만한 게 없을까. 기억을 떠올려 검은 점 하나를 찍으면 이 하얀 벽이 무너질 거야. 눈빛? 어렴풋이 그려지는군. 그런데 누구의 눈일까? 멜로디가 흐르네. 그렇지. 타란텔라. 그게 뭐였지? 춤? 음악? 그런 게 나와 무슨 상관일까? 가렵다. 등도 팔도 다리도. 하지만 팔을 움직일 수 없다. 나는 영혼으로만 남은 존재일까?

*

 이십이 년이 지나 있었다. 누군가 말해 주기를 바랐다. 아직 그가 꿈속에 있다고. 그렇지 않다면 그가 망령들을 보고 있다고….

*

 처음에는 눈꺼풀을 들어 올리는 것조차 힘들었다. 근육이란 근육은 죄다 뇌의 명령을 거부했다. 이십이 년간 잠들었던 몸은 아직 깨어나지 못한 것과 같았다. 손가락 하나를 까딱하는 것도 철근을 옮기는 것처럼 힘겹게 다가왔다.
 목소리를 되찾는 과정은 더 고통스러웠다. 성대가 녹슨 기계처럼 쇳소리만 낼뿐, 성한 음성을 만들지 못했다. 언어 치료사가 요구한 훈련을 하는 동안 마치 말을 처음 배우는 영아가 된 기분이었다.
 처음으로 물을 마셨을 때, 그 평범한 행위가 얼마나 특별한 것인지 깨달았다. 사막처럼 메마른 목구멍은 물을 받아들이지 못했다. 삼키는 동작을 기억해 내는 데만 사흘이 걸렸다.

매일 물리 치료를 받았다. 물리 치료사는 그의 다리를 조심스럽게 구부렸다 폈다 하며 관절을 풀어 주었다. 극심한 통증이 뒤따랐다. 연골이 다 닳아 없어진 느낌이었다.

담당 의사는 주기적인 근전도 검사로 근육 운동 의지를 측정하고 관찰했다. 그때마다 몸 구석구석을 침과 전기로 자극했고, 신경과 연결된 근육에 경련이 일었다. 실험동물이 된 기분이었다. 재활 운동은 끔찍했다. 한 시간이 채 되지 않는 데도 땀 한 말을 쏟았다.

한 달이 지나자 휠체어를 타고 복도를 지나 창가로 다가갈 수 있었다. 창밖으로 펼쳐진 낯선 빌딩의 밀림은 현실적으로 다가오지 않았다. 이제 밥도 혼자 먹을 만큼 팔과 손의 근육이 살아났다. 그러나 몸을 회복하는 일보다 어려운 것은 시간의 공백을 받아들이는 일이었다. 2013년이라는 현재에 적응해야 했다. 새 밀레니엄이 오기 전후로 흘렀던 이십이 년은 그에겐 잠으로 날려 버린 허무한 시간이었다. 모두가 기적이라고 했다. 그렇게 긴 코마에서 깨어난 사례는 희박하다는 것이었다. 하지만 그의 마음은 무겁기만 했다. 병실 벽에 달린 얇은 TV처럼 지독히 낯선 세계와 마주칠 생각을 하니 막막했다.

모든 기억이 어렴풋했다. 그것이 기억인지 긴 시간 동

안 꾸었던 꿈인지 모호했다. 생각을 펼쳐 나가기가 두려웠고 언어는 낯설었다. 문장이 가진 의미와 맥락이 혼란스러웠다. 의사는 물었다. 요즘 무슨 생각 하세요? 이 문장에서 '요즘'과 '생각'이라는 명사, '무슨'이라는 관형사가 어떤 의미인지는 명확했다. 하지만 문장으로 묶이면 와닿지 않았다. 구체적인 머릿속 생각을 알려 달라는 걸까? 기분이 어떤지 묻는 것일 수도 있었다. 아니면 아무 생각 하지 말라는 관용적 표현일까?

휠체어에서 벗어나 걷게 되었을 때였다. 세상은 그가 다시 걷기를 기다려 주었지만, 어느 곳으로 향해야 할지는 아무도 말해 주지 않았다. 시계는 똑딱거리며 돌아가고 있었다. 그럴수록 칠천여 일의 공백이 더 커졌다. 누군가 그의 삶 한가운데를 가위로 오려 낸 것이나 다름없었다.

어느 날, 갑자기 머릿속에 전화번호가 떠올랐다. 그는 1층으로 내려가 주위를 둘러보았다. 휴게실과 입구 근처 어디에도 공중전화가 보이지 않았다. 그는 안내 센터로 걸어가 여직원에게 물었다.

"공중전화가 어디에 있나요?"

여직원은 눈을 조금 크게 뜨고 생뚱맞다는 표정을 지었다. 그러더니 미소 지으며 말했다.

"핸드폰 없으세요? 급한 일이면 이걸 쓰세요."

그녀는 카운터 위 전화기를 가리켰다. 유진은 수화기를 들고 버튼을 눌렀다. 없는 번호라는 알림 음성이 나왔다. 병실로 돌아가 욕실에서 옷을 벗었다. 욕실 거울이 자신의 모습을 비췄다. 초라했다. 살이라곤 거의 남아 있지 않았다. 가슴뼈가 두드러져 나왔고 배는 쑥 들어갔다. 군데군데 희끗희끗한 머리카락, 눈가와 입가에 패인 깊은 주름, 멀건 눈동자와 푸석한 얼굴. 그건 낯선 사람이었다. 그의 몸은 갑자기 사십 대로 건너뛰었다. 이십 대 초반에 불과한 정신은 어울리지 않는 가죽을 뒤집어썼다. 그는 손바닥을 펴 팔을 뻗었다. 거울 속의 얼굴을 가렸다.

그가 대략적인 기억의 틀을 완성했을 때, 담당 의사는 사람들을 만날 수 있겠냐고 물었다. 유진은 고민하다가 피할 수 없는 일임을 깨닫고 동의했다. 며칠 후, 한 남자가 찾아왔다. 모르는 사람이었다. 머리가 모두 하얗게 셌고 일흔은 넘어 보였다. 그는 진심으로 축하한다며 자신을 기억하지 못하겠냐고 물었다. 유진은 대답하지 못했다. 그럴 테지. 그는 말하며 고개를 끄덕였다.

"유진 군, 나일세. 자네 아버지 변호사라네."

유진은 남자의 안경 속 눈을 자세히 들여다보았다. 그제야 기억났다. 눈빛이 탁했지만, 영민한 기운이 깃들어 있었다. 얼굴에 붙은 살을 깎아 내고 주름을 편다면 영락없이 예전 모습이었다. 그는 물건 두 개를 놓고 갔다. 스마트폰과 노트북이라고 했다. 사용법을 차근차근 알려 주었다. 세상이 어떻게 흘러왔는지 훑어보라고 했다. 무리하지 말고 충분한 시간을 들이라고 충고했다.

그가 돌아간 뒤 유진은 한동안 정신이 멍멍했다. 공상 과학 영화에서나 볼 법한 물건이 눈앞에 놓여 있었다. 그것은 화면이 평평하고 얇은 TV보다 충격적이었다. 손바닥만 한 스마트폰은 워키토키처럼 쓰는 전화였다. 그런데 전 세계 누구와도 통화할 수 있다고 했다. 노트북이라는 물건은 필기장 크기의 컴퓨터였다. 터치 패드라는 것에 손가락을 대자 화면에 있는 화살표 모양이 움직였다. 인터넷은 놀라웠다. 브라우저에 검색하고 싶은 말을 입력하면 분야별로 정보가 떴다. 어마어마한 양이었다. 사전으로 정의된 의미뿐만이 아니었다. 오래전 기사와 사진, 영상까지 있었다.

그는 한동안 얼어붙었다. 다시 만난 세계는 무서우리만치 놀라운 문명의 옷을 입고 있었다.

잠시 생각하다가 '1991년 사건·사고'라고 입력해 보았다. 모든 기억의 출발점이자 종착지였기 때문이었다. 화면에 뜬 목록을 보다가 갑자기 손을 멈췄다. 손가락을 굴려 '세계 지도'라고 입력했다. 화면에 나타난 지도는 흔히 보았던 것과 달랐다. 지도의 반을 붉은색으로 표현하던 그림은 찾기 어려웠다. 그 붉음 한가운데를 차지했던 소련이라는 나라는 사라졌다. 관련 기사를 읽는 동안 가슴이 뛰었다. 그는 고개 들고 천장을 바라보았다. 1991년 그해 말, 소비에트 연방은 해체되었다.

불꽃처럼 타올랐던 죽음이나 저항이 전부 기록으로 남아 있었다. 선아와 외태, 심지어 유진 자신에 관한 내용까지 크고 작게 다루고 있었다. 선아의 시신을 지키려는 처절한 싸움이 생생히 떠올랐다. 꿈이 아니었다. 기억은 모두 사실이었다.

문득 한 이름이 생각났다. 손을 떨며 '장기우'라는 세 글자를 타이핑했다. 사진과 함께 프로필이 떴다. 사진 속 얼굴은 흰 이를 드러내며 웃고 있었다. 잔디 광장을 가로지르던 옛 모습보다 한결 온화해 보였다. 소개란에는 '국회 의원'이라는 설명이 들어 있었다.

일주일이 흐르도록 화면에서 눈을 떼지 못했다. 대통령이 여러 명 바뀌었다. 남과 북 정상이 분단 후 처음으로 만나기도 했다. 미국은 중동의 나라들과 전쟁을 치렀고 시장을 끌어들였던 중국은 옛 제국을 꿈꿀 만큼 성장했다. 사회주의의 옷을 벗은 러시아는 최강을 다투는 강대한 나라가 아니었다.

극적인 사건들이 그에겐 덧없었다. 소설 한 편을 읽은 거나 다름없었다. 이 현실을 살아가려면 그 소설 속 인물이 되어야 했다. 이제 어떤 연기를 해야 할까. 의식은 성장을 멈추고 몸만 쇠약하게 늙어 버린 사람에게 어떤 희망이 있을까. 이름도 대사도 없이 스쳐 가는 역이 남았을 뿐이다.

윙윙하는 소리가 났다. 그는 스마트폰을 손에 쥐었다. 변호사 말에 따르면, 요즘은 어린아이들도 하나씩 가지고 다닌다는 물건이었다. 변호사가 보낸 문자 메시지가 와 있었다. 이틀 뒤에 찾아오겠다는 내용이었다. 깜빡이는 프롬프터를 건드리자, 자판이 나왔다. 그는 눈을 찌푸렸다. 화면에 뜬 열 개의 버튼에 모음은 단 두 개뿐이었다. 쌍자음은 아예 보이지 않았다. 이것으로 어떻게 문장을 만드는지 그는 알지 못했다.

다시 만난 변호사는 유진의 재산을 설명했다. 유진은 어머니에 관해 물었다. 변호사는 잠시 눈을 감고 고개 숙였다가 서류 가방에서 노트 세 권을 꺼냈다. 모두 두꺼웠다.

"생전에 어머니가 쓰셨던 일기라네. 편지라 해야 할지도 모르겠군."

 병원에서 한 달을 더 지내다가 퇴원했다. 의사는 특이한 경우이니 더 머물기를 권했다. 유진은 결심을 굽히지 않았다. 일산은 어머니와 함께 살 때의 모습을 거의 잃었다. 도로는 시원스레 뻗어 있었고 건물마다 간판이 화려한 필체로 공간을 두고 다퉜다. 낮인데도 네온사인이 밝혀진 곳도 있었다. 거리에는 유월의 뜨거운 햇살이 쏟아졌다. 높고 고급스러운 건물 유리창은 빛을 반사했고 인도의 가로수는 활기 넘치는 가지를 뻗었다. 그 모든 모습이 사진으로만 보았던 뉴욕을 닮아 보였다.

 명륜동에 사글셋방을 얻었다. 변호사가 만들어 준 신용카드로 밥을 사 먹었다. 통장에는 일 년 정도 살 돈이 남아 있었다. 제주도에 있다는 땅과 그 돈이 마지막 재산이었다. 어머니의 일기장을 펼쳐 훑었다. 여러 번 만지작거렸는지 손때가 가득했다. 어떤 페이지는 무언가로 젖어 번진 흔적이 있었다. 희미한 형광등 불빛 속에서 글씨들이 떨었다. 그는 세 권을 모두 읽은 뒤 처음부터 다시 읽었다.

 일주일 후, 집배원이 찾아와 서류봉투를 건넸다. 러시아에서 온 우편이었다. 어머니가 일기장에 언급했던 그 연구소였다. 안에는 계약서 한 장이 들어 있었다. 그것을 들고 한동안 생각했다. 손에 힘을 주고 찢으려다가 멈췄다. 만일 수백 년 뒤에 깨어난다면…. 차라리 그 세계라면 지금처럼 어색하지 않을 터였다. 가상의 세계에 사는 듯 지내면 그만이었다. 그의 기억은 먼 과거에 멈춰 있지만, 아직 살아 있는 자들의 기억이기도 했다. 다시 마주친들 무슨 소통을 할 수 있으며 감정을 공유할 수 있을까. 이미 잠에는 능숙하다. 삶의 절반 이상을 의미 없이 자지 않았는가. 몇백 년이든 차갑게 얼어 더 잠에 빠져든들 다를 게 있을까? 그는 볼펜을 쥐고 계약서 서명란으로 가져갔다. 손이 떨렸다. 밤새 볼펜을 들었다가 내려놓기를 반복했다.

가방에 몇 가지 물건을 챙겨 나왔다. 캠퍼스에 먼저 들렀다. 둘러보며 걷는 동안 어질어질했다. 우중충했던 건물들이 세련되고 밝게 변했다. 거의 다 새로 지은 모습이었다. 잔디 광장은 훨씬 작아졌다. 실제로 그런 것인지 그래 보이는 것인지 알 수 없었다. 그는 캠퍼스에서 나왔다. 지하철역까지 걸어가 전철을 타고 수원으로 향했다. 열차 안은 춥다고 느낄 만큼 냉방이 잘 되었다. 쾌적했다.

도착해서 주위를 둘러보던 그는 어리둥절했다. 역에서 율전 캠퍼스까지 고가 도로와 지하 차도가 복잡하게 이어졌다. 빽빽하게 들어선 건물은 변화가 못지않았다. 단출하지만 한적하던 모습은 사라지고 없었다. 캠퍼스는 더 놀라운 모습으로 변해 있었다. 동상 하나가 서 있을 뿐이던 학생회관 앞 공간은 거대한 건물을 품었다. 새로 지은 도서관이었다. 오페라 하우스처럼 생겼고 전면을 유리로 덮고 있었다. 웅장했다. 밤나무로 채워진 동산 숲은 깔끔한 산책로가 깔려 아담한 공원처럼 변했다. 그는 그 길을 따라 걸었다.

역으로 돌아와 전철과 버스를 갈아탔다. 마석까지 세 시간이 넘지 않아 도착했다. 거기서 삼십 분을 걸으니, 추모공원이 나왔다. 인터넷으로 알아낸 곳이었다. 식어 버린 태양이 서쪽 산 위에서 쓸쓸한 빛을 뿌렸다. 묘역은 계단식 밭처럼 층으로 이어져 있었다. 묘지들 위로 붉은 햇살이 타올랐다. 걷는 동안 눈앞이 아른거렸다. 묘비 사이에서 가지를 늘어뜨린 나무가 망자들처럼 다가왔다. 그는 묘비를 스치며 이름과 묘비명을 하나씩 확인했다.

언덕 중간 끄트머리에서 그녀의 무덤을 찾았다. 작은 국화 화환이 놓여 있었는데 모두 시들고 말라비틀어져 색이 바랬다. 그는 흑백 초상화를 바라보았다. 석양에 젖은 그녀의 얼굴이 발그스름했다. 그는 향에 불을 붙였다. 묘석 옆에는 유리 상자가 있었다. 그 안에 든 방명록을 꺼내 펼쳤다. 참배하는 사람들은 대체로 기일에 맞추어 오는 듯했다. 뒤로 갈수록 글은 더 적어지고 짧았다. 그런데 매년 빠짐없이 글을 남긴 사람이 있었다. 올해도 다녀갔다. 외태의 이름이 해마다 짧은 문구와 함께 적혀 있었다. 한 명이 더 있었다. 이름은 남기지 않았다. 시만 한 편씩 적어 놓았다. 누구인지 생각할 필요도 없었다. 기우의 필체였다. 유진은 맨 뒷장으로 넘겼다. 사인펜 뚜껑을 열고 종이 위에 적었다.

마리아를 기억하다.
언제인지 알 수 없는 세계에서.

땅거미가 지기 시작했다. 서쪽 하늘에 희미한 달빛이 솟았다. 그는 무덤에 기대 어둠을 맞았다. 풀벌레 우는 소리가 사방에서 울렸다. 눈을 뜬 별이 하나씩 동공에 파고들었다. 그러고는 아른거렸다. 산 자의 세계도 망자의 세계도 아니었다. 꿈속에 있는지 상상하고 있는지 아니면 환각에 빠진 것인지 알 수 없었다. 눈앞에 떠오른 형상들이 별빛 속에 빨려 들어갔다. 무덤에 깃든 영령들은 하나둘 솟아올라 별로 변했다. 그것이 각자 음으로 변해 멜로디를 이루었다. 밤하늘에 〈타란텔라〉가 흘렀다. 무언가 꿈틀대더니 점점 선명해졌다. 마리아와 요셉이었다. 춤을 추고 있었다. 가슴에 이는 두근거림이 맞잡은 손을 타고 흘렀다. 달은 조명이 되어 그들을 품었다. 영원히 끝나지 않을 밤이었다.

*

 방문 앞에 커다란 상자가 놓여 있었다. 묵직했다. '보낸사람' 칸에 적힌 것은 변호사 이름이었다. 방으로 들어와 상자를 열었다. 꽁꽁 얼어 있는 듯한 물건이 쌓여 있었다. 하나씩 꺼냈다. 노트와 시집, 피아노 교재, 그리고 사진첩이 나왔다. 카세트테이프도 하나 끼어 있는데, 그것을 본 순간 서글픔이 고개를 들이밀려고 했다. 사진첩을 펼치려다가 내려놓았다. 볼 자신이 없었다. 그는 꺼낸 것을 도로 상자에 넣었다.
 방 안에 머무르며 놓치고 있을 법한 기억을 더듬어 보았다. 무엇이든 떠오르면 선풍기 바람에 날려 버렸다. 그가 가진 시간은 무척 길었지만, 흘려보내고 나면 찰나에 불과해 보였다. 무의미한 백지가 쌓일 뿐이었다. 그는 어서 여름이 지나가기를 바랐다.

무더위가 물러갈 무렵이었다. 그는 서울역에서 열차표를 끊었다. KTX라는 열차는 무서운 속도로 달렸다. 부산역까지 세 시간이 채 걸리지 않았다. 스마트폰으로 확인해 버스 번호를 알아냈다. 번호가 바뀌었고 노선도 달랐다. 버스를 타고 좌석에 앉아 창문 밖을 바라보았다. 바뀐 건물과 도로가 낯설었다. 무심히 내리쬐는 햇볕만이 옛 모습 그대로였다.

종점에 도착했다. 그는 버스에서 내려 주위를 둘러보았다. 도로는 모두 아스팔트로 포장되어 있었다. 그와 달리 소망교회는 세월의 흔적을 지우지 못했다. 벽돌마다 검은 얼룩이 묻고 여기저기 갈라지기도 했다. 마을에 우뚝 솟은 성탑 같던 모습은 사라졌다. 그는 문을 열고 예배당에 들어갔다.

변한 건 없었다. 신도석도 연단도 십자가도 그대로였다. 시간이 멈춰 선 공간 같았다. 그는 맨 앞자리로 걸어가 앉았다. 눈을 감았다. 찬송가에 맞추어 피아노를 연주하던 모습이 떠올랐다.

발걸음 소리가 나더니 옆에서 멈췄다. 그는 고개 돌려

발소리의 주인을 보았다. 잔주름을 띠고 흰 블라우스를 입은 여자였다. 굵직한 곡선을 이룬 회색 머리가 어깨까지 내려와 있었다. 안경 속에 고인 눈빛이 자상해 보였다.

"우리 교회 신도님이 아닌 거 같은데, 어떻게 오셨어요?"

"신도였었죠. 오래전에."

여자는 옆에 앉았다. 연단 위 촛불을 보며 길게 숨을 내쉬었다.

"감회가 깊겠어요. 저는 이 교회 목사 아내예요. 이십 년 만에 여기로 돌아왔죠. 제 딸과 함께한 추억이 깃든 곳이라서. 목소리가 참 맑은 아이였어요. 댁 정도 나이가 되었겠네요. 살아 있다면…."

사투리를 쓰지 않았으나 경상도 억양이 담겨 있었다. 그녀는 무언가 회상하며 말을 이을 듯 말 듯 했다.

"바로 저 앞 무대였지요. 저는 보았어요. 그 아이의 몸을 둘러싼 신비로움을 말이에요. 천사였죠. 적어도 그 순간만큼은."

유진은 눈을 벌려 그녀의 얼굴을 살폈다. 틀림없었다. 그 시절의 모습이 남아 있었다. 둥글지만 턱이 넓은 얼굴에 쌍꺼풀진 두 눈, 얇은 입술. 그녀는 말을 이었다. 마치 옆에 있는 사람이 유진이라는 걸 알아채기라도 한 듯 스스

럼없었다.

"그 아이는 자기 심장이 곧 멎을 걸 알고 있었어요. 그런데 그 사실에 슬퍼하지 않았어요. 슬퍼한 이유는 따로 있었죠. 그제야 저는 깨달았어요. 모든 게 오해였다는 걸. 그 아이의 편지를 읽고 알았죠. 그게 마지막 편지였어요."

유진은 고개 숙였다. 아무 말도 나오지 않았다. 속에서 무언가 뒤틀리며 마음을 짓이겼다.

*

서울로 돌아와 유기견 보호소를 찾았다. 가장 못생긴 개를 골랐다. 수북한 털이 엉켜 있었고 얼굴이 지저분했다. 작은 암놈이었다. 개를 데리고 집 근처 동물병원에 들렀다. 털을 깎고 나니 귀여운 모습이 나왔다. 코가 납작하고 얼굴이 동글동글했다. 활발하지는 않았다. 종일 엎드려 몸을 말고 지냈다. 그에겐 그편이 나았다. 이름도 짓지 않았다. 때가 되면 사료를 주고 오후에 두어 시간 함께 걸었다. 개의 눈을 들여다보면 메말랐던 감정이 살아나 스멀거렸다. 그러면 더 큰 슬픔이 고였고 촉촉한 기운이 가슴을 조였다. 개의 눈은 자수정을 연상시킬 만큼 맑고 고왔다. 일주일이 지나자 등을 덮은 나무색 털에 윤기가 돌기 시작했다. 그는 '하루'라고 부르기로 했다.

마음을 열지 않던 하루는 차츰 다가왔다. 겨울이 춥지 않았다. 하루는 항상 그의 곁을 지켰고 그는 온기 넘치는 녀석을 꼭 끌어안고 잤다. 이젠 유진이 조금이라도 눈물을 보이면 하루는 끙끙대며 앞발로 그를 긁어 댔다. 그러면 유진은 다시 밝은 미소를 지어야 했다. 겨울이 길기를 바랐다. 처음부터 염두에 둔 일이었다. 그의 마지막 봄을 같이 걸어 줄 짝이 필요했다. 무엇이든 심장이 뛰는 존재면 되었다.

그 생각은 어리석었다. 숨 쉬는 모든 생명은 애착이라는 인력을 낳았다. 그 힘이 미치는 반경에 들어서면 전혀 다른 궤도를 돌아야 했다. 그 과정에서 생긴 정은 미련을 쌓기 마련이었다.

무언가 예감했는지 하루가 자주 그의 품에 파고들었다. 그가 떼어 놓으면 동그랗고 촉촉한 눈으로 뚫어지게 쳐다봤다. 그가 말리지 않으면 온종일이라도 그러고 있을 태세였다. 그는 하루를 보며 다음 겨울이라는 가능성을 떠올려 보았다. 어쩌면 그런 게 있을지도 몰랐다. 하루의 눈은 말하고 있었다. 내가 앞장설 테니 따라만 와요, 라고.

하지만 그 행동은 그런 이유에서가 아니었다. 하루의 눈에 담긴 것은 헤어짐에 대한 아쉬움이었다. 갑자기 하루의 한쪽 눈이 벌게졌다. 그는 단순한 충혈이려니 여겼다. 그러나 나흘이 지나도록 낫지 않았다. 수정 같았던 눈동자로 돌아오지 않았다. 그는 하루를 안고 동물병원으로 향했다. 하루의 눈을 살피던 여자 수의사는 표정이 어두웠다. 안압계를 꺼내더니 핀처럼 생긴 것을 하루의 안구에 쏘았다. 그녀는 혀를 찼다.

유진은 안약을 받고 돌아왔다. 무척 비쌌다. 그것을 매일 세 번, 꼬박꼬박 넣어 주었다. 수의사는 급격히 안압이 오를 수도 있다며 2차 진료 기관을 알려 주었다. 유진은 녹내장이 어떤 병인지 몰랐다. 일주일이 지나자, 하루의 눈은 피로 물든 듯 빨갰다. 부풀어 오르기도 했다. 그는 택시를 잡고 수의사가 말한 곳으로 향했다. 24시간 불을 밝히는 큰 동물병원이었다. 진료실만 세 개였다. 검진을 마친 담당 수의사는 우선 이뇨제를 쓰겠다고 했다. 한 시간 동안 수액을 맞혔다. 안압은 떨어졌다. 검사지를 건네며 담당 수의사가 말했다.

"응급 처치일 뿐입니다. 안타깝게도 오른쪽은 실명한 상태입니다."

유진은 무거운 걸음으로 돌아섰다. 거리에 매서운 바람이 불고 있었다. 한쪽 눈으로만 세상을 봐야 하는 일이 하루에게도 닥쳤다. 그렇게 생각하자 더 견디기 힘들었다. 운명에도 유전이라는 게 있을까. 그 뒤로도 그곳에 여러 번 들러야 했다. 그때마다 응급 치료를 했고 마침내 담당 수의사는 착잡한 표정으로 설명했다.

"녹내장일 경우 통증이 심합니다. 안압이 오를 때마다 무척 고통스럽죠. 세 가지 방법이 있지만, 수의사로서는 안구 적출을 권합니다. 이렇게 말씀드리는 이유는 이미 시력을 상실한 눈이기 때문입니다. 나이도 고려해서 말이죠. 미관을 생각하면 꺼리기 마련이지만, 개에게는 가장 좋은 방법입니다."

유진은 열흘이 지나도록 고민했다. 적출이라는 말이 과격한 느낌으로 다가왔다. 매일매일 마음이 바뀌었다. 노트북 화면에서 눈을 떼지 않았다. 녹내장에 관한 정보라면 어떤 것이든 샅샅이 뒤졌다. 허섭스레기일지라도 수집했다. 하루의 눈은 곧 튀어나올 듯 커졌다. 만져 보면 단단했다. 더는 미룰 수 없었다. 침대에 누워 하루를 품에 안고 속삭였다.

"걱정하지 마. 훨씬 사랑스러워질 거야. 내가 더 따뜻하게 안아 줄게. 다음 겨울까지 함께 가 보자."

 담담하리라 약속했지만, 예약한 수술일이 다가오자 손이 떨렸다. 그날, 하루를 안은 채 병원문 앞에 멈춰 섰다. 이게 옳은 결정일지 자신 없었다. 하루의 눈을 들여다보면 눈시울이 달아올라 어떤 판단도 흐려졌다. 그는 한참 동안 하루의 얼굴에 볼을 비비고 겨우 문을 밀었다.

 긴 시간 검진이 이어졌다. 수의사는 유진을 불러 모니터 화면을 보여 주었다. 엑스레이 필름을 띄우더니 손으로 가리키며 심장이 커져 있다고 했다. 심전도와 초음파 검사가 필요하다며 동의를 구했다. 유진은 늪에 빠져드는 기분이었다. 진단을 마친 수의사가 가라앉은 목소리로 말했다.

 "이 상태로 수술할 수 없습니다. 심장 상태가 심각해요. 마취하면 깨어나지 못할 겁니다."

 유진은 암흑에 잠겨 버렸다. '심장 이상(異常)'이란 말은 그에게 트라우마로 남아 결코 환기를 용납하지 않는 관념이었다. 이건 무엇을 뜻할까. 그는 두 손을 들여다봤다. 이 저주의 손은 어떤 존재에도 손을 댈 수 없는 걸까. 손가락마다마다 죽음의 독성이 흐르는 걸까. 심장이 퍼 올릴 피는 이미 닳아 사라졌지만, 대체 그 무엇이 더 이상의 피를 원하는 걸까.

수의사가 하루의 상태를 상세히 설명해 주었다. 유진의 귀에는 무슨 뜻인지 들어오지 않았다. 어떻게 해야 하는지 따져 묻기만 했다.

"전에 말씀드렸던 방법을 고려할 순 있겠습니다. 초자체 삽입술. 안구에 약물을 주입해서 기능을 멈추게 한 뒤 안압을 떨어뜨리는 방법입니다. 그런데 역시 마취해야 합니다."

유진은 고개를 들고 수의사를 노려보았다. 방법이 없다는 말이었다. 그의 멱살을 쥐고 싶었다. 수의사는 시선을 아래로 깔며 속삭이듯 말했다.

"시도포비어. 수의계에서는 아직 사용하지 않는 실험용 약물입니다. 그 약물로 시술하는 곳이 있죠. 서울 수의 대학 부속 병원입니다. 그 경우엔 전신 마취를 하지 않습니다."

유진은 따져 보지도 않고 그곳에 전화했다. 예약이 밀려 진료받기까지 두 주를 기다려야 했다. 그 두 주는 가시가 돋친 핏빛 골짜기를 피투성이로 오르는 것과 같았다. 그는 거의 아무것도 먹지 못했고 잠도 잘 수 없었다. 하루는 고통을 호소하지 않았다. 오히려 꿋꿋하게 버티는 모습이었다. 하지만 유진은 보았다. 하루의 숨소리는 점점 거칠어졌고 눈은 부풀어 당장이라도 터질 것 같았다. 유진이 겪었던 눈의 통증을 그 녀석은 혼자서만 삼키겠다는 듯 고집을 부렸다. 가슴이 찢어지더라도 그 모습을 지켜봐야 했다. 그 시간, 그 녀석에게 유진의 시선은 세상에서 느껴 볼 마지막 온기일지도 몰랐다.

예약한 시술을 하루 앞두었을 때, 유진은 이미 마음이 너덜너덜해졌고 앉아 있기도 힘들었다. 정신을 놓지 않기 위해 쓴 커피를 연달아 마시며 밤을 지새웠다. 날이 밝아 병원으로 가서 하루를 수의사에게 넘기자마자 다리 힘이 풀리며 주저앉을 뻔했다. 시술은 이십 분 만에 끝났다. 하루는 훌쩍 떨어진 안압으로 편안해 보였다. 힘겨운 겨울의 고개는 내리막에 접어드는가 싶었다.

그렇지 않았다. 겨울은 열흘 만에 감추었던 이빨을 드러냈다. 그 어느 때보다도 혹독한 시련을 예고하며 시퍼런 이빨을 번뜩였다. 아침에 일어나자 하루가 목을 뒤로 꺾은 자세로 누워 있었다. 그는 하루를 안아 올리다가 가슴이 내려앉았다. 하루의 몸에 힘이 하나도 들어 있지 않았다. 헝겊으로 이은 인형 같았다. 발로 문을 차고 나와 뛰었다. 병원에서 이틀 동안 하루의 치료가 이어졌다. 수의사는 퇴원해도 좋다며 약을 지어 주었다. 어딘가 표정이 숙연했다.

유진은 하루를 끌어안고 지냈다. 품에서 놓을 수 없었다. 하루의 심장은 점점 큰 소리를 내며 뛰었다. 그것이 유진의 심장에 울렸다. 송곳이 콕콕 찌르는 듯했다. 가슴이 갈래갈래 금 가고 깨어져 나갔다.

  진흙탕 같은 꿈을 꾼 날이었다. 눈을 떠 보니 하루가 보이지 않았다. 그는 침대 밑으로 고개를 기울이다가 멈췄다. 하루야, 하고 나직이 불렀다. 그의 음성이 방 안에 울렸고 메아리가 되어 가슴에 파묻혔다. 어깨가 무거웠다. 그는 팔을 떨어뜨렸다. 그대로 앉아 벽을 바라보았다. 꿈속에서 느꼈던 기분을 떨칠 수 없었다. 하지만 확인해야 했다. 그것이 꿈과 다른 점이었다. 침대 아래를 살폈다. 그곳에 고인 어둠이 죽음보다 지독한 기운을 풍겼다. 하루는 가지런히 뻗은 앞발 사이에 고개를 묻고 있었다. 그는 손을 내밀어 하루의 몸에 대었다. 차갑고 딱딱했다.

*

  노트북에 브라우저를 띄웠다. 검색란에 'When all is said and done(모든 걸 말하고 끝났을 때).'이라고 입력했다. 갑자기 떠오른 영어 문장이었다. 화면 속에서 아바의 두 여성 멤버가 노래하기 시작했다. 방 안에 음악이 쌓였다. 하지만 채워지지 않았다. 노래가 끝나면 반복해서 재생했다. 그렇게 이틀이 흘렀다. 이제 무엇이 남았지? 물론 그것밖에 없잖아.

그는 '서쪽의 끝'으로 검색했다. 뜻밖에도 실제로 그런 지명이 있었다. 영국 런던 서쪽에 있는 웨스트 엔드(West End)였다. 유럽에서 가장 번잡한 쇼핑가로 소개되어 있었다. 그보다 더 잘 알려진 건 그곳에 모여 있는 많은 극장이었다. 세계적인 뮤지컬이 상연되었기에 영국의 브로드웨이로 불리고 있었다. 관련 기사를 읽던 그는 한 뮤지컬 제목을 보았다. 〈맘마미아(Mamma mia)〉. 그가 잘 아는 노래 제목이기도 했다. 아바의 곡으로 구성한 뮤지컬로서 인기가 높은 모양이었다. 가사를 거의 수정하지 않고 극을 이루었다는 설명이 놀라웠다. 아바는 처음부터 하나의 서사를 생각했던 걸까.

공연하고 있는 극장에 대해 알아보았다. 영국의 한 작곡가 이름을 딴 극장이었다. 홈페이지 이곳저곳을 뒤졌다. 스크롤 하던 중 무언가 그의 눈을 스치며 지나갔다. 그는 마우스 휠을 천천히 위로 돌렸다. 스태프를 소개하는 부분이 나왔다.

그는 손을 멈췄다. 거의 숨도 쉬기 어려웠다.

가슴에 빠른 맥박이 치솟았다. 화면에 박혀 있는 이름에

서 시선을 떼지 못했다. Jessie Han. 공연의 음향 디자이너였다. 그는 상자에 넣어 두었던 물건을 모두 꺼냈다. 제시의 교본이 기다렸다는 듯 나왔다. 색 바랜 붉은 표지에 그녀의 이름이 적혀 있었다. 화면에 있는 이름과 같았다.

여권을 신청했다. 여행사에 웃돈을 얹어 주자 며칠 걸리지 않았다. 가장 빠른 항공편을 예약했다. 편도였다. 도착일에 맞춰 공연 티켓을 끊었다. 무대 바로 앞 한가운데 좌석이었다. 미용실에 들렀다. 머리를 파마하고 깔끔하게 잘랐다. 동대문 상가를 돌다가 정장 한 벌을 골랐다. 가장 고급스럽고 비싼 옷이었다. 서쪽의 끝에 그녀가 있었다. 어쩌면 그를 기다리고 있었을 것이다. 그는 서서 방 안을 돌아다녔다.

출국을 하루 앞둔 밤이었다. 스마트폰이 진동했다. '알 수도 있는 사람'이라는 문구가 떴다. 변호사가 말한 소셜미디어였다. 유진은 그간 그런 메시지를 무시했다. 아는 이름도 있었고 모르는 이름도 있었다. 하지만 누구와도 대화할 자신이 없었다. 이십이 년이 그들을 어떻게 변화시켰을지 알 수 없었다. 관심거리도, 생각 수준도 다를 것이었다. 하지만 이번 메시지는 지나칠 수 없었다. 닉네임이 동방 박사였다. 프로필 사진란은 비어 있었다. 시나리오 작가로 활동한다는 짧은 소개말만 들어 있었다. 그는 '친구 등록'이라는 버튼에 손가락을 대었다. 잠시 뒤, 메시지 애플리케이션으로 문자가 왔다.

- 꿈에서 깨어난 기분이 어때? 날개는 마음에 들어?

유진은 미소 지었다. 누구인지 물어볼 필요도 없었다. 이어 다시 문자가 왔다.

- 언젠가 나타나리라 생각했지.

유진의 손이 움직였다. 자판을 두드리다가 눈을 깜빡였다. 문장이 완성되지 않았다. 그는 입력한 글을 지웠다.

- 너를 위해 쓴 글이야.

문자에 파일이 달려 있었다. 파일명은 '1986'이었다. 유진은 그것을 눌러 열었다. 제목이 있어야 할 난이 비어 있었다.

- 생각해 둔 제목이 있는데, 네게 허락받아야 할 것 같았어. 그건 바로….

메시지는 수십 초 후에 이어졌다.

- 〈타란텔라〉야.

*

곧 런던에 도착한다는 방송이 나왔다. 유진은 스마트폰 전원을 껐다. 메신저로 받은 글을 오는 동안 기내에서 읽었다. 시나리오를 읽어 보는 건 처음이었다. 모르는 용어가 많았다. 의도한 장면을 짐작할 수는 있었다. 영상으로 옮기면 어떤 느낌일지 떠올리며 꼼꼼히 읽었다.

그는 생각했다. 어느 것이 '나'일까. 지금까지 다양한 그 자신이 있었다. 기억, 꿈, 자신이 바라본 모습과 인터넷이 남긴 기록, 그리고 그와 가까웠던 친구의 관찰까지…. 어지러웠다. 삶은 시작점과 종점으로 연결한 하나의 선이 아닐 수도 있었다. 서쪽의 끝에 이르면 그곳은 곧 동쪽의 시작이 된다. 둥근 원과 같다. 그러나 어떤 사건도 이어지지 않는다. 여러 파편으로 나뉘어 원둘레에 얹힐 뿐이다. 어느 것이 먼저인지 나중인지는 모른다.

히스로 공항을 빠져나와 택시를 잡았다. 극장 이름을 대자 택시 기사가 어메이징(놀랍군요), 하고 외쳤다. 그러고는 말했다. 유 마스트 비 어 빅 팬 오브 아바(아바의 열성 팬이로군요). 유진은 대답했다. 쉬 이즈(그녀가 그렇지요). 택시 기사는 손으로 이마를 치며 감탄했다. 쉬? 왓 어 로맨틱 스토리(그녀라고요? 참 낭만적인 이야기네요).

한 시간을 달려 웨스트 엔드에 도착했다. 극장은 빅토리아풍 건물이었다. 공연까지 시간이 남아 있었기에 그는 거리를 걸었다. 사람들은 밝게 웃고 큰 소리로 떠들었다. 술에 취한 벌건 얼굴로 노래 부르기도 했다. 서쪽의 끝은 화려한 밤을 준비하며 달아오르고 있었다.

공연 시간이 되었다. 그는 극장에 들어갔다. 짙푸른 장막이 무대에 처져 있었다. 그 뒤에 어마어마한 것이라도 감춘 듯 긴장이 감돌았다. 붉은 좌석은 3층까지 이어졌다. 그는 예약한 자리에 앉았다. 무대가 훤히 보이는 자리였다.

장막이 오르고 조명이 무대를 밝혔다. 배우들은 쉼 없이 춤추고 노래했다. 배우와 관객이 따로 있지 않았다. 어느 순간부터 관객이 모두 일어나 노래를 따라 불렀다. 그들은 서로 부둥켜안고 팔을 흔들며 감격했다. 두 시간이 넘는 공연은 환호에 뒤덮였다. 아무 생각할 틈도 없이 금세 흘렀다. 끝났다고 생각하면 배우들이 다시 나타나 노래를 이었다. 장막이 내려와 정적에 잠긴 뒤에도 관객은 흥분을 놓지 못했다. 유진의 머릿속에 다른 공연이 이어졌다. 훨씬 차분하고 경건한 무대였다. 오래전 크리스마스 공연이 장면마다 스쳤다. 소년과 소녀는 사라지지 않을 빛을 반짝였다.

 극단 매니저는 미국인으로 이름은 앤드루였다. 제시를 만나러 왔다고 하자 앤드루는 사무실로 데려갔다. 그는 유진을 두루 바라보았다.

 "다즈 쉬 노우 유(그녀가 당신을 아나요)?"

 그가 물었다. 유진은 천천히 고개를 끄덕였다. 앤드루는 구두코를 들었다 내리며 발끝으로 바닥을 두드렸다. 그러다 멈추고, 실례하지만 어떤 관계냐고 물었다. 유진은 어떻게 대답할지 생각하다가 제자였다고 말했다.

 "잇츠 위어드. 쉬 네버 해드 디사이플 애즈 파 애즈 아이 노우(이상하군요. 내가 아는 한 그녀는 제자를 둔 적이 없어요)."

 앤드루는 한쪽으로 고개를 기울여 말했다. 유진은 가방을 열고 제시의 교재를 꺼냈다. 그것을 내밀자, 앤드루는 표지에 적힌 제시의 이름을 소리 내어 읽었다. 그는 눈을 크게 떴다. 환한 미소를 지으며 유진을 리허설룸으로 안내했다. 가는 길에 제시가 처한 상태를 말해 주었다. 그녀는 이 극단에서 오 년 동안 일했고 지금도 공연이 있으면 빠짐없이 온다고 했다. 일 년 전부터 알츠하이머병을 앓았고 지금은 아무도 알아보지 못한다고 설명했다. 그녀는 아직도 작업에 참여하고 있다고 생각하는 모양이었다. 스태프들은 그녀를 좋아했고 그녀의 착각을 모르는 체하며 그녀가 오면 마음껏 머물도록 했다. 문 앞에 이르자 앤드루는 유진을 남기고 돌아갔다.

리허설룸은 텅 비어 있었다. 피아노 앞에 앉아 있는 여자뿐이었다. 그는 그녀의 뒷모습을 향해 다가갔다. 느낄 수 있었다. 제시가 틀림없었다. 검었던 그녀의 머리카락은 하얗게 셌고 윤기가 없었다. 그는 그녀 뒤에 서서 굽은 등을 바라보았다. 갑자기 모든 힘이 빠졌다. 그대로 허물어져 제시를 안고 싶었다.

"제시. 나야."

그는 나직이 말했다. 제시는 반응하지 않았다. 그의 가슴에 뜨거운 기운이 솟았다. 목이 멨다. 가는 눈물이 뺨을 타고 흘렀다. 그는 훌쩍였다.

"돈 크라이 비포 유 아 허트(아프기 전엔 울지 마)."

제시는 서서히 허리를 펴며 말했다. 쉰 목소리였다. 유진은 기억났다. 언젠가 그녀가 해 주었던 말이었다. 그는 그녀 옆에 앉아 얼굴을 바라보며 물었다.

"기억하는 거야?"

그녀는 고개 돌려 유진의 눈을 보았다. 눈에 초점이 없었다. 얼굴은 거칠었다.

"메이비(아마도), 메이비…. 아 위 인 더 월드(우리는 세상에 있는 걸까)?"

그녀의 눈동자가 흔들렸다. 그는 그녀의 손을 쥐고 말했다.

"더 월드 메이 낫 이븐 이그지스트(세상조차 없을지도 몰라)."

그녀의 얼굴에 웃음이 번졌다. 유진은 피아노 건반에 손가락을 올렸다. 기억하는 곡은 하나뿐이었다. 천천히 건반 하나하나를 짚어 가며 연주했다. 〈타란텔라〉를 듣는 그녀는 환희에 찬 모습이었다. 그녀는 눈빛을 반짝이며 말했다.

"더 리즌 포 빙 이즈 낫 파운드(존재하는 이유는 찾을 수 없어)."

*

히스로 공항에서 그리스로 가는 항공기를 탔다. 비행기는 네 시간 걸려 아테네 국제공항에 내려앉았다. 그곳에서 완행 페리를 탔다. 그는 여섯 시간 넘게 지중해를 바라보며 갑판에 머물렀다. 잔잔하고 푸른 물결이 햇살 조각에 뒤섞여 반짝였다. 바다는 여유롭고 평화로웠기에 그는 나른한 기분에 잠겼다. 머리 위에 솟은 태양은 온순한 햇볕을 쏟아 냈다. 그 어떤 불안도 용납하지 않을 안락한 흐름이 이어졌다.

산토리니섬에 도착해 이아(Oia) 마을로 가는 버스를 탔다. 이 산토리니섬 북쪽 끝 작은 마을이 어쩌면 여정의 마지막이 될 터였다. 그는 마을 골목골목을 거닐며 해 질 녘을 기다렸다.

시간이 다가왔다. 그는 절벽 끝에 서서 주위를 둘러보았다. 하얀 석회암 건물들이 계단식으로 이어져 아기자기했다. 눈앞의 에게해는 짙푸른 빛을 띤 채 끝없이 펼쳐졌다. 그는 멀리 수평선을 바라보았다. 태양이 그것에 가까워질수록 하늘은 밝은 빛으로 채워졌다. 시작되었다. 이제 장대한 오케스트라의 피날레 같은 순간을 맞게 된다.

태양은 마지막 빛을 짜내며 하늘을 지배했다. 스스로 몸을 갈라 피를 흘려보내는 것 같았다. 눈부신 황금빛이 붉게 물든 바다에 뿌려졌다. 이제 태양은 자신을 활활 태우는가 싶더니 주황빛을 둘렀다. 구름은 마치 불에 그을린 듯 검붉은 빛을 띠었고, 그 사이로 보라색과 진홍색이 물감처럼 번졌다. 그 순간, 태양은 그 어느 때보다 강한 존재였다. 소멸에 대한 아쉬움으로 위축된 모습이 아니었다. 동쪽에서 달려오는 동안 빨아들였던 빛을 농축했다가 폭발시키는 것과 다름없었다.

아, 저것이구나. 저것이야말로 진정한 태양의 모습, 태양의 본질이구나.

아침 해가 찬란하다 한들 지금 눈앞의 석양처럼 위압적일 순 없다. 저 한순간을 위해 태양은 인내하며 침묵했을까. 저렇게 꽉 채울 수 있을까. 이 완벽한 밀도가 가능하단 말인가. 어쩌면 저 모습 속에 세상의 모든 감정이 들어 있을지도 모른다. 가슴에 저 석양을 품어 보지 못한 자, 그 누가 삶에 대해 피력할 수 있을까.

어둠을 해소하기엔 빛 한 줄기로 충분하지만, 저토록 넘쳐흐르는 밝음은 암흑과 고통과 후회와 슬픔을 모두 불살라 버리는 것이다.

수평선은 이제 거대한 캔버스가 되었다. 하늘과 바다가 만나는 지점에서 마치 팔레트를 쏟아부은 듯 금빛, 자줏빛, 주황빛이 뒤섞였다. 희망 넘치는 태양은 미련 없이 수평선 아래로 가라앉으며 에게해의 물결 위에 노란 길을 만들었다. 하얀 건물들이 횃불을 비춘 듯 붉은 기운에 젖었고, 돔 모양 파란 지붕들은 바이올렛색 보석처럼 반짝였다.

시간이 멈춘 것 같았다. 이렇게 생생하고 아름다운 장면을 본 적이 없었다. 그는 태양이 모습을 감출 때까지 그것과 하나가 된 기분을 느꼈다. 전율이 일었다. 죽음에 대한 두려움마저 갈아 버리는 전율이었다. 그의 눈가에 눈물이 맺혔다.

어둠이 내리기 시작했다. 하나둘 마을의 불빛이 켜지더니 반딧불이처럼 절벽을 수놓았다. 그는 깊은숨을 들이마셨다.

가야지. 그곳으로.

아버지에겐 고향이지만 핏빛 악몽으로 뒤덮인 섬. 유진은 한 번도 가 보지 못한 그 섬. 제주도로 가야 했다. 그가 걸었던 모든 길의 종착역으로 잘 어울리는 곳이었다.

*

제주도 밤하늘은 뿌연 연기를 빨아들였다. 그는 불타는 감귤밭을 바라보며 생각했다. 2014년의 봄이 시작을 앞두고 있었다. 하지만 그는 자신에게 닥칠 봄을 소각했다. 모든 겨울도 연기 속에 사라졌고 여름은 오지 않는다. 삶에 동쪽이란 없다. 서쪽의 끝도 없다. 시선이 향한 곳으로 걷다가 존재할 이유를 상실할 뿐이다.

어선을 타고 서쪽으로 가는 동안 바다를 내려다보았다. 수면에 이는 물결은 가면이었다. 바다의 실제 모습은 저

깊은 곳에 있다. 느리고 어둡고 묵직한 심해는 육지의 꿈이다. 그는 자신에게 물었다. 서쪽으로 한없이 달려 보았는가? 그렇다면 다시 꿈으로 돌아갈 시간인가? 날지 못한다면 한없이 가라앉아 보는 것이다. 태양도 없고 동쪽도 서쪽도 아닌 저 암흑의 절정을 향해서 말이다.

물결이 위로 솟아 기울어지며 다가왔다. 그는 눈을 감았다.

EPILOGUE

에 필 로 그

 그는 걷는다. 다리는 무거움을 잊었다. 거친 바람이 뺨을 엔다. 그것이 아픔인지 시원함인지 알 수 없다. 몸이 무한히 늘어난 느낌이다. 바람 한 점, 나무 한 그루, 모래알 하나에도 그의 생각이 들어 있다. 그는 '나'라는 경계를 잊었다. 피부는 자아를 경계 짓지 못한다. 넘실거리는 파도에 그의 피가 흐른다. 발걸음에 맞춰 진동하는 섬은 그의 심장이다. 모든 게 그 자신을 이루지만 '그'라는 완성된 개인은 어디에도 없다. 유일한 객체는 태양이 뿌리는 빛이다. 잡을 수도, 맛볼 수도 없는 허상이다. 온기마저 느낄 수 없다.
 와닿는 감각은 환상일 수도 있다. 아니면 꿈속에 있는

가. 아니다. 공상 과학 영화처럼 가상 현실일지도 모른다. 그것도 아니라면 작은 메모리 칩에 보관된 인위의 기억이려나.

무언가 떠올리려 노력한 지 오래다. 결론을 내렸다 싶으면 곧 가물거린다. 분명히 말할 수 있는 건 그가 걷고 있다는 사실이다. 걸으면서 생각을 정리한다. 기억의 파편을 엮기 위해서가 아니다. 가려내고 싶은 것도 아니다. 앞뒤도 맥락도 인과도 없는 의식을 흐르게 할 뿐이다. 시간이 멈춰 버린 이 섬에서 가질 수 있는 유일한 의지다.

가장 먼저 불이 떠올랐다. 밭에 서 있는 감귤나무에 하나씩 옮겨붙던 모습이다. 그 뒤로 캠퍼스에서의 생활, 피아노를 연주하던 모습과 멜로디가 이어졌다. 그 흐름 위로 소녀의 모습을 그려 보려 했다. 그때마다 기묘한 감정이 일었다. 어둠과 밝음이 교차했다. 소녀는 실루엣으로만 머물 뿐, 더 자세한 모습을 드러내지 않았다. 눈동자만 선명했다. 그것마저 오래 남지 않았다. 곧 그림자 같은 형체로 가물거리다 사라졌다. 아버지와 어머니가 숨겨 왔던 사연도 기억났다. 그것을 그가 어떻게 아는지 의문이었다. 누군가에게 들은 이야기일까. 하지만 눈으로 직접 본 것처럼 장면들을 선명하게 떠올릴 수 있었다.

가장 낯설게 다가오는 기억이 있었다. 실제로 겪은 것인지, 들은 이야기인지, 기사에서 읽은 것인지 알 수 없었다. 그냥 상상일지도 모른다. 이 기억에는 '깨진발'이라는 말이 따라다닌다.

바이러스에 맞선 싸움에서 인류는 패한다. 살아남은 자들은 마지막 회의를 한다. 절멸을 막아낼 해답은 그들이 만든 인공 지능이다. 그것은 어떤 바이러스도 이겨 낼 최종 백신을 개발하기 시작한다. 하지만 완성하기까지 수백 년이 필요하다. 인류는 집단 냉동 보존이라는 기술을 선택한다. 지구의 모든 자원을 들여 거대한 시설을 짓기 시작한다. '얼음 요람'이라 일컫는 프로젝트였다. 그동안 바벨탑을 꿈꾸며 매일 만찬을 즐긴다. 그러는 새에 디데이가 왔고 그들은 함께 잠든다. 그러나 얼마 못 가 깨어나는 사람들이 생긴다. 오류를 발견한 프로그램은 가난한 자부터 해동한다. 그들은 깨진발이라 불렸다. 깨진발은 다시 씨앗을 심는다. 삶과 죽음에 대해 새롭게 정의한다. 그리고 깨닫는다. 얼음 요람이 빨아들이는 자원이 지구를 폐허로 만든다는 사실이다. 그들은 인공 지능을 멈춘다. 수백 년 뒤의 일을 계산하지 않는다. 아직 냉동되어 잠든 자들은 영원히 깨어나지 못한다. 얼음 요람은 거대한 무덤이 된다.

혹시 그 자신도 깨진발일까? 언젠가 읽은 공상 과학 소설의 내용일 수도 있다. 그런데 다른 소설은 기억나지 않는다. 소설이라고는 그 한 권밖에 읽지 않은 것일까? 장면들이 구체적으로 그려졌기에 영화였을지도 모른다. 그렇지 않고 사실이라면 가장 가까운 과거의 기억일 것 같았다.

 가끔 혼란에 빠진다. 꿈이나 상상으로 여긴 일이 현실이고 지금 걷고 있는 이 섬은 꿈속의 도피처가 아닐까. 미래에 대한 그림은 사실 과거의 모습이고 과거의 기억이라 생각한 것이 미래에 벌어질 일은 아닐까. 어지러운 생각에서 벗어나려면 걸어야 한다. 해를 향해 걸을 뿐이다. 그것이 흘러가는 방향이 어느 쪽인지 알 필요는 없다.

 같은 곳을 빙빙 도는데 매번 새로운 풍경이 펼쳐진다. 바다는 시시각각 다채로운 모습으로 다가온다. 그 빛깔을 어떤 말로 설명하는가. 녹색? 파란색? 푸른색? 모양은 어떻고 그것이 품은 정서는 무엇인가. 어떻게 저 수많은 모습을 단순한 언어로 표현하는가. 인간이 바다를 가리키려면 얼마나 많은 단어가 필요할까. 어쩌면 '바다'라는 낱말은 그 무엇도 지칭하지 못할 것이다. 바다의 본바탕은 눈에 보이지 않는 곳에 있다.

 언어는 무엇을 말할 수 있을까. 언어는 그를 좁은 인식에 가둔다. 그것은 모든 걸 왜곡하는 굴절 렌즈와 같다. 올바른 상으로 되돌리는 방법은 하나다. 그 위에 다른 굴절 렌즈를 올리는 것이다.

  모든 기억은 하루 만에 완성되었다. 단 하루를 산 것일까. 멀리 펼쳐진 수평선 위로 〈타란텔라〉의 멜로디가 흘렀다. 모두 버리자. 기억도 감각도 저 붉은 태양 속에 묻자. 그는 쏟아지는 빛으로 문장 하나를 썼다. 그에게 남은 마지막 언어였다.

  일몰, 하루살이를 삼키다.

추천의 글

타란텔라, 치유될 수 없는
중독의 붉은 선율이여!

나의 벗, 고동현 작가는 1989년에 성균관대학교 산업 공학과에 입학했다. 그는 불꽃 같은 학창 시절을 보냈지만, 졸업 후엔 평범한 직장 생활을 선택했다. 그와의 인연은 대학생 시절에서 시작되었는데, 시를 쓰는 동아리를 꾸리고 활동하던 그는 격변의 시대에 진지한 의문을 던지며 사회의 불의에 맞섰다. 나 또한 시대적 담론을 고민하고 저항하던 청년으로서 자연스레 고동현 작가와 친해질 수 있었다. 90년대 초, 민주화의 열망이 불타오르던 그 시대를 그와 나는 온몸으로 경험하며 환호하고, 분노하고, 절망하고, 때론 체념하며 서로의 청춘을 공유했다. 돌이켜 보면 그 시절은 영원할 것 같았던 낭만과 순수의 시절이었다.

잠시 머물다 스쳐 간 봄날처럼.

 졸업할 무렵, 민주화의 성과 뒤로 IMF 시대가 덮치면서 우리는 매정하게 세상에 흩어져 각자의 모습으로 사회에 적응해 갔다. 외국계 유통 기업에 취업하여 평범하게 지내던 그는 글을 쓰겠다며 회사를 그만두고 잠적해 버렸다. 그 소식을 우연히 들었을 때, 나는 매우 놀랐다. 좋은 직장을 마다하고 글을 쓰겠다니! 그것도 공대생 출신이. 매정한 현실에서 어떻게 먹고살려는지 걱정이 앞섰다.

 십수 년이 지나, 어느덧 좋아하는 글을 쓰고 소설도 몇 권 집필하는 작가가 된 그를 마주하면서 내 인식은 바뀌었다. 삶을 탐미하는 왕성한 호기심을 가지고 여전히 목표에 대해 집요하게 몰입하고 있는 그에게 존경과 애정을 표하지 않을 수 없었다. 중년이 되어서도 스무 살의 정서를 지니며 그 시절의 화두를 안고 사는 그는 시대의 탕아, 진정한 아웃사이더가 아닐는지.

 그는 이번 《타란텔라》라는 제목의 장편소설을 탈고하면서 뜻밖에도 나에게 서평을 부탁했다. 8, 90년대를 배경으로 그와 나를 비롯한 친구들이 함께 겪었던 사건들을 소재로 삼았기에 그 시절을 함께 기억한다는 이유만으로 서평을 부탁한 듯했다. 글재주도 없는 내게 이런 부탁을 하다니 무모하기 그지없는 처사였지만, 변함없는 그의 모습에 부담스러우면서도 한편으로는 고마운 마음이 들었다. 나는 화학 계열 엔지니어로 30년 가까이 직장 생활을 하며 다 잊은 듯 살고 있는데, 순수의 시절에 대한 감정을 아직 기억하고 쉬이 놓아주지 않으려는 그의 천진함에 뭉클하기도 했다. 혹여 나의 서툰 글이 그의 작품에 누를 끼칠까 걱정이 되지만, 그에 대한 존중과 응원의 마음으로 이번 소설《타란텔라》의 서평과 추천의 서를 남겨 본다.

작가의 이번 소설《타란텔라》는 누구나 가슴 한편에 고이 간직하고 있을 빛바랜 사진과 연서를 떠오르게 해 준다. 주인공과 그의 가족들, 친구들, 연인들의 이야기가 섬세한 감정선을 따라 묘사되고, 부산 어느 마을 언덕 높은 곳의 교회로 수렴되는 골목길처럼 각자의 사연들이 촘촘하게 얽혀 든다.

이 소설은 하이틴 잡지에서 볼 법한 한 교회의 크리스마스 연극에 관한 이야기부터 역사 소설에서 언급되는 빨치산 이야기, 90년대 초 대학가 민주화 시위, 그리고 SF소설에서나 나오는 영생에 대한 담론부터 절제된 관음증과 외설적 상상까지 종횡무진 이야기를 펼친다. 그러면서 시대의 충돌에서 발생하는 폭력과 저항, 그리움과 향수, 억압에 대한 부작용과 반항을 담고 있다. 주인공 유진과 그의 불안정한 심장 같은 선아, 친구 외태의 서사들이 얽히고, 그들 부모의 과거와 미래가 또다시 설켜 들어간다. 이야기는 주인공 유진을 중심으로 펼쳐지지만, 그는 사건을 주도하지 않는다. 평범한 등장인물들이 주인공의 과거와 미래의 시공간으로 연결되며 그의 주변으로 벌어지는 사건을 이끌어 간다. 오히려 사건은 주인공 주변에서 일상처럼 벌어지며 오래된 편두통처럼 그를 끊임없이 괴롭힌다.

소설을 읽는 동안 나의 유년이 스치듯 지나가고, 소년이 소녀를 마음에 담았을 때의 감정과 그로 인한 어색한 행동들이 잔잔한 칸초네처럼 내 마음을 설레게 했다. 그러나 작가는 이내 독자를 각성시킨다. 〈타란텔라〉의 경쾌한 리듬이 무도회를 즐기기 위한 춤곡이 아닌, 타란툴라라는 독거미의 독에 중독되어 죽어 가는 절망적 몸부림이라는 것을 깨닫게 해 주는 것이다. 열병 같은 사춘기 시절의 애틋한 사연을 담담한 시선으로 바라보도록 독자를 내버려두지 않는 것이다. 독이 퍼지듯 서서히 현재와 미래로 감정들을 이어 가며 이완과 고저를 넘나들다가 〈타란텔라〉의 리듬에 맞춰 한바탕 격렬한 춤을 추고 난 후 모든 감정을 소멸시켜 버린다. 예견되는 결말로 독자를 몰아붙이면서도 결국 받아들이게 만드는 글의 폭력성은 무력감을 안긴 채 책을 덮게 한다.

뭐지?

위선 속에 감춰진 지식과 규범들을 들춰 내고, 고상한 척 세상에 관한 판단과 기준을 자처하는 논리와 과학의 나약함과 변명을 보여 주며, 심지어 천륜으로 받아들여지는 부성애와 모성애조차 개인의 이기심으로 치부해 버리는 작가의 통렬한 비판 속으로 내동댕이쳐지는 기분이 든다.

그의 소설을 읽기란 쉽지 않다. 마치 감동적인 영화가 끝나고 자막이 올라올 때, 벅찬 감정을 안고 일어서려는 관객을 다시 자리에 앉혀 놓는 듯하다. 텅 빈 극장에 조명이 켜지고, 널브러진 팝콘 상자와 음료수 컵을 무심히 치우는 직원들의 건조한 표정까지 지켜봐야 하는 불편한 순간과도 같다. 작가는 독자를 서쪽으로 향하는 나그네처럼 화려한 노을 앞에 세워 두었다가, 그 찬란함이 저물어 가는 순간까지 지켜보게 만든다. 우레와 같은 환호 속에 커튼콜을 마친 배우들이 화려한 의상을 벗고 짙은 분장을 지워 내는 모습까지 목격하게 하듯, 불편하고 허무한 감정을 수동적으로 받아들이게 한다.

그래서 쓸쓸하다.

소년과 소녀의 사랑은, 청춘의 고뇌와 방황은, 어떠한 열매도 맺지 못한 채 서쪽 하늘의 노을처럼 허무한 어둠 속으로 사라져 버리는 〈타란텔라〉 협주곡의 여운이여.

이것은 어쩌면, 사회에 대한 냉소와 통념을 거부하는 시대의 반항아 고동현 작가의 변태적 집요함에 독자가 농락당하는 것일 수도 있다.

"모든 게 푸석했다.
이어진 삶들이 곧 허물어질 듯 건조했다.
눈에 힘을 주면 모두 가루로 변할 것 같았다.
눈앞에 보이는 건 허상이었다.

***

유진은 그 모습에 자신을 비춰 보았다.
정작 속 시원하게 울어 본 적이 없었다."

***

"집에 돌아왔을 땐 해가 지고 있었다.

 식어 버린 태양은 서늘한 빛을 흘리며 빨갛게 오므라들었다.

***

 기운을 잃은 태양은 스스로 소멸을 인정하고 어둠을 뱉어 냈다.
 정지의 순간이었다.
 그는 생각했다. '나'는 사라진 걸까?"

 이렇듯, 고동현 작가는 일상적인 관계 속에 숨은 감정의 이면을 파헤친다. 망설이고 계산적이며 위선적인 속마음을 대놓고 드러내며, 고상한 변명을 늘어놓는 지식인들의 나약함도 아무렇지 않게 글 속에 던져 버린다. 그럼으로써 솔직함과 변명은 원래 하나인 듯, 사랑과 욕정, 이해와 오해, 우연과 필연은 모두 같은 말이라는 듯, 내면에 숨어 있는, 감추고 싶은 자아를 끄집어내려는 시도를 멈추지 않는다. 독자는 그런 행위에 내몰리는 게 불편하지만, 손이 닿지 않는 등을 긁어 주는 듯 후련한 맛을 느끼게 한다.

삶이 얼마나 지루하며 일상이 무의미한 것인지, 행복은 지극히 작으며 어쩌면 착각일 수도 있는 것인지를 인정하는 순간 그의 글은 나를 행복하게 한다. 그리고 나를 자유롭게 한다.

그것이 고동현 작가의 매력이다. 그래서 나는 《타란텔라》를 기꺼운 마음으로 읽었다.

따뜻한 사람, 소중한 벗
이인길

작가의 말

 작은 날갯짓이 폭풍을 일으킨다는 나비 효과를 믿는다. 그래서 '만약, 그때 … 했더라면….'이라는 가정은 현실에서 무의미하다고 여긴다. 그건 가정에 의해 결과를 유추해 보는 상상에 불과하기 때문이다. 그런데도 가끔은 생각한다. 그날들, 내 삶을 뒤흔든 사건들이 없었더라면…. 하지만 곧 자신에게 반문한다. 그랬다면 지금 이렇게 현실을 벗어나 자유롭게 이야기를 써 내려가고 있을까?

 어쩌면 더 나은 삶, 더 빛나는 만남이 있었을지도 모른다. 하지만 나는 지금 이 순간 내 모습을 있는 그대로 받아들이려 한다. 물론 쉽지 않다. 상처 입은 과거를 달래고, 위로하며, 때론 환상으로 감싸야만 가능한 일이니까.

삶은 종종 작은 어설픔 하나로 걷잡을 수 없는 쪽으로 방향을 틀고 소중한 기회를 놓치곤 한다. 그 아쉬움을 가슴에 묻고 살아가는 건 내게 허용할 수 없는 일이었다. 그건 자신에 대한 기만이었고, 매일 거짓된 얼굴로 살아가는 것과 다르지 않았다.

결국, 선택은 하나뿐이었다. 가능했을지 모를 모든 가정에 따라 나만의 서사를 엮어 보고 표현하는 것.

자연의 계절은 영원히 순환하지만, 인간의 삶에서 봄은 단 한 번뿐이다. 아이러니하게도 우리는 봄이 훌쩍 지나 한바탕 뜨거운 열기에 버려진 뒤, 찬바람이 불어올 때 그 사실을 깨닫는다.

수많은 가지로 갈라졌던 청춘의 길 끝에 기다렸을 그 무엇도 하나하나 꽃을 피울 권리가 있다. 물론 농밀한 언어로 현실보다 더 열린 환상의 세계에 들어가야 가능한 일이다. 그 작업은 자신만의 과거에 화해의 손을 내미는 출발점이다.

이 작품을 완성하기까지 도움을 준 모든 분께 감사드린다. 삶의 봄을 상실했거나, 그것이 여전히 상처 가득한 검은 아지랑이로 남은 이에게 이 글을 바친다. 작은 위로가 되길 바란다.

타란텔라
Tarantella

초판 1쇄 발행 2025. 3. 26.

지은이 고동현
펴낸이 김병호
펴낸곳 주식회사 바른북스

편집진행 김재영
디자인 김민지

등록 2019년 4월 3일 제2019-000040호
주소 서울시 성동구 연무장5길 9-16, 301호 (성수동2가, 블루스톤타워)
대표전화 070-7857-9719 | **경영지원** 02-3409-9719 | **팩스** 070-7610-9820

•바른북스는 여러분의 다양한 아이디어와 원고 투고를 설레는 마음으로 기다리고 있습니다.

이메일 barunbooks21@naver.com | **원고투고** barunbooks21@naver.com
홈페이지 www.barunbooks.com | **공식 블로그** blog.naver.com/barunbooks7
공식 포스트 post.naver.com/barunbooks7 | **페이스북** facebook.com/barunbooks7

ⓒ 고동현, 2025
ISBN 979-11-7263-266-3 03810

•파본이나 잘못된 책은 구입하신 곳에서 교환해드립니다.
•이 책은 저작권법에 따라 보호를 받는 저작물이므로 무단전재 및 복제를 금지하며,
 이 책 내용의 전부 및 일부를 이용하려면 반드시 저작권자와 도서출판 바른북스의 서면동의를 받아
 야 합니다.